娘子不給愛

5

完

文創風
212

溫柔刀 著

目錄

第四十一章

這日一早，一夜只歇了一個時辰的張小碗在汪永昭習武進門後就起了身，伺候他換好衣，轉頭就要叫七婆去把懷慕和懷仁帶過來。

「妳歇著吧，懷慕他們著了八婆去看顧。」汪永昭攔了她。

「不成，」張小碗搖頭，打了個哈欠，平靜地道：「我又不是累得氣都喘不出，看一眼孩子，與他們用膳的力氣還是有的。」

汪永昭皺眉，張小碗拉了他的手，朝他笑笑，還是轉過頭，叫七婆把孩子帶過來。

這時汪懷善已換好衣過來了，張小碗見到他就指著凳子說：「你坐下，我有話問你。」

「喔。」汪懷善看看還在屋內的汪永昭，見門這時已被剛剛離開的七婆關上，他摸了摸鼻子。「可是孩兒做錯了何事，您要訓我？」

張小碗瞪了他一眼，走過去就狠狠地揪了他的耳朵。「叫你不聽話！這是你父親的地方，你無法無天給誰看？」

汪懷善一聽她這口氣，心道不好，抬眼朝汪永昭看去，見他也冷冰冰地看著他，他嘴裡忙叫道：「我怎麼無法無天了？」

見他還不坦白，張小碗氣得眼睛都瞪圓了，伸手抽了他的手臂兩下。「還嘴硬！我這剛查出人是誰，你就讓人把人殺了！殺，殺，就知道殺！你這婚還成不成了？佛祖在上，你這當口是殺得了人的嗎？」

汪懷善一聽，眼都傻了，問：「妳怎知道得這麼快？」他這還是剛剛換衣時才聽人回了令呢！

是他成婚，可有人動他新娘子的手腳，他總不能讓他娘幫他動手殺人吧？

他聽著萍婆婆那口氣，他娘親可是動了大氣了。

汪懷善可不想他娘在這當口為他手上沾血腥。

他大了，不能再老讓她站在他的面前了。

聽著大兒這口氣，張小碗氣得站都站不穩，被汪永昭扶著坐下後，她順了好一會兒的氣，瞪著滿臉無辜看著她的兒子，她不禁氣得更狠，拿起桌上的杯子就要砸他，可一看他滿是依戀地看著她的小眼神，這手卻是下不去了，只好指著門道：「快給我滾出去，我快要被你氣死了！」

汪懷善忙站起，往前大走了幾步，突然覺得自己不能就這麼離開，又忙回到他娘的腳前，翻身下地就是幾個打滾，滾到了門邊，回頭偷瞄一眼，見父母都呆了，這才起身打開門，有些許得意地搖著他的一頭長髮走了。

張小碗坐在那兒目瞪口呆了好一會兒，才僵硬地轉過頭與汪永昭道：「老爺，我是真的快要被他氣死了，我到底是生出了個怎樣的兒子？」

汪永昭也被那蠢貨剛才那完全不顧身分的舉動給小驚了一下，聽到她的話，他冷冷地翹起嘴角，語氣中盡是嘲諷。「妳總算是知道妳這逆子到底有多荒唐了！」

這下砒霜的人，報到張小碗這裡，心中剛有了點眉目，正要等著辦時，她大兒就乾脆把那個跟太師的家奴有染的丫鬟給殺了。

張小碗惱他不忌諱，沾了殺名，但卻也知他這殺雞儆猴之舉，也能讓人明瞭他對自己新娘子的態度。

到她手裡，為了警告太師，她的舉動不會更輕就是。

惱過之後，她也無奈。

當天上午，她請了幾位官夫人過來喝茶，眾人笑語之間，她先跟夫君是京官的四品官夫人悄悄地道：「妳可是聽說了，我家那德陽府的事？」

那官夫人見她提起，看了她一眼，未語。

這事是早間就傳到她耳朵裡的，沒想到這才當日，這汪夫人就提起來了。

「我昨兒個查了查，查出來是我府中的一個丫鬟幹的……」張小碗說完嘆了口氣，拿手帕拭了拭眼角滲出的淚意，不再言語。

那四品官夫人見狀忙安慰道：「這大喜的日子，您可別哭了，許是那丫鬟嫉恨新娘子，才幹出了這等掉腦袋的事。」

張小碗拍拍她的手，勉強地笑笑，又轉過頭，朝身邊坐著的另一位官夫人輕聲地道：「我聽說妳是南州餘光縣的人？」

那官夫人忙笑著稱是。

「那丫鬟也是……」張小碗垂眼嘆氣道。

「那丫鬟也是？」官夫人笑容一僵。

「就是下毒的那個……」張小碗放下帕子，見屋中的人都止了談話看著她，她才與這位半呆住了的官夫人幽幽地道：「我還聽說，太師夫人帶過來的丫鬟中，有好幾位都是餘光縣的人，其中一位以前還跟下毒的那位是鄰里呢……」

說到這兒，她好奇地看著這位餘光縣出來的官夫人。「您也是餘光縣人，可曾見過她們？」

官夫人淡淡地笑笑。「不是，妾身只是祖籍餘光縣，並不曾在那兒生長過。」

「那就是我記錯了，妳看我這記性。」張小碗拍了下自己的腦袋，轉過頭，就對著眾位夫人笑著道：「各位請喝茶，記得用些點心，可莫要客氣。」

這幾位官夫人這下知道她叫她們來的用意了，當下心裡都有了數，其中與太師夫人走得近的那兩位，屁股更是如坐針氈，有點坐不住了。

當日下午，太師夫人帶著下人來訪，張小碗沒見，只讓人婉謝說是她因著未來兒媳婦被人下了砒霜，嚇得驚了魂，午時過後竟病倒了，正臥床休養，就不出門見客了，望貴客諒解。

太師夫人這次找著了地方，卻是找不著人說話了。張小碗這一拒，更是讓外面傳言紛紛，就是那市井中的人，也明瞭這早早來了邊漠賀喜的太師，可不是真為著恭賀來的。

傳言越傳越離譜，不過半日，就被有心之人傳出來不利於太師的各種謠言。

當晚茶肆、酒館，那些因慕名而來恭賀善王的小武官拍桌踩凳，都道這太師不是個人！汪節度使駐守邊陲，為邊疆各營操兵，沒有那功勞，也有那苦勞，更別論善王大義凜然，殺過夏軍逆賊後就馬不停蹄去南疆收復失地，這汪家父子都是與國有功之臣，太師卻在這當口要殺了未來的善王妃，這心思也太毒、太狠了！

至於為什麼要殺了善王妃，也有話傳出來了，原來是太師想把女兒嫁給善王，他先前還在皇上跟前提過一次，無奈善王那時已跟南疆的土司小姐有了口頭之約，這才沒成事。

謠言越傳越盛，坊間有人已道，有關汪節度使夫人那些不當的話，都是從太師夫人的嘴間傳出來的。

這日，太師都不得不登門拜訪向汪永昭澄清了，汪永昭滿臉憂慮，一口一句「我定是不信的，太師請放心」。

太師走後，汪永昭的心腹從暗門出來，道：「您看，還要不要多說點實話出去？」

汪永昭掃了一眼那婦人教過怎麼說話的心腹。「實話？」他在嘴裡唸了這兩個字，搖頭失笑。

「大人？」心腹再請示。

「夫人怎麼說的，你就怎麼辦。」

「屬下知了。」

來人拱拱手，又朝暗門隱了進去。

府中因來了幾位夫人，張小碗在頭兩天帶她們處事，在汪永昭叫汪永莊談過後，她便把府中的一些雜事，如招待來往大小官員女眷的事，交到了汪申氏的手裡辦。

汪杜氏也與她一道幫著府裡辦事，明面上，是二夫人與三夫人一道幫大夫人的忙，但汪杜氏心裡卻知道，她這大嫂儘管會護著她，卻已不再對她信任如初了。

汪申氏在旁看了這麼些年，也大概知道了張小碗的脾氣，與她辦事，辦得好，她自然有重謝，要是辦不妥了，就別怨她心腸硬了，她可不是什麼別人說道幾句、賠幾句不是，就會心軟的人。

她心中了然，辦事也很是盡力，對汪杜氏也尊敬有加，讓二夫人明面上去招待官夫人，出這個頭，而她這個三夫人只在背後使力，把府中那些讓她管的瑣事都管得井井有條，就算哪家過來拜訪的夫人在園中落了胭脂，只要真落了那物，她也能及時差人找回來。

家中有了兩位得力的管家夫人，張小碗身上的事便少了一半，小寶、小弟媳婦跟在她身邊看了幾日，看著她們大姊辦事，再看看那兩位官夫人待人接物的本事，心中也不無羞愧；兩妯娌暗中相視苦笑，都道這人跟人真是沒法比的，這官夫人也不是那麼好當的，身上要不是有那一身的本事，這麼大的一個家、這麼多下人，哪管得起來？

張小妹也一直跟在她們身邊，甚是好奇地看著。這日張小碗午膳後回房想歇那半個時辰，再去庫房領大仲把要用的什物搬出來時，她就敲了張小碗的門。

七婆開門見是她，笑道：「姑奶奶來了啊？」

「哎，婆婆好。我大姊呢？」小妹往內探看。

「進來。」張小碗在內屋聽到她的聲音，便揚高了聲音叫道。

張小妹一進來，見她大姊臥在了榻上，便笑著走了過去，沒得張小碗的吩咐，就要往榻邊坐。

「哎，使不得！」七婆一見，驚得忙從門邊快跑過來拉住了她，把她拉到一邊，搬來了凳子，才喘了口氣道：「您坐這兒。」

張小妹先是驚愣，隨後尷尬地被拉到了凳子上坐著，有些結巴地問她大姊道：「這、這……」

「這榻是老爺常歇著淺眠的地方，除了夫人，誰也坐不得，就連這黑羔羊皮都是他親手剝下來的，您哪，還是別去坐的好，回頭要是讓他知道了，到時他就要惱夫人了。」七婆笑著道，又說：「我給您去端碗茶，可要喝喝那花茶？夫人可是最愛這個了。」

張小妹聽她說完，朝她看了一眼，點了下頭，臉色卻沒有剛才那般親暱了。

七婆也不在意，朝她們福了禮，轉身就走了。

她服侍的是夫人，夫人不好說的，當然只得她說出口，想來，夫人也不會怪罪於她。

張小碗從榻上坐了起來，朝小妹笑笑，伸出手替她撥了撥耳邊的髮絲，淡淡地道：「大人甚是講究之人，妳莫怪。」

「我哪敢……」張小妹還是有一些委屈的，她眼睛瞥過那柔軟的黑羔羊皮，嘴間有些豔羨。「姊姊妳真是好命，果然熬到了好日子。」

張小碗聞言心下一頓，抬眼看向她。

以前她的小妹，那口氣就跟她的眼神一樣驕傲，說得深些，便是她的口氣跟靈魂一樣驕傲。

可現下，張小碗從她的口氣中卻聽不到以前的東西了。

但，這世上有什麼是不變的？張小碗笑笑，輕頷了下首，「嗯」了一聲。

「小老虎成了善王，就快有了王妃，汪大人現在又待妳如珠似玉，唉……」張小妹嘆道：「妳這好日子啊，享也享不到頭。」

張小碗聽得臉色未變，笑著道：「可不是？」

「姊姊。」張小妹叫得甚是親暱。

「嗯？」

「我想託妳個事。」

「妳說。」

「我想請妳幫我家大強在懷善身邊謀個差事，哪怕是幫他外甥牽馬也行。」

「這哪成？」張小碗笑了。「家中的事哪少得了他？去牽馬也太浪費他的本事了。」

「可大強不想再種田了，」張小妹說到這兒，忸怩了一陣，道：「就是我，也不想看著他種田了。他長得甚是威風，想來當個……」說到此，她便不說了。

張小碗也不在意，淡道：「不想種田了也好，跟著小寶行商就——」

「那個，他做不得，也做不好！」張小妹急急地打斷她道。

張小碗看著她。

小妹臉紅了，伸過手來拉著她的手。「妳就幫幫我吧，我也想我兒以後有個威風凜凜的將軍父親。以前是我年紀小，事情懂得不多，才想著跟個老實人種一輩子的田，可現下不同往日了，大強也是個有抱負之人，想來到了那戰場，他也定能護住懷善一二的！」

護住懷善一二？張小碗在心裡嘆氣。便是疼他親他的大舅、二舅，也不敢說在戰場上護住他一二的話，小妹這口氣，托大了。

「行商有何不好的？妳看妳大哥、二哥，現在不也有了好幾個商隊，家中不也是餘錢頗多？」張小碗溫和地與她道：「便是種田，也只是讓妳夫君當個管事的。我們都是農家之人，知道管好田土、填飽肚子，那才是頭等大事，這並不比行兵打仗差。妳也知，要是有得田種，吃喝不愁的，平常人家都願在家好好種田，哪有自己就想上那戰場的？」

「那是平常人家！可我們家現下哪是平常人家？」張小妹見她不鬆口，猛地撇過臉，賭氣地道：「我看妳就是不想幫我！妳怕那汪大人，可現下妳已熬出了頭，懷善已經是善王了，妳還怕他說什麼？妳就不能有骨氣點？」

張小碗聽得沈默了下來，一時之間，她悵然得無話可說。

人生可能就是這樣，在她與一些人日漸親密的時候，她就要與另一些人漸行漸遠。

昔日她跑著去鎮裡買羊奶餵的小女嬰，那個長大後有膽子為她打汪永昭的小姑娘，現在，覺得她不幫忙，便委屈了。

張小妹轉過頭，看著她大姊那沈默的臉，當下心裡叫道了一聲不好，於是她伸出手，又去握住了張小碗的手，不禁哭道：「大姊，是我不好，我不該說妳，可是，妳幫幫我吧！大強是有那真本事的人，妳莫讓明珠蒙塵好不好？我在家中看著他鬱鬱寡歡的樣子，我心中也難過得很，大姊，我真的難受啊！大哥、二哥都是有本事的人，我聽說姊夫還幫他們做生意，我也是妳的妹妹啊，他是妳的妹夫啊，為何臨到我們，妳就不幫我們了？」

「那是生死，不是兒戲的戰場，他有著美妻嬌兒，哪須上去？」張小碗穩了穩心神，柔聲笑道：「要是種田確是讓明珠蒙塵了，我就跟懷善商量商量，看哪裡好讓他去，妳看可行？」

「可行！」張小妹一聽，不禁破涕為笑，當下站起道：「我這就找大強說這好消息去！妳歇著吧，我不擾妳了。」

說罷她走了幾步，又回過頭朝著張小碗笑道：「我就知妳還是疼我！」

這次她說完，擦了臉上的淚，提著裙角就跑出去了。

張小碗坐在榻上，半會兒都直不起腰。

看著她滿身的蕭瑟，端著茶杯站在門口的七婆抬起手抹了抹眼，把眼中的紅意抹去後才走到她身邊，輕聲地與她道：「人長大後，就會跟以前不一樣了。」

張小碗笑了笑，這才在她的幫忙下重新半躺回到了榻上。她靠著榻椅，輕吁了口氣，才道：「是啊，不一樣了。」

人心這個東西啊，真是此一時，彼一時，也不是什麼善心都結得出善果的。

她要是少知道點，趙大強的事她要是沒從小弟那裡套出來，也不會有如今這般難受。小妹也與他成婚這麼多年了，他是何人，她哪能一點都不知？

便是這樣，她仍舊到她面前開了這個口，張小碗都不知是趙大強迷了她的心思，還是這好日子奪了她的心竅，讓她就這麼走到她的面前，非要她幫她。

為了她嫁的這個男人，爹娘和兄長已經為她擋去了太多是非，才有她現今的好日子過，難道她真不知嗎？

看來，這對夫妻現如今是慾壑難填啊！

「七婆啊……」張小碗閉上眼睛歇了半會兒，忍不住自嘲道：「莫怪人會變啊，以前我還道這娘家人是我最親的人，就是死都想要再回去看一眼再死；可現如今，我有了孩兒，有了這個都府要顧，便是老爺穿得少了我都要擔心一下，卻甚少有那時間想念他們，也莫怪她現下只為著她的夫君、為著她的家著想了……誰人不如此呢？」

說罷，她偏過頭，拿了帕子拭了眼角流下的淚。

七婆看了看門邊那剛才悄聲進來，現無聲站在那兒看著夫人的老爺，見他一臉漠然，沒有靠近之意，她便靠近了臥榻處，輕聲地安慰她道：「都如此，您就寬寬心吧！多想想大公子他們，實在不行，您就想想，若是沒了您，三公子定會連孟先生的鬍鬚都會扯掉也無人訓，如您所說的，到時沒您看著，他以後可怎麼得了？」

張小碗一聽，便笑了起來，轉過身與她道：「可不就是如此。」

說罷，覺得有些不對勁，往後抬頭一看，竟看到了汪永昭站在那兒。

她不禁一愣，問道：「您何時來的？」

汪永昭沒答她，她便看向了七婆。

「剛來的，剛來沒多久。」七婆忙回道，說完，就朝她福了福身，趕緊離了這內屋。

張小碗起身看著他半會兒，見他不動，只好向他伸出了手。

「您過來，讓我摸摸您的手，看熱不熱，我看看要不要給您加件衣服？今日這天兒又冷了些許了。」張小碗說到這兒嘆了口氣。「懷善成親那日，且莫要下雪才好。您說，別人看著我好了，我怎麼覺得我這日子越發要操心起來了呢？往日往那田中一站，不聲不響的一日就過了，現下連歇息得一會兒，都要算著時間。」

這哪裡是好起來了？張小碗在心裡苦笑了一聲。孩子越多，背負的越多，走到今日，竟然已是完全身不由己了。

「妳打算如何？」汪永昭走過來淡淡地問。

張小碗摸了摸他的手，感覺是溫熱的，便也放了心。

「懷善那兒，應能騰得出位置。」

張小碗抬頭，看著他輕搖了頭。「這些年，您與懷善關照我娘家人甚多了。」

那些她用汪家銀錢買來的田土，交了一些給家裡人，便是先前為娘家人添的田土，用的何嘗不是他那兒出來的銀兩？兩個弟弟的商隊，也是他派人在照看著，他為了張家算是做了不少事了。就是懷善，私下又何曾少幫過兩個舅舅？

現在妹妹來了，汪永昭就算答應，懷善無話可說，她又哪能如此？

「現在是牽馬的，隔個幾年便是將軍，日後，都不知要如何才甘休……」張小碗看著汪永昭，平靜地道：「她要是嫌我對她不好，便把給她的莊子收回來，離開張家，跟著夫家去過吧。該給她的嫁妝，不算她這些年花的，我再多添些給她。她家良人想當將軍也可以，去投兵即可，有了戰功，何患當不成將軍？您與懷善不就是這樣當上的？你們做得，他有那能耐，想必也是做得的。」

「這……」汪永昭皺眉。

「我會叫小寶過來說清楚。」張小碗疲憊地閉了閉眼，才睜眼笑道：「人心不足蛇吞象啊……夫君，我家小妹該學會不靠著家人過日子了。」

汪永昭「嗯」了一聲，把她抱了起來放到床上。「妳再睡一會兒。」

張小碗捉住了他欲離去的手。「您別去找小寶，我自會與他說。」

汪永昭垂眼瞥她。

張小碗看著他，無奈地笑道：「這應是我該與他說的話，他是理解還是責怪，都該由我擔著。」

鬆開他的手之際，張小碗猶豫了一下，還是道了一句。「謝謝您。」

這句謝，為的是汪永昭這些年私下為她做的，卻從不曾明言過的事。

她以為他們會心照不宣地一直這麼過下去，她也因此會好好照顧他，他暗著對她好一分，她便明面上多照顧他兩分即是。

說來世事確也真真讓人哭笑不得，護著她的人，她總是在其中與他算計著得失，而她真心護著的那些人，也還是有不滿足的。

「您陪我歇息會兒吧。」張小碗又拉上他的手，閉著眼睛笑道：「一會兒啊，便是您要去打您的仗，我也要去打我的仗了。」

她那兒啊，可別親人變成仇人啊……

汪永昭低頭看著她的笑臉，便屈身躺在了她的身邊，把她的手放在了心口。

不知如此，她是否能知道，他這心口都是她，他在為她心疼？

「大姊……」張小寶跪在了張小碗的面前。

張小碗沒去扶他，只是淡淡地道：「要是你不願意去與她說，就把她叫來，我親口來說吧。」

「姊！」張小寶失聲痛哭。「妳莫如此，是她傷了妳的心……」

「別說了……」張小碗搖了搖頭，道：「要是你不嫌我心狠，到離開時那天，你就與她說去吧。」

「我知道了。」張小寶狠狠地捶了下地面，爬起來道：「我去找那不要臉的趙大強！」

張小碗拉住了他，拿出帕拭了他的臉。「你們為我做的，我都記在心裡，這麼多年了，你和小弟為了我，不知吃了多少的苦。可這世間的分合不定，大姊也是心裡有數的，哪日要是覺得大姊對你們不住了，不要來與我說，便就這樣散了吧……」

到時，免得她不能如他們的意，還要讓他們再傷一次心。

「大姊，妳當我們也如此？」張小寶瞪大了牛眼，裡面的眼淚直往下掉。

張小碗眨眨眼，把眼睛裡的眼淚眨掉，才搖頭道：「不，是我怕傷了你們的心。小寶，你們都大了，大姊老了。」

「妳再老，也是我們的大姊！」張小寶推開她，蹲到一旁傷心地哭去了。

張小碗轉頭把眼淚擦了，才走到他的面前，抬起他的頭來，幫他擦眼淚，嘴裡淡淡地道：「你們知道的，在我眼裡，只要你們吃得飽、過得好，我就安心了。」

夕間，從兵營回來的汪懷善匆匆走來，見到他娘時，他娘正笑著跟兩個孀娘吩咐事情。他朝她們行過禮，靜待她們說完事，才等來她笑著看向他的眼。

「娘……」等張小碗領了他回了她的外屋，汪懷善在她面前跪下，抱著她的雙腿，抬起頭叫她。

「怎還這樣？」張小碗笑了，拉開他的手。「叫旁人看了去，定要說我教子無方了。」

「妳理他們！」汪懷善把頭埋在她的膝蓋前揉了揉臉，把在軍營裡練兵一日的疲勞驅散，才抬頭與她道：「我營中還是可以為姨父騰出位置來的。」

「嗯？」張小碗笑著道：「那改日他要當將軍了呢？」

「娘！」

「他要是想當善王了呢？」

「娘……」

聽著他氣弱的聲音，張小碗淡淡地道：「總不能為了成全我，就讓一個挖空了心思往上爬的人害你們吧？」

說到這裡，她翹起嘴角，一臉冷漠。「還說會在戰場上護你一二？這話都敢在我面前說出來，她當我不知那趙大強這些年來拿著你與你父親的名目在外面胡作非為！」

汪懷善一聽，突然覺得有些不對勁，跪著往後大退了兩步。

張小碗這時抽過放在椅後的雞毛撢子就往他身上抽，嘴裡怒道：「你瞞著我，叫你大舅、二舅也瞞著我，啊？怎地就不瞞我一世，瞞著到我死啊？沒本事瞞了嗎？」

汪懷善被她抽得抱住頭，嘴裡唉聲大叫道：「父親大人也瞞了妳啊！妳怎地不打他？」

張小碗聽得冷笑出聲，對著他的背就是大力抽了兩下，忍不住又伸出手去重拍了下他的腦袋。「你這個不孝子！」

汪懷善被她打得滿頭包，見她確實氣得很了，便再也不敢說什麼，打開門就倉皇逃了出去。

一跑到大舅住的院子裡，被張小妹笑著叫住時，他笑了一下，朝她拱手道：「小姨……」

張小妹想要拉住他說話，汪懷善朝她歉意一笑，便去找了他大舅。

找到張小寶，被人帶著進了書房，看著眼睛紅紅的張小寶，他終是沒把先前想問的話說出口，只是苦笑道：「大舅舅，你也沒管住小姨？」

「她心大了，也不是張家人了……」張小寶傻傻地盯著桌面上的一點，自嘲地笑道：

「她哪管得了你娘的為難處，哪管得了我們家的不易？她眼睛裡只盯得住那榮華富貴。她騙我說甚是想念你娘，要來見見她，哪想，就是你的兩個舅母日日看著她，也還是沒擋住她跟你娘求啊！」

「這不是小姨的錯。」汪懷善忍不住說道，他不忍苛責她。

「是，不是她的錯，是我的錯，是我這個當大哥的錯！我總想著讓她活得如意些，不要像你娘、像我們這樣苦，哪想，還是做錯了。到頭來，千叮萬囑的，也還是沒能阻止她去傷你娘的心，她以前……」

張小寶說到這兒，朝地上比了比高度，流著淚哭著說：「明明她以前只有七、八歲時，一聽到我們想你娘了，她就會替我們哭的……」

汪懷善看著他大舅舅那哭得甚是傷心的模樣，心下也酸楚了起來。他走過去坐在他的身旁，攬住他的肩，陪著他一起傷心。

「夫人。」萍婆子夜間回來了一趟，在外屋叫了張小碗一聲。

張小碗披衣下床，與床上的人輕聲道：「我就去一會兒，您好好歇著。」

汪永昭未出聲，閉著眼睛輕點了一下頭。

張小碗在外面與萍婆子說了一會兒，回身進屋時，發現汪永昭已半躺在了床頭，手中握著那本他常看的兵書。

「還是擾了您的眠。」張小碗走過去，把油燈挑亮了一點才上了床。

「何事？」汪永昭見狀看向了她。

「聽說，那木府小姐的識毒能力甚強。」

「嗯。」

張小碗想了想，便笑了起來。「確也是個聰慧的。」

茶放到嘴邊，又失手打翻，這才把砒霜一事鬧了出來。

看著她嘴邊的笑，汪永昭給她掖了掖被子，淡道：「妳不是歡喜這種的？」

張小碗聽得輕咳了一聲。「哪是！」

汪永昭冷哼了一聲，又道：「說吧，她又做何事了？」

「她啊，」張小碗說到這兒，是真正地笑了起來。「也是個調皮的，聽說太師夫人明兒個還要來找我，便找了人去給太師夫人下了什麼藥，太師夫人一直待在恭房出不來，找了大夫也不管用，說怕明日就得來我們府裡請大夫，就先給我送了點解藥過來。」

「討好妳罷了。」汪永昭淡淡地道。

張小碗微笑。「您別說，還真是討我好了。」

這木府小姐，也還真是找了好法子來親近她。

汪永昭伸出手抱住她，口氣依舊漠然。「也算是有點眼色的，來日妳再加以教導，想必也不擔心她與善王上京了吧。」

張小碗「嗯」了一聲，眉目平靜。

這時，外邊又有了聲響，門外有人敲門，不一會兒，七婆就在內屋門邊道——

「老爺、夫人，小山來了。」

汪永昭掀被而下，張小碗忙給他披了衣，自己也披衣跟往了門邊，只五步，她就聽見江小山在那邊輕聲地道——

「大人，相爺剛剛進鎮。」

第二日，太師那邊來請府中大夫，張小碗派了懷善帶回來的行軍大夫去了。

午後，相爺夫人請來拜訪，張小碗在前院與後院的大門口相迎。

相爺夫人是位相貌出色至極的婦人，打扮得也甚是美豔，張小碗站在門口迎上她時，還真是眼前一亮。

她身邊帶來的人，一位說是她的義女，一位是她的遠房表妹，都是相貌堪稱風華絕代的女子。

一下子就見了三個美女，張小碗嘴邊的笑意更是歡喜。

迎了她們進屋後，相爺夫人見到她身邊那幾個相貌普通的婆子，連丫鬟都未曾見得一個後，更是笑靨如花。

稍後，那廂汪永昭領了相爺來了，在堂屋中，張小碗受汪永昭的令，出面見了想拜見一下善王娘親的相爺，退下後，相爺夫人也笑著出面，帶了她身邊的兩位女子出去見了汪永昭與懷善。

當晚，在自個兒的外屋，張小碗笑著問懷善。「可覺得人家閨女漂亮？」

汪懷善笑道：「聽說是漂亮得很，看直了我隨侍之人的眼。」

張小碗笑著問他。「你覺得如何？」

「還好。」汪懷善朝他娘親笑。「娘，這美人計老早便有人對我用過了，沒用，妳就放心吧。」

說到這兒，他看向汪永昭，見他一直坐而不語，便轉頭對張小碗接著道：「妳想來也是想知父親大人要不要納美妾吧？」

張小碗瞪他一眼，笑而不語。

「父親一見相爺就說了，」汪懷善說到這兒，嘴角的笑意也淡了下來。「說是幾年前，因年歲已大，為了家中兒女子孫，已與家中叔父們商定，皆不再納妾了。」

張小碗聞言，回頭便看向汪永昭，腦間尋思了幾下，猶豫地開口道：「您的意思是，不承認二弟的……」

汪永昭看她一眼，雲淡風輕地道：「只是我不承認而已，二弟娶的妾，他承認不承認，那就是他的事了。分家出去的弟弟，我哪管得了那麼多？」

張小碗輕吁了一口氣，不再言語。

汪懷善卻是又多看了汪永昭幾眼，這時的他已有些明白，為何他娘親從不許他看輕了這個男人。

他太狠，也太會伺機而動，與他為敵過於凶險。

靖輝五年十二月二十五日。

尚在寅時，張小碗就起床了，服侍汪永昭穿好衣，讓他喝了參茶。婆子端來了她那碗，她轉頭看著她們道：「妳們都喝了？」

「喝了。」

「把萍婆子那碗送去。」張小碗頷首。

「是。」七婆退了下去，留下八婆。

「妳現下去看著懷慕、懷仁，」張小碗又移了兩盞明亮的燈到鏡前，看著鏡中的自己道：「我自己上妝。」

「是。」八婆見她語氣平穩，就知她心意已定，便也飛快地退了下去。

張小碗打開妝盒，往後朝汪永昭看去，對他微微一笑，便伸手打扮了起來。

那日見相爺夫人，她因忙於府中事情，打扮得甚是平常，確也是讓相爺夫人風光了去。

今日卻是不必了。

她打了偏粉的底，妝化得嫩，又穿了淺藍的襖，頭上戴的是鑲了紫藍寶石的銀釵，盈盈站起後，那樣子甚是年輕清雅。

汪永昭坐在她身後一直看著她，見到她完妝的模樣後，看了她幾眼，淡道：「甚好。」

張小碗便走了過去，站在身著藍袍的他面前，與他笑道：「今日我讓小山備好了幾盅解酒湯，到時您記得喝。」

「嗯。」

「後院要是出了事，您不必往後來。」張小碗微微一笑。「後面有我，不該您煩憂之事，您就無須煩憂了。」

「嗯。」

「老爺。」

這次，汪永昭不再出聲，用他內斂深沈的眼靜靜地看著張小碗。

張小碗伸出手，掛上他的脖子，在他的嘴上輕輕一吻，這才輕言道：「妾身曾與您說過，您在哪兒，妾身便去哪兒，這話，何時都不假，您定要記得。」

汪永昭垂眼看她，眼看他手要往她腰攬去之際，門打開的聲音響起，就聽得七婆在那門邊道——

「夫人，已著人送去參茶了。大公子那邊已醒來，讓您過去與他著衣。」

張小碗聞言笑嘆：「還知醒來，讓我們這為人父母的，顯得比他還著急似的。」說著就鬆下了手，往那門邊走去。

汪永昭看著她的身影消失，這才急步出了門，往前院書房走去。

江小山緊隨其後，在他身後急急地小聲唸著。「夫人說了，卯時您就要用早膳，時間再緊也得用。午時前萬不可飲酒，午後與眾大人共飲時，讓您多喝給您備好的黃酒，那是她前兩個月特意用了補藥浸成的，不傷身……」

汪永昭沒打斷他的話，進了前院，眾武將已都站於院前聽候指令，他才停了腳步。

江小山也立即止了聲，退到了角落站著。

「都給我記著，」汪永昭抬眼，視線從每一人的眼前掃過，淡道：「該你們負責的事，給我好好辦，事後，銅錢萬貫，便是我酒窖裡夫人親手釀成的麥酒，一人也有二十罈。」

「屬下遵令，大人請放心。」十八人低頭，領首之人輕聲地道。

這時，汪永昭一揮手，眾人飛速離開。

等他們走後，江小山才從角落裡走了出來，上前與他繼續輕聲地道：「夫人也說了，讓您該歇著時就歇著，該讓下人辦的事就著下人辦，莫要操太多的心。」

汪永昭聞罷此言，瞥了他一眼，江小山便知，已到他閉嘴之時了，便深深地低下了頭，跟著汪永昭進了書房。

「別動！」見汪懷善穿衣時還不老實，偏要捏桌上的點心，張小碗出手打了下他的手。

汪懷善哇哇大叫。「娘，我餓！」

「剛不是讓你喝了碗粥？」看著像餓死鬼投胎的大兒，張小碗又拍了下他的臉。「我看你是不老實！」

「怎又打我？我還是不是新郎官了？」汪懷善嚷嚷道。

見他似要撒嬌，張小碗好笑地瞪了他一眼，卻還是回頭看向七婆，讓她帶下人出去。

等人走後，屋子裡只剩汪懷善與她了，她笑看著她已長大成人、今日就要成為別人夫君的孩子。

「娘……」在她的眼神下，汪懷善抱了她的腰，彎下身子，高大的男人靠在他娘的肩頭上，問她道：「是不是我娶了媳婦，妳就不會像以前那樣疼我了？」

張小碗認真想了想後，笑道：「怕是不那麼疼了，疼你的要分你媳婦兒一點，還要分你的孩兒一些，怕是不能再那麼疼愛你了。」

「不行！」汪懷善不滿了。

「好，那便不分給他們了。」張小碗笑，有求必應。

「他對妳是真好，是不是？」汪懷善又道。

張小碗知他說什麼，又點了頭。「是。」

懷善拿眼看著她，張小碗在心裡輕嘆了口氣，在他耳邊近乎無聲地道：「他也是個可憐人，身邊臥榻之側沒個讓他安心的人，他又何曾睡得安穩？就算是娘，你不在身邊，身邊也還有著懷慕、懷仁，總歸是有得他，才得了一身的閒適與安妥。時至今日，算是算不清了。世上感情都如此，分不清的便分不清吧，我們好好活著便是好事。」

事到如今，汪永昭已把他大半營的力量都交付給了懷善，而懷善，也要向他投誠才可。

這天下，從來都沒有誰可以把便宜一人占光。

汪永昭給她幾分，她便回之幾分，這才讓他們走到了如今。就算汪永昭如今是真喜愛她，為她所做良多，她也知，這關係其實是她費心維持下去的。這世上，沒有無緣無故的恨，更不會有沒有原由的愛。

但這些她清楚認知的道理，她卻是不能完全說給懷善聽的，她只能挑那些他看得見也認得清的道理，一而再、再而三地說給他聽，以期他真能明白。

「我知。」汪懷善再得到了肯定的答案，才看著她那張在他眼中像天仙一樣的臉，不甘心地道：「那就便宜他了唄！他一個老東西，得一個像妳這樣的，肯定是上輩子燒對了香才得的福分！」

「料來也是如此。」張小碗笑著點頭，又給他繫了腰帶，才收斂了臉上的笑，柔聲地與他道：「娶了媳婦，你就有了自己的家，到時，你就要學著自己去承擔一切了。但娘以前跟你說的，一輩子都算數，你要記在心裡。你一直往你想走的路前頭走就是，你累時，娘就候在你身後，什麼時候都在。」

汪懷善聽了，彎起嘴角就笑。他伸手緊緊地抱了她一下，把眼睛裡的酸澀眨掉，才笑著與她道：「知道了，妳說的我都記著。妳快快與我著好衣，我要去前院向父親大人與先生見禮了，去得晚了，便又要說我的不是了！」

巳時，大鳳朝丞相大人與太師大人上門賀喜，汪永昭與汪懷善在前院迎接了這兩位大人的大駕，張小碗則熱情地迎了這兩位的夫人進了後院。

「汪夫人今日真是好生漂亮。」今日頭上戴了幾支精美鑲金步搖的相爺夫人一見著張小碗，便握了她的手笑道。

「哪比得上夫人？」張小碗笑看著她。「尤其夫人頭上戴的這釵子，我出身貧寒，饒是後來我兒被皇帝陛下封了善王，您這樣精美的釵子我也未曾見過，今日您足戴了三支在頭上，真是好生讓我開了眼界！」說罷，眼羨地看了相爺夫人一眼，轉過頭又對七婆輕聲地道：「且把相爺夫人伺候好了。」然後，她又回過頭，看了相爺夫人的頭一眼，笑嘆道：「這般的好東西，切莫落在了都府裡才好，要不然被誰撿了去，誰捨得交出來？」說著就拿帕掩了嘴，好生地笑了幾聲。

這相爺夫人已聽人說過張小碗那粗劣的手段，沒料想，今日她剛進門，張小碗就暗中使言語對上了她，她心裡不由得冷冷一哂，嘴間卻還是雲淡風輕地回道：「妳今日這頭上戴的也不差，這紫藍色的寶石甚是少見吧？」

「夫人真是好眼力！」張小碗讚嘆道。「這是皇上賞下來的，我看著甚是體面，便在這大好的日子拿了出來配戴。」說著又回過了頭，朝七婆笑著道：「我是個小氣的，妳可也幫我看好了，莫讓這麼貴重的釵子掉了。」

這時，她回過頭看向了太師夫人與她身邊的眾位未婚女子，朝她們笑著道：「妳們也都看好了身上戴的、拿的，莫掉了東西去園中找。今日來的男客多，要是回頭讓丫鬟找東西時在路中不巧遇見了誰、失了禮，哪怕是丫鬟，但清清白白的姑娘家被男客看到了，中間若是出了點什麼事，得了那不雅的名聲，那就是我這主人家的不是了。」

她醜話說在前頭，這些個今日來者不善的，要是今日什麼心計都敢使，真能在她面前出這醜，她現下都拉下臉把話說了出來，也就能在這都府裡頭撕了她們這層皮，看她們還要不要這臉！

說到這話時，她眼神冰冷地掃過那明著來送給她兒子和汪永昭的兩個女人，再看向臉色不變的相爺夫人，朝她嫣然一笑。

汪杜氏與汪申氏一直都候在後院門口迎接前來賀喜的女眷，張小碗與相爺夫人、太師夫人端坐在堂屋，幾人笑語晏晏。

十餘個經過婆子說教的媳婦子站在門口，哪怕是誰家小姐去趟恭房，也自有知禮識途的媳婦子領了去，過後淨水、香帕端上。如此禮貌周到，怕是再挑剔的貴婦，也暫且無話可說。

相爺夫人欲前去恭房，張小碗令七婆領她的路。

途中，相爺夫人漫不經心地問道了汪夫人日常瑣碎的幾句，說到這偌大的節度使府竟無一個姨娘時，還輕嘆了口氣，道：「我等知的，還知汪大人是個癡心之人，外人卻還道汪夫人是個善妒的，容不得比她年輕貌美的姨娘，更容不下庶子，真真是冤枉啊！」

一直恭敬地彎著腰領路的七婆聽言，這時也恭敬地小聲回道：「您說得是，甚是冤枉。」

相爺夫人步履緩慢，身姿婀娜，走得幾步見這婆子無後話，便又淡然道：「汪大人正值盛年，正是為汪家開枝散葉的好年頭，妳家夫人這等賢慧，想來也是會為汪大人多思慮幾番的；畢竟，這是主婦的本分，她是陛下御賜的仁善夫人，要是為著汪家再添幾個傳家之人，再與汪大人分些憂，就是善王，也會因著有個賢慧的母親而歡喜吧？」

七婆依舊小小聲、秉持著下人的恭敬與怯懦道：「這等事，下人不敢妄言。」

句。

「看妳這年紀，也是家中的老人了，又有何不可說的？」相爺夫人不甚在意地說了一

七婆聞言，腰彎得更低了，語氣更是恭敬。「相爺夫人折煞老奴了，老奴只是個奴才，道主子的事想都不敢想，何況是說出口。」

「汪夫人治下竟這等嚴厲？」相爺夫人的語氣陡然驚訝了起來，臉上皆是好奇之意。

七婆這時頭垂得更低了，這下子，不論相爺夫人說何話，她都不答了。

見她閉緊了嘴當縮頭烏龜，相爺夫人也不好老跟個下人開口說話，這話便休了下來。

這廂，她淨手抹帕回了堂屋，七婆就回了張小碗的身邊，把相爺夫人的話一一都告知了張小碗。

她的聲音不輕不重，恰好能讓這時已站回張小碗身邊的汪杜氏她們，還有相爺夫人、太師夫人都能聽到。

張小碗聽後，感慨地嘆了一聲氣，伸出手，緊緊地握住了相爺夫人，道：「相爺夫人知我家婆婆臥病多年，下不了床，無法趕來說訓媳婦，所以千里迢迢趕來，盡了我家婆婆之責。如若您不是與我同輩之人，面目又是如此貌美，我真想給您磕得幾個響頭，謝您言語教養之恩呢！」

她這話一字一句鏗鏘落地，語畢，富麗堂皇的堂屋內，那地上鋪上的紅毯，此時都彷彿散發出了幾分血腥之氣。

空氣中還迴蕩著她欲要給人磕頭的話音，相爺夫人那不變的臉色也由紅變白，那一會

兒，有人甚至聽到了她上下牙齒緊咬的聲音。

張小碗這時鬆開了那緊緊摳住她的手，拿帕漫不經心地拭了拭嘴角，又輕聲地笑語道：「當然，要是相爺夫人願意，我現下可給您磕得幾個響頭，以謝您說教之恩，您看可行？」

相爺夫人再大，哪怕是一品夫人，可善王是王侯，她是王侯的母親，她這頭若磕下去了，相爺夫人可得要自詡比皇后、貴妃還要更加尊貴萬分才成！

「妳這說的是何話？」相爺夫人的臉色變了，嘴角噙起冷笑。

「您說呢？」

張小碗笑容滿面，眼睛裡都閃著那微笑的光彩，她靠近相爺夫人的姿勢狀似親和大方，可相爺夫人卻從她的眼睛裡看到了嗜血的光。

似乎只要她再出言不遜，這女人就真能把她的臉皮當場扯下來！

她什麼都不怕！

相爺夫人的眼睛瞇了瞇，一會兒後，她笑道：「是我踰矩了，還請汪夫人勿見怪。」

張小碗拿著笑眼定定地看了相爺夫人一會兒，在相爺夫人笑容不變的臉色中收回眼神，雲淡風輕地道：「相爺夫人不是這意思就好，要不然，我還當我家老爺又多了個比親母還要尊貴的母親來說教我這兒媳，教我怎麼為人妻、為人母呢！」

她這話一畢，堂屋內鴉雀無聲。

第四十二章

張小碗也不甚在意，拿著帕子掩著嘴，打量了自己的裙子半晌，才抬起頭笑道：「我兒善王大好的日子，各位多食些點心瓜果，莫要跟我客氣。真是勞各位費心了，不辭辛勞地趕來這邊漠之地與我汪府賀喜，我這心下當真是感激涕零。」

在座的二十餘位官夫人，只有得那五位京官夫人是別有用心而來的，其他的都是邊漠的武官夫人，其中大部分都是與汪節度使交好的武官，聽到她此言，一位在下首的四品夫人就笑著回道：「您哪，就是這萬般的客氣！去年我本就只送來一隻羊腿給您當賀新年的禮，哪想還讓您給我多添了幾擔炭過來，有得您這貼心貼腹的照拂，才過了個不那般辛苦的餘年。今年就算不是善王大婚，就是平常年月，我也都要親自過來給您行個禮、道聲謝，以謝您這慈善之心呢！」

張小碗聽著笑道：「這是姜將軍的夫人姜夫人吧？」

「正是。」

「我可聽說了，妳這嘴啊，最最會說話，還哄得姜將軍把他在上官那兒得的五萬貫賞銀都給妳打了釵子去，可有這事？」

「哎喲，您說的這是什麼話？他不給我打釵子，也是白白便宜了那酒館的……咳……」

說到這兒，姜夫人輕咳了一聲，眼波掃了在座的武官夫人一圈。「妳們都知的，就莫要我說出來了。」
她這話一說，眾武官夫人都笑了起來，有那兩人靠得近的，就接頭道：「瞿夫人，您那兒時興什麼樣的？」
「唉，還不是時興那種的……」這夫人嘆了口氣，做了那種只有得邊疆為官的夫人們懂的手勢。
這問者之人心照不宣地微笑了一下，在桌上畫了個丫頭髻的樣子。「我們那地，都愛去這處消遣。」
「這個，可貴得很。」一看是清倌，這位夫人嘆了口氣。「這私錢可得藏多久，才去得成一趟？」
「一輩子都甭想！」這問話的夫人啐了一口。「就一個破窮武官，省一輩子也只有那幾千貫的銅錢子，京中來的貴大人多得是，給那下人打賞的錢都比他一年的俸祿多，輪都輪不到他，還想著那事，怕是作夢！」
她說到此，掩嘴笑了起來，聽得周邊聽他們說話的幾位武官夫人也全都笑了起來。
張小碗在上面聽著也掩帕輕笑，笑罷後，對她們又笑言道：「這邊疆之地甚是清寒，真是煩勞妳們還念著我，往年那過年不是送些肉也要送幾塊帕。今年也沒得什麼好東西給妳們的，善王大婚，白羊鎮啊送來了好幾百頭羊，怕是吃不完，你們要是不嫌羶，一人就幫我帶得兩頭回去，當是為我們大人的都府騰地方了。」
這幾位夫人一聽，當下有位就笑道：「這個極其好，夫人您要是真給我們，我們就真要了。我拿回去風乾了，能給家中兒女添得那兩、三個月的肉吃呢！」
她這話一出，另也有人接道：「這個真真好，拿回去下酒喝也吃得好一陣子，夫人這是真心為我等著想啊……」
「哪兒的事。」張小碗說到這兒，用眼神示意汪申氏下去帶丫鬟做事，她則又親和地看著這幾位夫人道：「我聽說妳們有幾位是會喝幾口的，我這兒得了些桂花釀糯米酒，少喝些不醉人，只暖身，妳們喝點嚐嚐。」
「好。」
「好，多謝夫人。」
下方幾位夫人接二連三地道了謝。
這時張小碗朝一邊閒置了許久的相爺夫人笑著道：「您要不要嚐點？」
看著張小碗與眾位夫人笑著說道了一會兒，相爺夫人的笑臉稍有點勉強，當下略微一想，便搖頭淡道：「京中無這婦人飲酒的規矩，那是老爺們喝的什物，我就不必了，汪夫人自便吧。」
「邊漠之地不比京中，」張小碗溫溫和和地道：「冷得極狠了，也只有喝得兩口暖暖身，才能動得那身，有那幹活的力氣，伺候好一家老少，自然也就沒有京中貴夫人的雅致得體。」
這下，邊漠嚴寒之地的武將夫人全都心有體會地點了頭，這時，她們看向京中來的那幾位明顯精緻富貴些的夫人的眼中，也不再有著過度的阿諛奉承，那些刻意露出來的恭維也鬆散了些。

京都來的幾位夫人，包括相爺夫人、太師夫人，這時全被為數眾多的二十來位武官有品階的夫人左一眼、右一眼，假裝不經意地掃來掃去。這幾位夫人的腰都挺得直直的，那放在腿上握帕的手是緊了又緊，嘴角那端莊的笑意慢慢地也變得僵硬、冷淡。

這時熱好的桂花酒端上，空氣中瀰漫著讓人鬆弛的甜酒香味，聞到這味，不少會喝一口的武將夫人精神不禁為之一振，那說話的聲音便大了些，笑意也是顯得真心舒暢了許多。

本也是沒打算讓她們醉，只是讓她們暖身，兼暖場合，不多時，廚房裡便端來熱氣騰騰、澆了十足的碎肉當澆頭的薑湯麵，這些夫人吃得一份中碗的湯麵，再喝得那幾口酒，眾人之間因著誇道這麵和酒的交流都要多說幾句話，場面便越發熱鬧了起來。

便是那後頭來的幾位八、九品的夫人，也被汪申氏請來迎到了小屋，坐上那熱炕，吃上了熱麵，喝上了那兩、三杯的熱酒。

看著這喜氣洋洋的場面，坐在側首位、陪著相爺夫人和太師夫人一起坐的張小碗又招呼起了這幾位京中夫人，笑著與她們道：「莫要客氣，要是這邊塞的酒與食物眾夫人吃不慣，這瓜果卻是中原運來的，您幾位都嚐嚐。」

京中幾位夫人的眉目已經冷淡了下來，張小碗的話只得來了她們疏冷的幾個頷首。

可這時候，下面已經自行聊開了的夫人卻無人看她們的臉色了，張小碗也當視而不見地朝著她們該招呼的招呼、該說的就說。

至於不理她，這也是無關緊要了。沒人捧場的臉色，便是板得再高貴，誰又會當回事？

張小碗也知，京中的夫人手段高超，只要有名目，她們便使得上法子達到目的。府中無姨娘，這確實是都府存在的事實，她推三阻四，不正面與這名目衝突，卻也是治標不治本，一直處於挨打的位置，終究不是長久之計。

但她不能主動讓汪永昭去納妾，因為這會引起兩人間太多的風波，除非是汪永昭想要，要不然她最好是別率先打破現在他們之間的平衡關係。

而汪永昭那兒也有了處置之法，張小碗沒料準是什麼事，但多少知道，今天府中的風波斷然是少不了的。她旁的事做不到，只能盡自己全力護住這後院的安寧，斷不會擾了汪永昭的事，與他添麻煩。

汪永昭說過，相爺敬他一尺，他便回敬他一丈就是，想來，他的法子不會輕。

紅日當午，這時午中的午膳過後，到了那吉時，新郎官便要去迎親，並要帶著新娘子的花轎繞鎮走一圈。

而正在這當口，前院有相爺府的丫鬟急急來與相爺夫人說話。

這丫鬟進來後，一眼瞄到相爺夫人，便低頭走到了相爺夫人身邊，低頭輕語了幾句。只幾句，相爺夫人的臉煞白得就跟見了鬼一樣，嘴都在發抖。

這時，八婆也走了進來，在張小碗耳邊輕語道：「相爺喝多了，抱了他身邊的隨侍之女好一會兒，好多大人都看到了。」

張小碗看她，八婆也知這等事，家中大人不許她知道太多，先前也只跟她透了個大概的意思，但她思忖這等事還是得讓夫人心裡有數，也好讓她行事，便在她耳邊再輕道了一句。「我聽那京中來的人說，那侍女是相爺奶娘最小的女兒，據說是相爺看著她長大的，往日對她甚是憐愛。」

張小碗聽罷，拿帕掩了嘴，朝相爺夫人看去，正好迎上了相爺夫人狠毒地看向她的眼光。

她恨她？

對上她狠毒目光的張小碗真是訝異，她以為相爺夫人這種級別的夫人早已經知道，怪哪個搶男人的女人，都不如去怪心裡有鬼的男人來得有用。

不過轉念一想，不怪旁人，難道還去怪拿不住的原主？還不如柿子找軟的捏，找對付得了的人消消氣也好。

再說回來，看她為別人家送妾添美人的勁兒，張小碗先前還有點當相爺夫人真是那等為夫君著想的好夫人，可看著她此刻這臉色，張小碗心中的那點猜測也沒有了。

汪永昭還是跟當年一樣……不，可能是更老辣了，他總能挑中別人的軟肋，一擊即中。

在張小碗的視線中，相爺夫人拿著帕子拭了拭嘴，便偏過身與太師夫人笑著說起了話。

「哎喲……」不到半盞茶的時辰，相爺夫人突然抱了肚子，喊起了疼。

隨即，她滿頭大汗，一臉慘白地看著張小碗道：「汪夫人，料是我吃壞了東西，妳快救我，幫我去叫一下我家大人。」說罷，她就昏了過去，倒在了身後的隨行婆子懷裡。

張小碗急急起身，把她一直盯著的相爺夫人手中的帕子重重地攥到了手中，同時急道：

「快來人啊，快叫大夫過來！」

說罷便退後，讓一擁而上的婆子、夫人扶了她離開，她則當著眾人的面，拿著相爺夫人的帕子仔細地聞了聞，果然聞得一股藥味後便放了心，對身邊的七婆說道：「拿這個去給大夫看看。」

下面的眾婦人一聽，都面面相覷，不知發生了何事。

這廂，後院的門口，守衛攔了那欲往前院報信的丫鬟，鐵臉道：「前面都是男客，夫人說過，除宴散，進了後院的女客就不能再去前院，以免失了禮。」

「那丫鬟怎麼出得？」這丫鬟忙指著端著果盤出了門的府中丫鬟道。

「那是府中服侍的丫鬟，妳連這個都不知，妳是何人帶來的丫鬟？」守衛戒備地看了她兩眼。「莫不是敵營的？」

他說到這兒，一揮手，就有人上來堵了這丫鬟的嘴，押了她的人。

將前去報信的丫鬟送走後，在都府後院暈倒的相爺夫人終是沒等來當朝丞相大人。

瞎眼大夫聞過那帕子後笑了一聲，唸了句「荒唐」就開了藥，道隔一個時辰就餵一道藥催吐、催泄，三道藥後，歇得幾日就好了。

張小碗讓人煎了藥，但相爺夫人的婆子死活都不讓餵，說有人要害夫人，定要相爺來作主。

張小碗甚是奇怪地問她。「聽妳的言下之意，是我這汪家的當家主母在害她？」

「不、不是……」婆子緊張地回道。

「那相爺夫人病在我府中，還在我大兒大婚之日，我善盡主母之責，找了大夫過來與她開藥，可按妳所說之意，就算不是我要毒害妳家夫人，這藥要是餵下去了，也是我要毒害妳家夫人了？」張小碗淡淡地看著她道，眼睛直盯著她的臉。

「不，奴婢之意是等相爺來了，這事由他作主即可。」婆子在她的眼光下硬著頭皮說道。

「相爺正在前院與眾大人說話，就算是我失禮著人去擾了他說話，這盡是女眷的後院，相爺這等有禮之人想必也不會來吧？」張小碗說後，搖頭嘆道：「不信我也罷，便送了妳們出府，回去請大夫看診吧，免誤了夫人的病就好。」

張小碗不等婆子說話，就揚手叫來了七婆，冷著臉道：「帶上幾個手腳輕的丫鬟，送相爺夫人回驛站！」說著就氣憤地揮袖而出。

七婆領著丫鬟而上，叫來那抬轎的，又輕輕地將相爺夫人抱上了轎，送去了後門之處，抬上馬車。

中途，相爺夫人只有那進的氣，沒有那出的氣了，那婆子便含著淚，當著幾個虎視眈眈地坐在一側的都府中人的面，把懷中掏出的藥丸餵到了相爺夫人的嘴裡。

那廂，得了下人報信的相爺趕到後院門口，得知夫人已被送出了府，他不禁重重地揮了揮衣袖，眼睛冷冷地朝身邊的汪永昭看去。

他終是中了汪永昭的圈套，一時失察吃了那助興的酒，情難自禁，誤了時辰不說，夫人那頭也怕是很難解釋了。

那頭，趴在正殿樑上偷看這邊的汪懷善吃吃地笑了兩聲，跟身邊喝多了、臉有點紅的義兄說道：「我看，賢慧大度的相爺夫人要多個姨娘處了。」

相爺可不跟他那個父親大人一樣，怕家中多個姨娘便是多個奸細，他那個小姨娘他可想收得很，如今捅破了皮，他不收也是不可能的了。

龔行風拍拍他的肩，打了個酒嗝，道：「好了，看熱鬧看夠了，快去接新娘子吧！」

汪懷善一個翻身躍下，跳至那廊下，龔行風也一躍到他身邊，搭著他的肩，問他：「你怎地不擔心你娘不歡喜你的新娘子？」

「為何要擔心？」汪懷善偏頭朝他得意一笑。「只要是我歡喜的，她必歡喜。」說著就伸手抖了抖龔行風身上那嶄新的袍子，笑得眉飛色舞。「就是對你，不也是如此？如若你不是我的義兄，她哪會親手做新袍與你穿？你當你是新郎官啊！」

龔行風看了看身上的新衣、新靴，不由得笑了起來，點點頭，快走得兩步，彎腰對著汪懷善道：「快快上來，哥哥揹你去娶新娘子！」

汪懷善聽言哈哈大笑，竄上他的背，讓他揹著走了幾步才滑了下來，這次，他搭上了龔行風的肩，與他悄聲地說起了營中的事來。

丞相、太師折翼而回，他日他帶著木如珠回京之日，那凶險只會比今日之況更加嚴峻。但願他看上的媳婦，有他娘一半殺伐決斷的能力才好。

外面鑼鼓喧天，張小碗的笑臉自從新娘子的花轎抬入府後就沒停止過。

「一拜天地！」

「二拜高堂！」

「夫妻對拜！」

禮成後，在「送入洞房」的喊聲中，滿臉笑意的新郎官牽著新娘子手中的紅綢帶，帶她往洞房走。

這廂，汪永昭讓婆子們送張小碗回後院，她走後，他端起酒杯，嘴角含笑，與在座的同僚勸酒。

這廂前方的暖臺上，絲竹聲聲，自有那撫琴之人高唱著明快的邊陲小調，划拳拚酒的聲音不時響起，擺了近百桌酒的都府前院，這時更是熱鬧非凡。

這時已入夜，張小碗回了後院，靜待了一會兒，便送走了最後一批去洞房看了新娘子的女客。

她們也跟張小碗說了許多新娘子貌美無比的話，吉祥話也說了甚多，都道這善王妃是個好生養的，待明年她就可以抱上孫子了，為著這些話，張小碗笑著又給她們打發了幾封紅包，這才把這些添熱鬧的女客送走。

嚴夫人這些下屬官婦則留著沒走，候在堂屋，看一會兒還有沒有幫得上的。

送走了客人後，張小碗也坐在堂屋沒動，七婆這時拿來鬆軟的靠墊放在了她的身後，張小碗拍拍她的手，朝她感激一笑，示意她也去坐著等會兒。

見她滿身疲倦，嚴夫人領著兩個判官夫人也不再多言，只是來到張小碗的身邊，拉過她的手輕聲地說：「我給您按按。」

張小碗朝她點點頭，閉眼歇了一會兒，就聽汪申氏急步進來走到她跟前小聲地說：「二管家說，還缺五十罈酒。」

「清沙院裡還有八十罈。」張小碗輕吁了口氣，對她道：「妳帶著七婆去看著人搬，每個來搬酒的人都要讓七婆看清了再動手，不是我們府裡的人，誰也碰不得罈子。」

七婆這時已從座位上站了起來，張小碗朝她笑嘆道：「這大喜的日子，只得煩勞妳們這些老骨頭了，待過兩天，我就讓懷善來給妳們道聲謝。」

「您這說的是什麼話！」七婆走了過來，展開擱置在小桌上的毛毯覆到她的膝蓋上，溫聲道：「我會一直盯到前院的，您放心。」

夫人怕這大喜之日，這吃食會出什麼意外，自是小心了又再小心。

而也如她所料，前面擱置的三百八十罈酒這時已全飲盡，又得再添些。

張小碗輕頷了下首，待她們走後，她招來另兩個判官夫人，沙啞著聲音與她們道：「廚房有我身邊的八婆與我兩個弟妹看著，這夜深了，菜涼得快，添菜、熱菜怕也不比先前輕鬆，雖有那僕役看著，但他們也勞累一天了，怕也沒有那麼仔細。妳們幾個去替換了我兩弟妹，廚房裡頭，還有出菜的門口都幫我盯緊了，有什麼不對的儘管說，不要怕麻煩。」

「哎，知道了，您別操這麼多的心，我就領著她們去。」年紀要比另兩位夫人大的白羊鎮判官夫人全氏回應道。

「去吧。」張小碗朝她們揮揮手，看著她們走了出去。

不多時，小寶媳婦和小弟媳婦得了信，進了堂屋來陪張小碗，張小碗見到她們笑了笑，拍了拍身邊的椅子，讓她們坐著。

「大姊，您就去歇著吧。」小寶媳婦忙走到她身邊，扶著她的肩膀，有些心疼地道。

張小碗拍拍她的手，示意她沒事。「我得等大人回了後院才行。」

「那得多晚去了！」小寶媳婦急道。

張小碗笑著搖搖頭，沒說話。

這時門邊有了聲響，一個站在門口報信的媳婦子前來道：「龔將軍來了，說是要跟您說幾句話。」

「行風來了？請他進來。」張小碗忙笑道，又讓小寶媳婦和小弟媳婦坐在了一邊。

「小妹在陪孩子們歇著，就沒讓她來了。」小弟媳婦在坐下之前，忙小聲地給張小碗補了這句。

張小碗點點頭，伸出手摸了摸她的手臂，無聲地表達她的謝意。

這一天裡，如果沒有她這兩個弟妹在院子裡看著小妹，小妹怕是會看不清場合，跳出來亂說話。

「行風給夫人請安。」這時，龔行風的聲音已傳到了張小碗的耳邊，與此同時，他已大步進了門，跪在了張小碗的面前。

「起來、起來……」張小碗忙揮手，在明亮的燈光下，她仔細地看了看他的臉。「喝多了？」

「有點。」龔行風嘿嘿一笑，摸了摸紅得發熱的臉。

「唉，就知如此。」張小碗笑著嘆氣，又對身邊的小寶媳婦道：「去給妳這個外甥添碗解酒湯來，讓他好過點。」

「不忙！」龔行風忙道。

張小碗朝他搖搖頭，又另道：「洞房那兒鬧開了？」

「哪能啊？都規規矩矩的！」龔行風笑道：「就是有那不規矩的也被我打跑了！萍婆婆也看得緊，這時正候在洞房裡伺候著，脫不開身，我就過來跟您說一聲，那邊都好得很，您莫擔心。」

「這就好。」張小碗忙笑道。

聽著她微微有些沙啞的聲音，龔行風抬頭看了她兩眼，見她掩不住疲憊的臉上那溫柔的笑意，他伸手撓了撓頭，才道：「懷善到前面給眾位大人敬酒去了，他說今晚就不過來給您請安了，讓我先給您請一下安，明早他就帶了新媳婦過來給您磕頭。」

「知了。」張小碗笑著點頭。「我們家善王就是這樣，跟他娘親還客氣。」

龔行風聽著她對善王那親暱又好笑的口氣，他不由得也笑了起來。

這時小寶媳婦端來了解酒湯，張小碗看著他喝下，才道：「你也是要去前院的吧？」

「是。」龔行風拱手。

「少喝些許。」張小碗看了看他，又問道：「身上的披風呢？」

「熱得很，就脫了。」

「別嫌熱，披著，喝酒過後容易著涼，寧可熱點也別寒著了。」

「知了。」

「就且去吧。」張小碗朝他揮手。「我叫人在廚房裡燒好了熱水，待你們一回院，會讓他們幫著你們沖一沖，換上新衣睡上一覺，明日就好了。」

龔行風聽著「哎」了一聲，起身朝張小碗磕了一個頭，說道：「那乾娘，我且去了。」

「去吧。」張小碗點了頭，起身跟著他走到了門邊，又吩咐門邊的媳婦子說：「派男僕去龔將軍的院子替他取上披風，給他穿上了，再讓他去前院。」

見她還操心著，龔行風怪不好意思地又紅了臉，低著頭快步走了出去。

前院的喧囂聲一直未止，到了寅時，聞管家這個老管家已經累得昏睡了過去，大仲是喉嚨口都冒了煙，另外五個管事的前來跟張小碗報信時，累得聲音都像蚊子嗡嗡似的小聲。

張小碗聽他們說了個大概，就朝他們道：「都歇著去，歇好了再來跟我說。」

這幾人才領了下人匆匆離開。

張小碗站在了門邊，沒候多時，江小山就扶了汪永昭回來。

見江小山那腰也是直不起了，張小碗便扶了半閉著眼、渾身全是酒味的汪永昭，輕聲地與他道：「回吧，你媳婦一直在那兒等著你呢。」

江小山抬頭一看，看見明亮的廊下，他媳婦正憂心地看著他，他不由得朝她一笑，招招手。「回家了，趕緊過來。」

小山媳婦急忙地跑了過來，江小山握了她的手，待她喘了兩口氣，才拉了她給汪永昭與張小碗行了禮，這才離去。

七婆、八婆這時已經累得躺著歇息去了，還好一直看著新娘子的萍婆子回來了，一直候在張小碗身邊等人，這時見張小碗扶著汪永昭，便趕緊過來幫她的忙。

可她的手只一搭上汪永昭，就被閉著眼睛的汪永昭揮了開去。

「我來吧。」張小碗輕聲地道：「妳現下馬上去浴房幫我把熱水兌溫些，不要太熱了。」

她用盡全力扶了汪永昭，可能醉的人比平時要沈，張小碗扶了半醉的汪永昭進去浴房後，又給他脫了裳、進了浴桶，才發現自己也出了一身汗。

叫萍婆子下去備裳後，張小碗脫了身上的衣裳，用花皂給他洗頭。

等幫他上下清洗了一道，汪永昭深吸了一口氣，這才睜開了眼，看向了她。

「您起身。」張小碗忙去了浴桶外，給自己披好了裳，拿了長布裹向他。

幫他擦乾領到了床上後，她這才在浴房裡匆忙地收拾自己，饒是如此，汪永昭還在那邊摔書、摔杯子，把動靜弄得浴房這廂都能聽得到聲響。

張小碗匆匆綰了長髮過去看他，見他身上她給他穿的厚衫領子被扯開了，她走過去嘆道：「您就不愛惜自個兒點。」

汪永昭皺眉，待她走近，他就抱緊了她，聞著她的髮香味。

「頭髮還未乾呢，乾了再休息。」張小碗打了個哈欠。「等您回來前，我只歇得了一會兒。」

「嗯。」汪永昭開口說了話，話音卻還是冷冰冰的，但抱著張小碗的手勁沒有鬆。

過了一會兒，他道：「我頭疼得很。」

「喝點溫水。」張小碗摸了摸他的額頭，揉了幾下道。

這廂萍婆子連忙倒了溫水，張小碗接過餵汪永昭喝下，才轉頭對她道：「妳也去歇著吧，今日就得妳陪著我忙了，讓七婆、八婆好好歇幾天。」

「知了。」萍婆子行了禮，退了下去。

等內屋只有他們兩個了，張小碗便坐在了汪永昭的腿上，拿著乾布幫他擦髮，嘴裡則慢慢地說道：「先歇一會兒，早上醒來要還是疼，咱們就要請大夫過來看看，給您吃點藥。」

「嗯。」汪永昭看著她的臉，伸手摸了摸她的手臂，見有些涼，便伸手搆上了放在椅臂上的狐皮披風，裹住了她的身體。

張小碗朝他笑笑，用嘴唇輕碰了下他的額，沒有言語，繼續幫他擦著頭髮。

「他一直都要與我作對。」汪永昭看著她的臉，口氣漠然地說出了這句。

「誰？」張小碗漫不經心地問。

「皇上。」

「因為忌諱你嗎？」

「這是其一。」汪永昭閉上了眼，淡淡地道：「其二是妳養大了善王，妳也跟著汪家走過了這風風雨雨，但妳活著。」

「這算得了什麼原因？」

「皇后死了，妳還活著。」

這就是原因。

他想了很久才想明白，為何皇帝這時還要給他送美人過來，而不是用別的計逼他就範。

皇帝忌諱他，看不慣他，更不想讓他歡心。

「怎會如此？」張小碗聞言笑了，道：「他是大公無私的皇上，私情的事歸私情，哪會真因這個跟您計較？」

「他很孤獨。」汪永昭抱著她倒在了床上，伸手撥弄著她的濕髮，看著她就算疲倦也還是黑亮的眼。「他是皇上，沒有了那個知他冷暖、替他疼痛的皇后，他比誰都孤獨。」

「是嗎？」張小碗良久無語，最終只道出了這兩個字。

她沒問汪永昭是不是也曾那般孤獨過，才這般了解靖皇的孤獨。

她也沒說，她不覺得靖皇可憐。

這世上因果輪迴，誰也逃不脫。

就算是她張小碗，因著當初的貪戀，她想活著，想生下兒子，為此，她不也一直被命運操縱著往前走？

而如今走到這一步，這一切已是她無力再擺脫的了，她有多累，她連想都不願意去想，只願想著那些會讓她心口輕鬆的事。

明天她能見到她的小老虎的妻子，懷慕會與懷仁過來給她請安，即便是汪永昭，怕也是會為了她的臉面，對懷善與他的妻子面露幾許和緩。

而遠在京都的靖皇，可能會因為汪永昭的不聽話而震怒，可能會想更多的辦法來辦這老臣，也有可能他會得上比皇后更得他心的美人，知他冷暖、替他疼痛，從此他對皇后的思念只剩偶爾念及的幾許心痛。

這就是命運，只能往前走，沒有回頭路可走，也永無後悔可言。

各人的命各人背，哪怕是皇上。

這日休息了近兩個時辰，張小碗便起了床洗漱，喝過潤喉的蜜水，梳妝打扮完，才叫了汪永昭起來。

在她下床時，汪永昭已半清醒，這時見得她過來叫他，便睜眼皺眉道：「妳那媳婦又跑不掉。」

張小碗輕笑。「都盼了好些日子了，有些著急，您就行行好，別急我了。」

汪永昭不快，但還是在她的伺候下穿好了錦衣。

這時汪懷慕與汪懷仁也過來了，懷仁一見汪永昭，那小手就朝他伸去，委屈地叫道：「爹爹……」

汪永昭忙抱過他，懷仁見著這個昨日未抱他的親爹，便狠狠地在他鼻尖咬了一大口，見他爹沒叫疼，這才滿意地咧開嘴角笑了出來，雙手抱著汪永昭的脖子，道：「爹爹不疼，孩兒吹吹。」說罷，鼓起了臉，大吹了一口氣，吹了汪永昭滿臉的唾沫星子。

懷慕見狀，朝張小碗搖頭道：「娘，弟弟又使壞了。」

懷仁這時見得汪永昭滿臉自己的口水，格格壞笑了起來。

汪永昭瞪他一眼，見他毫不害怕，嘴角便翹了起來。

張小碗趕緊拉汪永昭坐下，給他重拭了臉後，把懷仁抱到懷裡就是打屁股。「你這小壞蛋！昨日聽你調皮都沒教訓你，今日不給爹爹請安便噴他口水，你看我揍不揍你！」說罷，大揍了他幾下屁股。

懷仁被打得有些疼，含著手指假哭了幾聲後，便喊起了救兵。「爹爹、慕哥哥，懷仁屁屁疼，娘打懷仁！」

張小碗被他氣得腦門疼，沒好氣地把人塞到了萍婆子手裡，對她道：「往門邊站一炷香，敢調皮就拿棍子打！」

見又要罰站，懷仁便立即往他爹爹懷裡撲去，可惜張小碗有先見之明地擋在了汪永昭的前面。

汪永昭無奈，只能讓他被拖去門邊罰站。

在前院，他怎麼管教孩兒是他的事，但在內宅，這婦人就算要罰他的兒子，他也只能由得了她去。

「爹爹壞！」見汪永昭不救他，被萍婆子抱走的懷仁氣鼓鼓地朝汪永昭說了一句，這時，見懷慕搖著頭看他，他就捏起小拳頭朝他揮舞。「慕哥哥也壞！小壞蛋、大壞蛋，讓娘親也罰你們！」

他年紀小，話說得不甚清楚，張小碗仔細地聽才明白他在說什麼，聽罷後，無奈地朝汪永昭道：「您還說隨了他去，要是隨了他這頑劣不受教的性子，都不知以後會長成什麼樣的人。」

說著就拉過懷慕，憐愛地摸著他的頭髮。「多虧了有你看著，昨日帶著弟弟甚是辛苦了吧？」

「未曾，懷慕不辛苦。」汪懷慕直搖頭，笑著道：「只是帶他跟幾位先生唸了半天聖賢書，他聽得半會兒就睡了過去，我只要看緊他不踢被子就成。」

張小碗聽著搖頭失笑。

這時汪永昭站在門邊，看著小兒滿臉氣憤地捏著小拳頭靠著牆站著，於心不忍了一下，又念及那婦人教兒的堅決，只得輕嘆了口氣，轉過頭走回來，抱起懷慕與他道：「等過了正月，爹爹便帶你去習獵。」

「真的？」汪懷慕一聽甚是驚喜。

「嗯。」汪永昭點了下頭。

汪懷慕便抱了他的脖子，嘆道：「爹爹真好，日日記掛著孩兒。」

汪永昭聞言，臉上的那一點漠然也全消失殆盡，他目光柔和地看向汪懷慕，伸出手摸了摸他的頭髮。

這就是他的孩兒，一人乖巧，一人頑皮，就算是最大的，也是智勇雙全，皇帝若想在把他發放邊疆後再來掌握他，那就別怪他不遵其令了。

說來，知情之人誰人不知，皇朝大員大多更換了的朝廷，內裡多有不穩。新替換的官員不待那三、五十年，誰有能力誰無能，這短短幾年哪瞧得出來？而皇朝下面更是風雨飄搖，年景時好時壞，再也禁不起一場大仗了。

這個關口，靖皇要逼他反，無非就是他不太想當這個皇帝了。

善王進京，也讓他那個媳婦跟著他進京，就已是他的讓步，他也給皇帝盡了誠意。

皇帝給他的妾，他定不能收，收了，成全了忠君之名，但皇帝可不會只這麼一次便放過他，皇帝不會消停的，除非他汪永昭跟他一樣生不如死。

他已退無可退，皇帝要是不滿，那他們只有一途可以解決了，那就是皇帝放馬過來，他也放馬過去。

到時，再起干戈又如何？黃泉路上，這婦人說了她陪他走。

至於他的這兩個小兒，哪怕是那個大兒，他也會把他們的路安排得妥妥的，萬一到了那個境地，他們會帶著他給他們的兵與金銀珠寶，去他國之地生存。

皇帝切莫再逼他，真逼了他到那步，誰的損傷會更大，這還尚不可知呢！

抱著二兒子，汪永昭嘴角的笑意越發深沉。

張小碗見狀，過去將懷慕抱到了懷裡，無視汪永昭眼底那思及他事的狠戾，若無其事地和完全不知其父變化的懷慕笑著說道：「等會兒要見嫂嫂了，可歡喜？」

「我聽大哥說，嫂子甚是好看……」懷慕臉紅了起來，道：「只比娘親差一點點，也不知當真不當真？」

那廂，善王的正院朝善院，木如珠緊張地站在門口，等著她的夫君過來與她一道去婆婆的正院漠陽院。

汪懷善把幾匣寶石挑了又挑，才挑出兩匣稍有點滿意的，交與兵小玖道：「小玖哥，就這兩匣吧，你幫我拿著。」

作為他近身侍衛的兵小玖笑嘻嘻地拿過那兩個匣子，先走了兩步，去了門邊。

汪懷善這才來到木如珠身邊，低頭與她笑道：「讓妳等久了？」

木如珠連連搖頭，緊張得說不出話來。

見她眼睛有些著急，汪懷善便伸出手抱了抱她，拍了拍她的背，甚是愛憐地與她道：「莫要怕我娘，她是個好母親，定會像疼愛我般疼愛妳。」

木如珠聽到這話，緊張地笑了笑，小心地嚥了嚥口水，才道：「不是怕母親，而是……」

汪懷善這才恍然大悟，笑道：「那就是怕父親大人了？」

木如珠一聽，低下了頭。

「妳怕是從誰的口裡得知了父親大人不喜我的話了吧？」汪懷善撫上她的肩。

「沒有。」木如珠搖頭道。

「定是我那群哥哥們私下跟妳說的。」汪懷善不以為意，笑道：「他們都愛亂說，不要信。」

木如珠聞言點了下頭，沒有把和姥姥告知她的話說出來。

姥姥說，在黑夜裡看去，汪家的那個男主人有一雙殺人如麻的眼睛，裡面沒有絲毫感情。

她不得不替這個不得他歡喜的夫君擔憂。

路上汪懷仁在張小碗的懷裡，對她展開語言攻勢，只聽他軟聲細語地道：「懷仁聽話的。」

「喔？」張小碗笑看著他，恁是懷疑。

「娘親不要打屁屁嘛！」汪懷仁撒嬌道，為了蠱惑他娘，他還在她的臉上親了一小口。

「你不聽話，那是要打的。」張小碗沒有動搖，慢慢地與他說道：「不聽話、不受教，便要打。今天只打屁屁，罰你靠牆站，明日要是再不聽話，便讓你自己睡，不再讓慕哥哥陪你了，你自個兒一個人睡黑屋子。」

汪懷仁一聽，瞪大了眼，揚起手來就要打張小碗，但看著她的笑臉，他又猛抱著她的脖子，在她懷裡扭來扭去，很是煩惱無比。

被汪永昭牽著手的汪懷慕這時大嘆了一口氣，鬆開汪永昭的手，便朝張小碗伸去。「娘親，讓我抱懷仁吧。」

懷仁聽到他的話，立馬轉過身，朝他伸出了手。

懷慕用力抱住了他，放他到了地下，牽著他的手，低頭與他小聲地說道：「要聽話，可好？晚上慕哥哥便帶你去找大哥要糖吃。」

「嗯，懷仁聽話！」汪懷仁一聽，咧開了嘴角笑，把嘴裡含著的那顆梅子糖用手拿了出來，自己咬得一半，把另一半塞到了他哥哥的嘴裡，以示討好。

汪懷慕把甜中帶酸的糖嚥下，狀似拿他沒辦法地搖了搖頭，牽著弟弟的手跟在了父親的旁邊。

汪永昭低頭看向他們，見兩兄弟雪白的雙手相互牽著，一步步往前走，他目光柔和地一路看著他們。

張小碗這時走到了他的身邊，挽著他的手臂，輕輕地與身邊的萍婆子說起話來。

這時大仲從另一頭走了過來，請過安後，邊走邊報。「親老太爺、老夫人都坐在堂屋了，舅老爺他們也全到了，就等你們過去了。」

「這麼早？」萍婆子笑著問：「夫人不是說可以稍晚點嗎？」

「老太爺和老夫人可是一早就起來了，」大仲笑道。「說是分外想見外孫媳婦，就趕了個早。」

「真是難為老人家了。」萍婆子笑道。

「可不是嗎？」大仲附和。

「你爹身子骨兒可好點了？」張小碗嘴角微微一笑，開口問道。

大仲忙彎腰答道：「好著呢，聽您的吩咐，這上午就歇著，下午再過來給老爺與您，還有善王請安。」

「唉，不忙。」張小碗也知聞管家是累病了。「今兒個起不來就起不來吧，總歸大公子這幾日是在家的，等回頭他好了，再讓他給他們請安去。」

「唉，這……」大仲有些猶豫。

張小碗朝他擺擺手，轉頭向汪永昭瞧去。

汪永昭見狀，朝大仲淡淡地說：「歇著吧，大夫開的藥，手頭沒有的，找夫人來拿。」

「都有著，」大仲垂著頭低低地道：「勞您和夫人費心了。前兩天夫人就送了兩支長參與兩支短參過來，便是那保生丸也給了一瓶。」

「嗯，別省著。」汪永昭輕頷了下首。

大仲這就又退了下去，半跑著進了堂屋先去準備著了。

都府大小管事的不少，但夫人看重他們父子，主事的全是他們，管事的沒得他們的吩咐也不好辦事；現下，他父親臥病在床，今日這府裡大大小小的事便要他過問了，自然是恨不得十步路當作一步路走，省些時辰才好。

「見過大人。」

「見過姊夫大人。」

汪永昭帶著張小碗與兩個兒子一進去，張家坐在下首、靠近門邊的兩兄弟就站了起來，還有那趙大強也隨之站了起來。

張家兄弟與趙大強的稱呼不同，但汪永昭瞧都沒瞧他們一眼，那冷酷威嚴的臉上一點情緒也沒有，鼻間只輕「嗯」了一聲，便算是應了他們的禮，大步往前走去。

那廂，汪永安三兄弟也站了起來，拱手道：「大哥。」

「嗯。」這次，汪永昭掃了他們一眼。

這種場合裡，隨行在側的女眷無輕易開口說話的權力，這時汪杜氏、汪申氏便朝汪永昭夫婦福了全禮，便且退下。

那邊，小寶和小弟媳婦見狀，這才知剛才她們福的是半禮，這又在其後朝他們補了全禮。

張小妹因此尷尬得臉都紅了，正要偏頭輕聲與大嫂說，先前來教過她們的婆子怎地沒把禮教全？但小寶媳婦卻朝她猛搖了兩下頭，制止了她的出聲。

張小妹這才想起，這種場合沒有她說話的分，她不以為然地撇了下嘴，但這時她的二嫂又朝她緊張地看過來，她這才沒再開口說話。

自然，她們這廂的動靜，張小碗這邊是沒看到的。

汪永昭領了她給張阿福夫婦行了禮，她這才笑著用梧桐村的話開口道：「爹、娘，你們一早起來了，早膳可用得好？」

劉三娘這時眼睛已經看向了身前懷仁那嬌滴滴、粉嫩嫩的小臉，她早前看過她這長得跟大女兒甚像的小外孫兩次，次次都想抱這個小外孫，但這兩兄弟身邊總有婆子和護衛，她只看得兩眼，就只能看著他被他們抱走，這時這麼近看到他，忍不住伸出手道：「可能讓外祖母抱抱？」

張小碗聽了，便把懷仁抱到她懷裡，輕聲地與她道：「他是您的小外孫，您想抱就抱。」

「哎、哎。」劉三娘應著，把懷仁抱到懷裡後，在張小碗傾身靠近她的視線裡，她看到劉三娘的眼角全濕潤了，老人那黯淡的眼光裡，似有著懷念的光芒。

「他與妳小時長得甚像，只是白淨了很多，眼睛也要有神一些，其他的，甚是一樣……」劉三娘低低地道，聲音很小，如若不是張小碗聽得仔細，這聲音便也能忽略過去。

張小碗輕「嗯」了一聲，笑道：「那您便多抱抱他。」

懷仁這時被抱在老人的膝蓋上坐著，他好奇地看了看她，再看看張小碗，見他娘朝他笑，輕聲讓他叫外祖母，他便回過頭，朝劉三娘道：「外祖母，懷仁乖，讓您抱！」

說著嘟起小嘴，示意劉三娘可以親他。

劉三娘生了兩子兩女，卻未曾與人這麼親密過，一時間手足無措，竟求救地朝張小碗看去。

拉過懷慕牽著手的張阿福也甚是緊張地盯著小懷仁，似也覺得不知如何應對才好。

「你親親外祖母吧，小懶蛋。」張小碗笑，輕捏了捏他的小臉。

懷仁被她指責，只能勤快地靠近劉三娘，在她的臉上親了一記。

「還有外祖父。」見眼巴巴地看著他的張阿福，張小碗提醒汪懷仁道。

汪懷仁「喔」了一聲，在張小碗扶著他之下，他爬過劉三娘的膝頭，又親了張阿福一口，頓了一下，又試探地叫了聲。「外祖父。」

張阿福「啊」地應了一聲，一時笑得眼睛全瞇，也露出掉了兩顆門牙的老牙，很是慈愛無比。

「三公子啊，就是聰慧，跟您兩老也親。」萍婆子這時笑著伸手抱起了懷仁，張小碗這才回到了他們的正位，坐在了早已坐下的汪永昭身邊，笑看著父母。

堂屋內，這時的正位擺放得跟平常不一樣，因著有兩老，原本的主位便偏了一些，讓出了一些正位給兩老，算是兩處主位。

這時，汪永昭與張小碗坐得一方，張氏老夫妻坐得一方。

懷仁被抱了過來，懷慕也緊跟著站在了母親的身邊，好奇地看著門外。

外面這時通報的聲音一聲高過一聲地傳來，自有那各處的護衛高喊著「善王與善王妃到了」。

聲音一路高到近在耳邊，這時剛在大夫那兒針灸而來的七婆、八婆也有些匆忙地進了內屋，給汪永昭與張小碗請了安，又朝著在座的人施了禮，這才站到了張小碗的身後，等著見她們夫人的第一個兒媳婦。

這廂她們剛站定，門邊就響起了汪懷善的笑聲。

「回頭妳要是得了好禮，可莫要藏私，定要分我這為夫的一些！」

話畢，就見那英武的善王帶著一名五官秀麗的美貌女子走了進來。

「大舅舅、大舅母、二舅舅、二舅母……」善王一路拱手過來，臉上全是狡黠的笑。

「二叔、二嬸、三叔、三嬸、四叔……喔，四叔，可是四嬸不能來？想來四嬸定不會少了我媳婦這份見面禮的，您等會兒可別給我藏著了，我可不依！」

莊永重聞言，哭笑不得。「定少不了你的。」

汪懷善哈哈大笑一聲，朝他叔父頑皮地擠了下眼，

這時，汪懷善已向張小碗看了過去，見到她嘴角揚起的笑，他走過去跪到她跟前，把她懷裡的懷仁抱到他的大腿上坐著，一臉正經地朝她道：「妳看我討的媳婦兒可好？」

這一世，張小碗第一次知道笑得合不攏嘴是什麼滋味。這時她迎上兒媳婦朝她小心看來的目光，她朝她輕頷了下首，才朝汪懷善笑罵道：「就是這大喜的日子，你也不忘跟我調皮！」

一過就是二十一年，她的孩兒總算是長大了，他以後會有他的家、他的孩兒，他會知道這世上的太多事沒那麼好，但也絕不會那麼壞。

時間真是快極了。

「過來吧。」看著小心翼翼地走到懷善身後便跪下的兒媳婦，張小碗柔聲朝她道。

木如珠跪著靠近了她，先朝汪永昭磕了個頭，小聲地叫道了一聲。「兒媳木氏見過公公。」

隨後，又朝張小碗磕了頭，便抬頭朝著張小碗紅著臉笑了一下，道：「兒媳木氏給婆婆請安，婆婆吉祥。」

張小碗朝她伸過手，一握上她那虎口有薄繭的手，笑容便更深了。「這官話說得如此伶俐，以前不曾學過吧？」

「未曾，是這些時日來學的。」木如珠被她握著手，看著她那神采奕奕又滿是溫柔的眼，心下又是緊張，卻又無端地放了一些提著的心下來。

「樣子長得甚好，又是個聰慧的，難怪懷善歡喜妳。」張小碗笑著道，鬆開了她的手，緊接著又打了下這時正逗著懷中的懷仁玩的懷善，嘴裡佯怒道：「這種日子也還是沒規沒矩的，還不趕緊去給你父親大人磕頭！」

「唉，妳別打我，我這就去！」懷善笑嘆著道。

在他膝上的懷仁一見得他也被娘親打了，立馬格格笑了起來，還揚了小手上下揮動，似在助威。

「果真是個壞小子！」剛被懷仁咬了手指的懷善笑罵，帶著他跪著移了兩步，笑嘻嘻地朝汪永昭道：「爹，您看小弟弟根本分不清你我，我跟您賭兩罈酒，您只要不在，他定能認錯人！」

他話剛落，懷仁就朝汪永昭的膝上爬，嘴裡叫道：「爹爹、爹爹……」

懷善一聽，臉霎時垮了。「果真是小壞蛋！」

汪永昭本是冷眼瞪著他，這時嘴角卻彎起了笑，抱起懷仁，把他抱到腿上坐著。

這時張小碗見他還是沒規矩，伸過手來又拍了下他的腦袋。「快快行禮！」

見他又被打，懷仁拍著小手板，發出一長串歡樂至極的「格格格」長笑聲，把在座的甚多人都逗得嘴角揚起了笑，便是木如珠，都好笑地看著她那被母親訓的調皮夫君。

他這般模樣，她曾看到他在他那些叫哥哥的兄長們面前顯露過，沒料想，他在父母面前，也似這般長不大、無憂無慮的樣子，跟在戰場上那個勇猛果敢的善王是如此的不同，但又不覺得突兀。

他就好像能得到所有人的歡喜那般，誰都想靠近他。

這時，聽到屋內那歡快的輕笑聲，木如珠心裡才真正鬆了一口氣。

和傳言不符，便是跟姥姥說的，也不盡相同。

他那跟他長得甚像的父親，只是比他更威嚴冷漠了一些，看著不近人情了點，但看得出來，他是不厭惡善王的。

「敬茶吧。」汪永昭淡淡地開了口。

「是。」

汪懷善這才領了木如珠敬茶。

汪永昭接過茶後，讓江小山端出一個蓋了紅布的紅盤子，便飲了茶。

張小碗也接過了木如珠手中的茶，一口喝下後，把萍婆子手中準備的精緻木盒子交到了她手中，才與她微笑道：「以後就叫娘吧。」

木如珠紅著臉應了聲「是」。

「我還沒給您磕頭呢！」汪懷善這時又朝汪永昭嘿嘿一笑，給汪永昭磕了一個頭後，朝他伸手道：「您給我再抱抱這小子，我這幾日都忙著給汪家娶媳婦兒去了，都沒好好抱過小弟弟！」

張小碗聽得確實是忍不住了，笑罵道：「少胡來了，快帶我兒媳去見外祖父、外祖母和叔父、叔嬸們。這親都沒認全，你又亂來，看你爹等會兒不訓你！」

汪懷善哈哈大笑了幾聲，撓了撓頭便朝汪永昭詼諧道：「那孩兒起來了啊？」

見他這時還不規矩，汪永昭冷眼看他一眼，不動如山地輕頷了首。

汪懷善這才起身，木如珠見狀，又匆匆朝汪永昭跪下磕了個頭，慌忙從和姥姥的手中把她備好的禮給了張小碗，輕聲地道了句。「給父親大人和您的，您莫嫌棄。」

「不會，孩子。」張小碗輕拍了拍她的手，微笑道：「去見家裡人吧。」

木如珠臉更紅了，低頭緊緊跟在了汪懷善的身後。

汪懷善這時已掀袍朝張氏夫婦跪了下去。「外孫懷善帶媳婦兒給兩位老人家磕頭請安了。」

他說的是梧桐村話，一直淺淺笑著垂眼不語的木如珠早前被他叮囑過，當下就緊隨著他跪了下去，碰地磕頭。

「這可使不得！」張阿福連忙起身，立馬扶他起來。

「這有何使不得的？」汪懷善嘿嘿一笑，半起了身，扶了木如珠起來。

劉三娘見狀，把準備好的見面禮給掏了出來，一言不發地往外孫媳婦手裡塞。

木如珠朝她嫣然一笑。「謝外祖母。」

劉三娘看著她明豔亮麗的笑，怔了怔，又把手上戴的玉鐲褪了下來，眼睛朝給她鐲子的大女兒看去，見她笑著點了下頭，便拉過木如珠的手，又把鐲子套進了她的手腕裡，嘴裡唸叨道：「要多子多孫，要好好對懷善好，他心地善良，莫要讓他吃虧，來生妳也會得福報的。」

木如珠聽不懂她說的話，只是看著她的臉，聽她說一句，她便微笑著輕福一下腰，應道一聲「是」，舉止落落大方，又甚是得體。

她又端過奉上來的茶，跪下雙手舉起，給兩老敬了茶。

「外祖父。」

「外祖母。」

輩分最高的兩老過後，便是輪到汪家的三兄弟、張家的三兄妹，隨後便是府裡的老人。木如珠認到最後，臉都笑僵了，打發出去不少東西，也收回了不少東西。

等認完親，懷善要領新媳婦去給孟先生請安，張小碗便叫人都回去休息一會兒，到午時再一起午膳。

第四十三章

懷慕與懷仁得了大哥一匣子的寶石，被七婆、八婆帶到一邊玩去了，而外屋裡，萍婆子給汪永昭與張小碗送上茶後，這才坐在張小碗的下首，與張小碗說道：「那姥姥您是瞧見了？」

「嗯。」張小碗喝了口茶，淡道：「聽妳說，她是不會說官話吧？」

「應是不會，就算聽得懂，也只有一、兩句。」

「那眼色便是好的。」張小碗淡淡地道：「該跪誰，不該跪誰，她比如珠都要先知會一步，我看到後頭，她站在後面還提醒了幾句吧？」

一直為木如珠端茶的萍婆子答道：「是。」

張小碗想了想，朝身邊的汪永昭看去。「您看？」

「婦人之事，妳看著辦。」汪永昭看她一眼，便打開了江小山剛拿過來的幾封信，展開看了起來。

張小碗便回過頭，朝萍婆子道：「妳幫我想想，我是教還是不教？」

懷善是她兒子，她可以什麼話都說，但新兒媳畢竟不是她的親女兒，她就算有疼愛之心，可對方領不領情，又是另一回事了。

她看著她那兒媳，確是個心裡主見甚大的。

到底，還是隔著一層。再說，每人行事風格不一樣，她教的不一定對，也不一定對兒媳有用，當然更不一定能得兒媳婦喜歡就是。

「她是個心裡有主意的。」萍婆子想了一下，便道：「您再多打量幾日，看要不要教。」

張小碗點頭，嘆道：「是，再看看吧。」

兒媳看起來是很緊張，但在堂屋裡過了些許時辰，她就又冷靜下來了。張小碗想，她兒子確實找了個與大鳳朝大家閨秀不同的女子當媳婦。

另一頭，她也隱隱覺得懷善不想讓她教，他說她該懂的都懂得，以後去了京都也會護得住自己，言下之意就是，他覺得木如珠很強。

張小碗坐著想了想，又道：「不管教與不教，京中的局勢，哪家的夫人哪樣的性子，趁二夫人、三夫人都在，這幾天便請她過來聊一會兒，該讓她知的都讓她心裡有個數吧。」

「唉，您正好也多與她處處。」萍婆子笑著道。

張小碗也笑了起來，轉眼看汪永昭皺眉看著手中信紙，她推了推桌上的杯子。「您喝口熱的。」

這次過年，因著有些來賀喜的人趕不回去，張小碗便讓這些人在除夕夜聚在了都府裡過了一個年。

這上下近半個月的日子，都府裡的人上到下都脫了一層皮，張小碗每日都要過問不少事情，京中的事，她讓汪杜氏與汪申氏每日都陪著木如珠去說話，兩妯娌來與她說時，都說善王妃溫婉知禮，對她們說的話甚是認真，有什麼不懂的，也問得甚是仔細。

張小碗很是欣慰，本想好好與木如珠待得一時半刻，但無奈府中瑣事實在甚多，還有家中人要操心，擠了又擠也抽不出時間，便也只能讓木如珠先跟著嬸嬸們說話了。

她也是讓萍婆子跟在她身邊，有什麼不對的，有萍婆子、有那位姥姥，想來也不會有什麼大問題。

現下這關頭，忙完了回禮，她又要忙汪永昭麾下眾大將年關的賞賜。

待剛過了初三，她累得連話都快要說不出之際，汪永昭的兩位心腹欲要成親，這兩人一直以來要嘛住在鐵沙鎮的兵營，要嘛就是在外面替汪永昭跑路，哪有什麼住所？張小碗便又是叫了管事的忙給他們找住處，可沙河鎮這時哪有什麼空宅子？張小碗便狠了狠心，把德陽府一分兩半，寫了地契出來，給了他們當住所。

這兩人就算感激，都見不到忙得疲累的張小碗，總算在初五那天，帶了新媳婦過來拜見張小碗。

張小碗又給他們打發了一些布料和吃食回去。

這段時日，張小碗也跟汪永昭提過，想帶著新媳婦在身邊看著她管家一段時日，但這日夜間跟汪永昭提起時，卻被汪永昭否決了，還對她冷冷地道——

「妳這些時日忙的是我營中之事，她一個外族之女，妳的謹慎哪兒去了？」

「這……」

看她苦笑，汪永昭不耐煩地道：「她是善王妃，妳是汪夫人，妳還能替她過日子不成？」

「理是這個理，卻還是不放心。」張小碗嘆道。

「且看著吧，要是她是個好的，日後再教她也不遲。」

張小碗聽到這話，偏過頭看了汪永昭，半晌見他無動於衷地回看著她，她伸手摸了摸他的臉，道：「瞞我吧，你們心中有多少事，便瞞我多少事吧。一個個都不跟我說清楚，日後等我真成了那無知之婦，我看你們煩不煩我？」

汪永昭譏嘲地翹起嘴角。「妳管好妳的家，帶好我們的兒即可。」

正月初八那天，張小碗還是把快要離開去京都的兒媳帶在了身邊，讓她看著聞管家管府內之事。

身邊的婆子們教她注意的婦人之事，裡裡外外的那些，也全都教了。

正月十五那天，汪懷善領著汪家一家、張家一家回京都。

張小妹之事，汪懷善也說會按她的意思辦，讓她莫擔心。

張小碗送了他們離開，這次沒有眼淚，只有一些送走他們後的空虛。很快地，這種空虛就又掩埋在了管教汪懷仁的日子裡。

待到四月，春暖花開之際，張小碗等著京中定期來的信過後，便要帶小兒們與汪永昭去滄州城的山裡打獵，可這時京中來的信，終還是讓這趟行程成了空。

汪觀琪死了。

汪韓氏也死了。

「青營、藍營。」張小碗接過信後，汪永昭抬頭往門邊看去。

「是。」在他的冷眼下，護衛彎腰拱手，接而身形一閃，消失在了屋內。

懷善送來的急信，本是汪永昭先拆再給張小碗看的，但張小碗一上午都在書房給他整理書籍，來信後，他便由她手裡拆開了先看。

待吩咐完人後，汪永昭又從頭至尾重看了一遍。

張小碗看著他緊緊攏起的眉心，輕道：「我先退下，在後院等您回來用膳。」

「坐吧。」汪永昭把信放在桌上，伸出手，拉了她在他的身邊坐下。

「老爺。」張小碗把他的手掌合在掌心，叫了他一句。

「百日，路上一個月的行程，我們還要回京城待上兩個月。」汪永昭又盯了信一會兒，方才閉著眼睛淡淡地道。

皇帝已有明令，朝廷上下，武將丁憂百日，不解職待命。不知在京中的這兩個月中，皇帝又要跟他玩什麼心眼？

是想收回他的節鎮？還是要他的命？還是兩者都想。

張小碗先前當他是在傷心，現下聽著他這話，怔了一下。

隨即她輕嘆了口氣。「您是武將，這邊漠缺不了您，百日出殯後，您就回吧。」

汪永昭聞言偏頭看她，嘴角有譏誚的淡笑。「缺不了我？就是缺不了我才有問題。要是缺得成我，任他宰割，這才如了他的願吧。」

「懷善信中說了，他們是活不下去了。」張小碗垂眼輕語道。

「妳信？」汪永昭仰頭短促地笑了一聲。

懷善信中說，祖父大人突有一天醒來，在床頭用藥漬寫下了「不得好死」四個字才斷的氣。

張小碗想了一會兒，淡然地道：「如有別情，那也不是您的事。娘去得快，想來也不會有什麼別的陰謀，就是有也無妨，當年的那碗藥，是我吩咐人灌下去的；爹那頭，就算是突然清醒又如何？要是出了什麼事，誰能怪得了您？他一直用我給的方子在服的藥，就算他是詛咒誰，那也是咒我這個不孝媳婦，跟您無關，也跟汪家的誰都沒關係。」

她說畢，屋子內突發巨大的一響，汪永昭重重地拍了下書案，書案上大半的籍冊、宣紙因此掉落了地，發出了聲響，應和著那拍桌的餘韻。

「閉嘴！」汪永昭發怒了，他咬著牙，喉間青筋爆起。

不是她幹的或是她幹的，她全擔著？好大的本事！

「您有何好生氣的？」張小碗卻還是淡然。「我自己做的這等事，換他一句話，那也是應當的。再說了，到了京中您好好護著我，我自己也看形勢而為，就算出了事，想讓我不得好死也不是那麼容易的事。」

「妳當皇帝還是那個能賜妳仁善之名的皇帝？」汪永昭冷笑，這時的他恨極了她的漠然淡定，他真是恨不得搧她一掌，搧醒她的愚蠢。

「不是又如何？」張小碗抬眼靜靜地看著汪永昭。「他要殺他邊疆大臣的夫人，要殺當朝善王的母親，總得給個說得過去的說法吧？」

「他瘋了，」汪永昭深吸了口氣，才恢復了一臉的淡漠。「妳也跟著他瘋。」

「您的意思是，您不讓我回？」張小碗想了想，又道。

汪永昭不語。

「我定是要回的。」張小碗輕搖了首。這時外邊傳來了銀虎營中青營、藍營首領到了的話，她便站起，朝汪永昭施了一禮，就朝那門邊走去。

她不回，那才會讓皇帝抓住了汪永昭的把柄。

他堂堂一個節度使，連夫人都不帶回去奔喪，這就完全不像話了。

「張氏……」汪永昭在背後沈沈地叫了她一句，口氣陰沈無比。

張小碗遲疑了一下，還是回過了頭，看著他，扯了扯嘴角，不疾不徐地輕道了一句。

「我不怕，您也不怕，這世上，沒什麼檻是人跨不過去的。」

生存面前，她沒認輸過，汪永昭更是未曾，所以，真沒什麼好怕的。

「張氏！」汪永昭又大吼了一句。

張小碗再次回頭，嘴角微翹。「您放心，要是有事，這次，我定會像護懷善一樣地護您，您莫擔心。」

說罷這句，她就提裙走了。

這次她說護汪永昭的話，是真心的。

她從不仁善，對不起皇帝賜她的那仁善兩字，但為了汪永昭這些年為她做過的那些事，為了這三個節鎮已有上千戶的人家，更為了家中的三個兒子，到時要是真到了不可收拾的地步，她也可以自刎於皇帝、自刎於朝廷面前，堵住那些嘴。

當年她絕不想死，哪怕汪永昭死了她也不想，那時，她萬萬沒有料到，她會跟汪永昭走到這步。

無愛，但有那情義在。

四月的邊漠颳來的風不那麼凜冽了，張小碗感受著臉上輕柔的微風，抬頭看向藍天，邊走邊看著。

等出了長廊，到了後院，萍婆子迎了上來，張小碗朝她說：「這風兒啊，暖得多了，一會兒，妳且和我收拾些夏日的輕衫，改明兒回京中一趟。」

「回京中？」萍婆子愣了。

張小碗輕吁了一口氣。「老太爺、老夫人齊齊去了。」

說罷，轉頭往幾位先生的院子那邊看去，對萍婆子說：「我們去走一趟吧。」

萍婆子應了聲，過來扶她。

張小碗轉頭看她。「這幾天身子骨怎樣？」

「甚好。」

「昨日那藥還吃著呢。」

「沒事，大夫說了，多吃兩劑斷一下根。」

張小碗輕彎了一下嘴角，走了一會兒，嘆道：「那便跟去吧，路上有不適就說。」

萍婆子風寒了幾日，她是有些不放心的。

「是您才替我這奴婢操這份心。」萍婆子淡淡地說：「就是個風寒，往日那時，就是燒著又如何？該幹活就幹活，哪還像您似的，讓我歇著，還讓人伺候著我。」

張小碗搖搖頭。「那時年輕，到底是不比當年了。」

萍婆子沈默了一下，垂著頭低聲地說：「可不是嗎……」

一晃，這麼多年就過去了。在邊漠待了幾年，當年在他府的歲月就跟上輩子似的。

回去那京中，現下也不知變成什麼樣了？

萍婆子抬起頭，看著夫人那安然無憂的臉，波動的心很快就平靜了下來。

晚膳時分，知道祖父母逝世，汪懷慕唉聲地嘆了口氣，七歲的孩子竟像個大人一般，掀袍跪下，對著遠方磕了頭，嘴間道：「望祖父、祖母安息。」說罷起身，又朝汪永昭與張小碗作揖道：「爹爹、娘親節哀。」

張小碗拿帕掩了嘴，朝汪永昭看去。

汪永昭懷中還坐著懷仁，聽到這話點了點頭，對他道：「坐回來用膳吧。」

「是。」

當晚，張小碗哄了兩個小兒回到屋中，與萍婆子、八婆收拾衣物，沒多時，父子三人的箱籠就已收拾好了，張小碗也為自己挑了一箱素色的衣裳，就連那裙底處繡了淺紅小花的白裳也沒拿，全挑了素色的。

亥時汪永昭從前院回來，張小碗又拉了他到桌前，把他們離開後的府中人的安排商議了一下。

大仲他們帶著走，留下聞管家，再到管事裡面提一個上來暫代二管家的位置。

張小碗的安排，汪永昭沒有異議。他也知道，暫提上來的是張小碗找來的人，也是他命人去刨過祖上五代的人，可以信任。

夜間沐浴過後，張小碗便沈沈睡了過去。看著她睡得安寧的臉，聽了她一陣子的呼吸，汪永昭才熄了燈，偏過頭，在黑暗中看著她的臉。

看得倦了，想得累了，他這才閉眼。

有了懷仁後，他已經不再怎麼想她偏心她大兒的事了，睜一隻眼、閉一隻眼地隨她為著她的大兒操心。但直至今日他才明瞭，他其實一直都想讓她更貼近自己的心一點。

再貼近一點，她便會為他哭，也會為他笑。

那時，該有多好。

懷善的信來過後第三天，汪家兄弟的信也來了。

信中沒有提及不對之處，只說家中兩老被僕人發現陸續斷氣，前後時間相隔半個時辰。

汪觀琪是死在那幾日覺察不對、日日守在他身邊的懷善面前的，但汪韓氏那邊有沒有別的動靜，懷善在信中說他卻是不知了。

汪觀琪這個差不多沒了神智的活死人會突然回過神，還找了擱置在一邊的藥碗寫了字，想來定是有人作祟，但懷善查不出來，只當此人手段高超了。

汪韓氏那邊也有汪永昭的人在盯著，但汪永昭這幾日的沈默和待在前院的時辰讓張小碗知道，事情沒有那麼簡單。

但汪永昭不說，她暫且也不問。

待快要到京城邊上時再問也不遲，這些時日，就讓這個男人自己先想想對策去。

一個月後。

馬車行駛到京城正門，善王汪懷善騎馬前來，接了其父汪永昭與母親、弟弟。

善王騎馬在前面帶路，進城的一路前行中，路上有行人停了腳步，往馬車看來。

馬車內，張小碗抱著懷仁，靠著牆壁半垂著眼坐著，懷仁在她身上不停地扭動，想往外探看，引得懷慕不停地拉住他，急得不行。

爹爹說過，這京中不比他們的邊漠，不能胡來。

汪永昭掀了布簾往外看了一眼，隨即就放下，轉頭看向張小碗。

張小碗輕掀了眼皮，朝他淺淺一笑。「您累了？」她問。

汪永昭搖頭，伸出手把她的手牽到手中，淡道：「萬事有我。」

張小碗點了頭。「我知道。」

棺柩停在汪永安的府內，一入汪永安的府門，汪永昭帶著張小碗和三個兒子與前來迎他們的人匆匆打了個照面，就去了安置棺柩的靈堂跪拜。

五人一身素衣，靈堂內，善王妃木如珠還跪在棺材邊盡孝，見到他們，又朝得他們一拜。

張小碗忙上前傾身，輕拍了拍她的肩，小聲地道：「好孩子。」

紅著眼的善王妃朝她低低地叫了一聲。「娘親。」

張小碗沒再說話，緊跟著汪永昭朝棺柩跪了下去。

汪永昭朗聲道：「孩兒不孝，來遲了一步，還望爹娘地下有知，恕兒不孝之罪。」說著就往下磕頭。

張小碗跪在他們父子四人身後，也跟著磕頭，等禮做足，一會兒後，汪永昭就帶著他們出了靈堂。

因棺木得要放上三個月才能入土，天氣又熱，這時的靈堂擱置了甚多冰塊，哪怕之前張小碗按汪永昭的吩咐穿了厚衣在身，一自陰冷至極的靈堂出來後，人一碰到外面的熱空氣，腦袋就是一陣抽痛。

但她沒有表現出來，依舊神色如常。這時，誰知背後有多少眼睛在盯著，會有什麼話傳出去。

拜過靈堂後，張小碗跟著女眷去了內院，因汪永昭是長子，要守靈堂，必要在汪永安的府裡住下。

說來，汪永昭已對汪永安冷了心，但為著葬禮一事，汪永昭也發作不得，還得住在他的府裡。

就這當口，父母全亡，汪永安把父親從四弟汪永重的府裡接來，把母親從廟裡接來，皆因那時京中就他最大，於情於理都說得過去。但就是因著這分說得過去，本就多心的汪永昭更是對他這大弟冷了心。思及汪永昭說及汪永安時的冷酷，張小碗想，事畢後，汪永安怕也是難逃他這大哥的處置了。

先前汪永昭還念著他的那幾分，這次看來是要斷了。

汪永昭這時已帶了懷善和兩個小兒去了前面的堂屋，張小碗到了安排給他們住的院子，左右看了一下，對汪杜氏輕語道：「勞妳費心了。」

「您這說得是什麼話？」汪杜氏連忙道。

這時跟在身後的汪余氏也過來說道：「大嫂，您看看，看還有什麼缺的？」

她這話引得汪杜氏看了她一眼。

張小碗搖頭道：「甚好，妳二嫂向來是個體貼的。」

汪余氏一笑，福腰退下半步。

「妳們都去忙著吧，我歇會兒。」

「這……」汪杜氏有些猶豫。

「怎麼？」
「還有人未拜見您呢！」汪杜氏連忙說。
張小碗看向她，嘴角微翹。「還有誰？」
看她笑得甚是冷漠，汪杜氏搖了頭。「不見也可。」
「那就去忙著吧，趕了一個月的急路，我也有些累了。」張小碗看著她道。
「是弟妹的不是！」汪杜氏知長途趕路的苦，知眼下不是說話辦事的時候，便連忙領著妯娌退了下去。
三夫人、四夫人又施了一禮，這才領了身邊的婆子、丫鬟下去。
一路三人先是一道路，不多時，便分開了走，各行其道。
四夫人出了二老爺的府回府，一上到馬車，身邊的丫鬟就輕聲朝她道：「恕奴婢無禮，我看著大夫人，也長得甚是普通，便是連那眼角都有細紋，不及您的一半年輕。」
另一嬌俏的丫鬟也笑著道：「不過那皮膚沒有別人說的那般黑，我看著還算白。」
「白又怎樣？聽說是捂白的！妳沒聽跟著三夫人去的丫鬟說啊，說是大冬天的出個門，臉上都要遮厚厚的帕，生怕被吹糙了似的，生生捂白的，就是一臉死白，沒點血色，有啥好看的？」
「倒是，看著可憔悴呢！」丫鬟掩嘴笑。
見她們越說越沒個正經，汪余氏白了她們一眼。「胡說八道！敢說大夫人的不是，到時怎麼死的都不知！」

那丫鬟連忙上前笑道：「我這不是為您不服嗎？您辛辛苦苦為她管家，到頭來，銀子卻成了二夫人的，您一分也沒得，奴婢心疼得很哪！」

汪余氏聽了，悵然地一笑，但還是又道：「別說了，她是善王的母親，哪是妳們這些下人說得的？」

「知了。」

「知了。」

見她出口這話，兩個丫鬟便垂首輕福了禮，止了那嘴。

等門關上，張小碗拿著帕堵住嘴，輕咳了兩聲。

這時房內只有萍婆子在照顧她。七婆跟了小公子去了；因怕府中不乾淨，八婆去了善王府煎藥。

「喉頭癢得厲害？」萍婆子見她一臉慘白，不忍地道。

路中夫人受了寒，那藥吃下去，也不像以前那般管用，一路輕咳。前幾日好了一些，可萍婆子看著她的臉，覺得這咳嗽又起來了。

「無事，吃兩劑藥就好。」張小碗揮揮手道。

「唉，這是第一夜，您夜間還要去靈堂守靈。」

「無事，多穿些吧。」

「這熱熱冷冷的，身體怕是好不了。」萍婆子甚是擔憂。

「無事，注意點就好。」

這廂，外面傳來了聲響，聽著護衛的聲音，是七婆抱了懷仁回來了，張小碗忙朝她道：「去開門吧。」

七婆抱著懷仁走了進來，一進門就朝萍婆子笑道：「萍大姊。」

說著把汪懷仁給了萍婆子抱著，她走到張小碗的身邊，湊近她的耳邊輕道：「我聽府裡的下人講……」

張小碗豎著耳朵聽完，隨後搖了搖頭。「下人嘴碎罷了，誰人背後不說人？隨他們去吧，跟個下人計較什麼？」

七婆搖搖頭，道：「不能，您剛進府，下人就敢如此，時日長了，就是妖是魔了，縱不得。」

萍婆子並未聽得她在夫人耳邊輕言的那些，但聽到此話，心下也了然了，便朝張小碗輕輕地頷了首。

看著她們都甚是擔心她，張小碗無奈地笑了。「妳們啊，也虧妳們有心，但別忘了……」說到這兒，她拿著帕子又咳了兩聲，朝懷仁伸過手，把剛剛非要爹爹抱著，還吵鬧個不停，現下又嘀咕著娘親抱抱的小兒抱到手裡，仔細地和他說過兩句後，便慢慢地搖著他，哄他入睡。

懷仁這時揉了揉眼睛，又道：「娘親，他們說的話我都不懂，懷仁不歡喜他們。」

「不歡喜也不能朝人吐口水，可知？」

「懷仁知，娘親不打屁屁……」懷仁說罷，把頭偎在了她的懷裡，眼睛漸漸地閉上。

等他睡著，張小碗抱著他進了內屋，又差她們把鋪蓋細細查看過，這才把懷仁抱到了床上，蓋上了被子。

待蓋好後，她站起身，站在床邊打量了懷仁那張嬌嫩的小臉半會兒，才轉頭對兩個婆子輕聲地道：「妳們別忘了，還有老爺，他有什麼不知的？」

說罷，就坐到了離床有些距離的圓桌前，看著床上的小兒。

「懷仁還小，他不喜的人，定要捶一手才甘心；懷慕心善，誰人愁苦，他便也要跟著掉淚。他們，才是我放心不下的。」張小碗輕輕地張口，說到最後，她笑了一笑。「跟他們相比，閒言碎語算得了什麼？這京城中知我的人，幾人沒說過我？該計較的，自有老爺替我去計較，不該計較的，便隨他們去。」

「唉……」聽到這兒，七婆嘆了口氣。

萍婆子卻心不在焉地站在中間的小門邊看著外邊的門，不知煎藥的八婆何時才回來。

一炷香後，頭上還沾著灰塵的汪懷善就進了張小碗的屋子，把懷中的罐子拿了出來，什麼也沒說，等張小碗喝過後，他才鬆了大大的一口氣，引得婆子都好笑地朝他看去。

見他娘也好笑地看著他，又伸手給他輕拍了拍頭髮，他才不好意思地道：「騎馬來的，揚了不少灰，沾髒了。」

「騎得快了些吧？」張小碗淡問。

「呵……」汪懷善便笑。

這時七婆擰了帕過來，張小碗交到他手裡，讓他自行拭過臉，才與他道：「忙去吧，以後讓八婆自己看著辦，你一個善王，又在守孝，來來去去的不好。」

「我會跟人說，我在自己府中給妳煮了點白米粥，給妳盡盡心，誰又能說我？」汪懷善不以為然。「妳就別老當孩兒是個傻的。」

「唉，不是個傻的，就是太聰明了，才讓我操這麼多心。」張小碗說到這兒，又問他。「如珠呢？可要看好她的身子了。」

「知了，身上戴了暖玉，膝蓋也護住了，裡面穿了甚是保暖的裡衣，凍是凍不著，就是委屈她了，一日要跪上那麼些時辰。」汪懷善聞言嘆道：「本是煮了參湯給她喝，又給了她些養生丸，但和姥姥說，她身子骨兒好，血熱，這些東西現下都吃不得，便作罷了。」

張小碗聞言便放了些心。「那就好，你要好生看著她，莫讓她委屈了。」

「妳放心，她是我的妻子，我捨不得她吃苦。」汪懷善說到這兒，頓了好一會兒都未語，再開口時，眼睛卻是紅了，聲音也有輕微的哽咽。「就是妳，想萬般的對妳好，卻還是得讓妳吃苦……」

說著，雙手放上了桌，把頭埋了下去，掩住了自己快要哭的臉。

汪懷善很快就走了，他走時，張小碗給他整了整衣裳，對他笑著說：「以前娘跟你說過的話，都記著吧？」

汪懷善低著頭點了一下。

「記著就好。」張小碗淡淡地說，接過萍婆子手中拿過來的薄披風，給他換了身上那件舊的厚披風。「這是你走後我縫的，本是要差人給你送過來，這次就一併帶過來了。」

「嗯。」汪懷善點頭。

「去吧。」拍了拍他的肩膀，彈去了那並不見得著的灰，張小碗淡道。

「知了。」

這次汪懷善應過後，就頭也不抬地低著頭走了。

他走後，江小山進了院，給她請了安後說：「大人讓我過來看看小公子，還說了，讓您好好歇息著，府中的事，既然這是二老爺的住府，自有二夫人管著，您就別勞心了。」

張小碗點了點頭。

「大人還說了……」江小山嘿嘿笑了兩聲。

「說什麼了？」張小碗好笑地看著他。

「說您身上衣裳就多穿些，給小公子也多穿些，一會兒，就會有護衛把冰塊送過來。」

江小山說罷就走了，他走後，張小碗笑著跟萍婆子說：「老爺現今也越發貼心了，知道我衣服增增減減的麻煩，就乾脆讓我多穿些。」

萍婆子嘴角也泛起了點笑，輕點了下頭。「您心疼他，這不，他也心疼著您呢！」

「可不是？」

看著夫人笑嘆了口氣，萍婆子上前扶了她。「您就進去歇著吧。」

張小碗輕頷了下首，這就進了內屋躺上了床。

躺下看了懷仁幾眼，看著小兒的小臉，她目光也柔和了起來，轉頭對坐在凳子上的婆子說：「晚上還要妳們看著孩子，現下先去外屋歇著，哪兒也不去了，八婆回來也如是。」

「是。」

兩個婆子都是伺候她多年的人，知她習性，當下就退了出去，歇在了那處小榻上。

晚膳張小碗是與眾女眷用的，善王妃不在，說是回府用膳去了。

這廂膳後，汪杜氏開了口，說是家中剛生了個兒子的貴妾想見見她。

當著眾位夫人的面，張小碗淡淡地道：「見我？見妳就成了，她是妳家的小妾，見我成何體統？」說罷，她直視著汪杜氏，冷道：「也不是我說妳，妳堂堂一府的夫人，以前也是掌大家的主婦，怎地這點規矩也不懂得？是個小妾就要見我，小叔子這麼多小妾，我見得來嗎？」

汪杜氏羞了滿臉，道：「是我的不是，還請大嫂切勿怪罪！」

張小碗也知這話定不是她自個兒要來說的，沒這麼上趕著要把妾介紹出來的嫡妻，想來也是汪永安的主意吧？

她也不便再多說，回屋靜坐了一會兒，七婆就過來說，小公子被老爺抱著在用膳，一時半刻的回不來。

張小碗便不再久等，留了七婆、八婆下來，她帶了萍婆子去了靈堂。

到了靈堂，她讓萍婆子候在外面聽吩咐，她進了靈堂，給長明燈添了些許燈油，隨後跪在了鋪墊上。

不多時，汪永昭就走了進來，跪在了她的身邊。

張小碗回頭看向他，見他取了身上的披風披到了她的身上，她嘴角微微一動，之後，她攏了攏披在她身上過大的披風，朝他輕聲地問：「孩兒呢？」

「小山和婆子看著。」

張小碗這才轉回了頭，垂下了眼。

那廂，汪永安三兄弟也帶著各自的夫人來了，他們跪下之前都紛紛叫過他們夫婦，隨後，汪永安帶著汪杜氏跪在了他們的身邊。

為了守今夜戌時到寅時的靈，府中在酉時日落時分便已開膳，張小碗是這段時辰第一個到的，等汪永昭來之後，汪家的人還有祖籍隆平縣來的人，都隨後悄聲跪在了他們身後。

與汪永昭說過話後，張小碗就靜悄悄地不再言語，等善王攜善王妃來後，她半垂著的頭也沒抬起過，無聲無息地靜跪在那兒。

汪永昭間隙會漫不經心地瞥她兩眼，善王也會偶爾投過來兩眼，看一眼滿臉蒼白的娘親。

寅時過後，在回善王府的馬車裡，善王妃問她的夫君。「為何娘親一言不發？」

善王輕撫著她的秀髮，懶懶地靠著車壁，半閉著眼睛說：「妳看到了父親說話？」

「是。」木如珠點了下頭，她那個公公時不時會與前來問他話的人說上幾句。

但要是有女眷上前在娘親身邊輕語，卻是得不來她一句話，隨後便只能退下。後頭，就無人敢再上前了。

「娘親的意思是，有父親在的場合，便無她說話的地方。」

木如珠輕「啊」了一聲。

「家中規矩甚多，妳做得很好了。」說到這兒，汪懷善睜開眼，朝妻子笑了笑。「但這種時候，話少錯少，話多錯多。妳看娘親不說話，靈堂裡的女眷誰敢私下進出？」

就是出恭，也得悄無聲息，膽子小的，便只能忍著。

木如珠沈默半晌，才嘆道：「娘親甚是厲害。」

汪懷善攬過她的腰，把她抱在懷裡安慰地拍了拍她的背，待她在他懷中躺穩妥了，他才淡道：「舌粲蓮花的是厲害，但只是厲害在明處。耍嘴皮子的事，有膽子即可，懾人於無形的，便連那話都省了。她就算不說話，別人也得看她的臉色行事。」

木如珠聽後又想得一陣，才在他懷裡抬頭看他。「夫君，這個好難。」

汪懷善便笑了。「妳不急，再過二十年再說。」

卯時回房後，張小碗吃過熱粥墊了胃，再把那藥一口喝下，這才舒了口氣。

回頭與汪永昭進了浴桶，泡了一會兒熱水就已然昏昏欲睡，什麼時候睡著的也不知道，等一覺醒來，便是那午時了。

她睜開眼，就看見懷仁躺在那兒，自個兒在吹著口水泡泡玩，間或兩手合攏拍一掌，格格笑兩聲，繼而繼續吹。

看了一會兒，見他不知她已醒來，她便把頭依偎了過去，靠在了他的小頭邊。

這時汪懷仁便知她醒了，想來是午後空氣很是靜謐，懷仁也沒有平時那般喜於吵鬧，他見他娘親靠過來後，便把嘴唇貼在了他娘親的額上，穩穩地貼了好長一會兒，才伸出小手，緊緊地抱住了張小碗的脖子。

他什麼都未說，張小碗的心卻柔得像一汪春水，嘴角也不禁含起了笑。

「懷仁在陪娘親睡覺嗎？」她笑著柔聲道。

「覺覺。」懷仁在她懷中翹了翹屁股，把頭埋在她胸前一陣亂揉。

「娘的懷仁要撒嬌嬌嗎？」張小碗又笑著問。

「娘——」懷仁拖長著聲音叫道，想告訴他娘，他這才不是在撒嬌。

這聲音聽得張小碗又笑了起來，她坐起了身，靠在了床頭，把他抱到身上，伸出手撫摸著他的小手，溫柔地與他說道：「娘親歡喜懷仁撒嬌嬌，懷仁不要不歡喜，可行？」

懷仁用牙齒咬著嘴，嚴肅地想了一會兒，才道：「好。」

母子倆這廂在談話，那廂萍婆子聞聲過來了，與她道：「二公子跟著大公子出去了，八婆在一旁跟著他。我這就給您端水過來洗漱。」

張小碗輕「嗯」了一聲，臉上笑意不減，與懷中的懷仁繼續玩著。

這時外屋有門被推開的聲音，沒多時，七婆就進了內屋，看到她就笑著道：「您可醒來了。」說著就忙走了過來，把張小碗的衣裳從架上取了過來。「我先替您著裳。」

「先放著吧，我跟懷仁處會兒。」張小碗笑道，又問：「懷仁可吃過食了？」

「吃過了。沒您看著，小公子調皮得緊，硬是不吃，還是老爺抱去親手餵的。」

「老爺是何時醒的？」

「辰時便醒了。」

「這廂呢？」

「宮裡來人，去見皇上了。」

張小碗聞言，嘴邊笑意淡去了一會兒，這時懷仁又伸出兩隻小手掛上她的脖子，她才笑了起來，嘴間輕道：「皇上也是個憐惜人的。」

七婆聽得一愣，又剎那間了解她說的是反話，輕嘆了口氣。

是啊，是個「憐惜」人的，不知道的以為他是恩寵，才會在大人回京的第二天，就急急召見了他。

可這前來奔喪，又守了一夜的靈，要真是個體恤臣下的，這當口也不會急召人去吧？總得讓人歇會兒、喘口氣啊！

「早間參茶可喝了？」

「沒喝得半口。府裡端來的清粥，喝了一口，含了一時就都吐了。」

「唉……」聽到這兒，張小碗才真正止了笑，抱起了懷仁下了地，把他送到七婆懷裡，囑咐他道：「懷仁乖，娘親穿好衣裳再抱你。」

懷仁點頭，但不再讓七婆抱，掙扎著下了地，找著他的小木劍，在屋子裡揮舞起來。

張小碗在屏風後換好素裳，與七婆道：「妳回善王府，按家中的法子熬上些參粥，就是那紅棗也一顆一顆挑仔細了，他嘴刁著，一點壞的都嚐得出來。熬好了回來放冰盆裡冰著，候著他回吧。」

他只要心裡不痛快，性子就難伺候得緊，跟懷仁無什麼區別。

「知了。」七婆應了一聲，卻並沒有走。

這時坐在鏡前的張小碗看她。「有話就說吧。」

七婆在她耳邊輕語了一句。「今早發現府中有個丫鬟投了井，被扔出去了。」

張小碗沒出聲，臉色平靜。

七婆走到她身後幫她梳髮，見她不語，便不再說話。

「是哪位？」梳好髻，張小碗站起來淡問。

「昨兒碎嘴的一位。」七婆施了一禮之後才道。

張小碗聞言便不再問下去。

想來，但凡只要不是個真蠢的，日後這些下人們也不會再嚼她的舌根了，除非想死了都沒個坑埋。

張小碗用著清粥，教懷仁認字時，木如珠便來了，手中還提著食盒。

帶著丫鬟一進來，請過安後，她便道：「兒媳的不是，來晚了一步，沒給您送上清粥，都怪我不誠心。」

張小碗身邊還站著前來送膳的丫鬟，聽罷揚手叫她坐下，才笑著道：「娘胃口大，都用。」

說著就讓萍婆子把蓋掀了，把那小罐拿了出來，添置了一碗。

張小碗喝了一口，便嚐出這是用上等的參熬出來的，粥也是入口即化，想來也是精心備著而來的。

喝過一碗，她拿帕拭了拭嘴角，把好奇地看著木如珠的懷仁拉到身前，對他笑著道：「這是大嫂，懷仁乖，叫大嫂。」

木如珠笑意盈盈地看著他，明亮的眼睛裡也滿是笑意，汪懷仁試探地伸過手，輕拍了拍她的膝蓋，見她還笑著，也沒生氣，這才大聲地叫道了一聲。「大嫂！」

他叫得又響又亮，張小碗伸手輕撫了撫他的額。「頑皮。」

汪懷仁格格一笑，轉過頭，便又把臉埋在了她的腹間。

張小碗手勢溫柔地捧住他的後腦勺，笑著與木如珠道：「他甚是頑皮，妳要是見他不聽話，便幫我說說他。」

木如珠輕笑了兩聲，才試探地問：「夫君小時也如此嗎？」

張小碗眼睛看向她，嘴畔笑意不減。「都一樣，娘的這三個孩子中，就懷慕乖巧，剩下的大公子、三公子啊，都是頑皮透頂的。」

「夫君他……」說到這兒，木如珠舔了舔嘴唇，有些不好意思地問張小碗。「他小時最喜何物？」

張小碗笑著想了一下，才說：「他最喜的就是吃肉，想來，現下也是最喜的吧？」

木如珠聽得拿帕擋了嘴，好生笑了幾聲，才點頭笑著道：「娘真是瞭解他！他啊，無肉不歡，家中哪道菜少了肉，他就那樣看著我……」說著，她朝張小碗做了個臉刹那間垮下的表情。

張小碗見道也笑了兩聲，無奈地搖了搖頭。

木如珠又笑了好幾聲，見張小碗不語，她遲疑了一下，還是把心中想問的話問出了口。

「那最厭的呢？」

他的事，她都想知道，只是，她的虎君並不是嘴碎之人，問及他小時的事，他只會哈哈大笑著說，小時什麼都做，小孩會做的事他都做過，和小夥伴打架、去田裡拾穀子，旁的事卻是不再多說了，而她卻是想多知道些的。

她知張小碗也是真歡喜她的，她的眼睛騙不了人，儘管她對她的這位婆婆還有些忌憚，但喜愛夫君的心還是居了上風，把她心間的那點猶豫揮開了去。

「最厭的啊？」張小碗把在腿間動不停的懷仁抱到了腿上，拿過婆子遞過來的溫水餵他喝了兩口，又細想了一下，才道：「最厭的怕就是有人欺負他歡喜的人吧。」

說到這兒，她朝木如珠笑了笑，柔和地道：「所以妳要小心著點兒，莫讓別人欺了妳去，要不，他會傷心。」

木如珠聽著垂下了頭，拿帕拭了拭有些鼻酸的鼻子，勉強笑道：「兒媳知了，您請放心。」

木如珠又去了靈堂，替公婆在祖父母面前盡孝，張小碗也是心疼，卻也無奈。

她畢竟是有了年歲，生兩個孩子又生得不平靜，虧了些底，身子養得再好，也沒年輕時那般耐得住了。

平時她也是精心注意著自己的身體，她知她病不得，但這奔喪途中，只因守了調皮不睡的懷仁一夜，便著了風寒，再好的藥一碗碗不要錢似地往肚子裡灌，到底也是沒好透。

她的自癒能力還是比以前差上太多了。

關於她身體一直不能全好，便是黃岑都說只能慢慢斷根的事，汪永昭不說，張小碗也知他是焦慮的。他昨日夜間從靈堂出來吩咐小山辦事時，都已經不再用嘴說了，而是直接用腳踢，可憐小山跟了他大半輩子，到這歲數了，還要被他踢屁股。

想來，沒一件事是順他心的。張小碗也知汪永昭現在的脾氣不好得很，便想著要比平常更耐得住性子對待他才好。

這廂到了夕間，張小碗看時辰差不多了，便帶了懷仁去了靈堂，給祖父母跪了小半個時辰，順道帶了木如珠出來。

木如珠一出來，張小碗就朝她道：「趕緊著府去吧，妳出來這麼久了，府裡的事還得妳回去忙和著，別累著了。」

「我還想陪您用晚膳呢，昨晚都沒陪。」見她和善，木如珠便上前挽住了她的手。

張小碗甚是憐愛地拍了拍她的手臂，道：「回頭有得是時間，只是前些日子妳日日夜夜替我們守在靈堂中盡孝，府中的事，想必是耽擱不少了吧？」

木如珠低頭不語，伸手撥了撥耳邊的髮。

「回吧，好孩子，改日得些許空，便來陪娘親用膳吧。」

「娘……」木如珠鬆開手，給她施了一禮，抿了抿嘴，道：「知您心疼兒媳，兒媳知道了，這便回去，晚時再與夫君過來與您請安。」

「晚時？」張小碗一怔，又搖頭道：「三更半夜的，妳別跟著他到處亂跑，好好待在府裡，明日一早要是有得那時間，便與娘一道兒用膳吧。」

「知了。」

木如珠聽了她的話，回去後，與和姥姥把話又說了一道。

和姥姥聽罷，靜坐了半會兒，才抬眼與她道：「即便是在木府，妳夜間也不能隨意出門，更何況，妳現在是善王妃了，她是為妳著想。」

「姥姥。」

「日後，夫人與妳說什麼話，妳定要好好聽著，聽不懂的便記著回來說給我聽，我再替妳想想。」

「您放心，我知道了。」木如珠點了頭，見和姥姥無什麼叮囑她的了，便出了房，去了堂屋處理家事去了。

這廂，張小碗抱了懷仁在堂屋中，與前來見她的二夫人、三夫人、四夫人一道坐著聊天。

說到善王把大弟弟帶去了，汪余氏便笑著道：「善王跟弟弟們的感情都好得很，真不愧是善王。」

乍一聽是好話，張小碗聽罷後嘴角含起了淺笑，輕描淡寫地道：「他是嫡長兄，親弟又尚且年幼，不對親弟好，那要對誰好？」

汪余氏沒料到平時慣於默默不語的張小碗回了她這話，稍愣了一下，便笑著道：「可不是嗎？不對親弟好，難道還——」

說到這兒，她突然想起了二老爺府中那突然斃命的丫鬟，當下心中一驚，那話便說不出了，假裝咳嗽了幾聲，便舉了那茶杯，自行把這話消了聲。

張小碗似笑非笑地看了她一眼，見汪余氏垂眼不看她，她才收回眼神。

「大夫人、二夫人，大老爺他們回來了。」這時有丫鬟進來，垂頭福禮說道。

張小碗便抱了懷仁起來，回頭與汪杜氏道：「這便開膳了吧？」

「是，我這就去吩咐下人。」

汪杜氏這時便帶了丫鬟出去。

不多時，又有丫鬟進來輕聲地道：「大夫人，詩姨娘來找二夫人有點事。」

張小碗聞言，看都未看她一眼，依舊輕聲細語地教懷仁背《三字經》。

「大夫人……」那丫鬟又福了一禮，叫了一聲。

「誰在那兒叫個不停？」張小碗突然頓住了聲音。

「我這便請出去，您別惱。」站於一旁的萍婆子朝她福了腰，隨即，冰冷著臉緊盯著那垂眼的丫鬟，腳步卻不疾不徐地走到了那丫鬟面前，待定住，她微昂了點頭，一字一句從嘴間擠出字道：「請吧！」

她這話一出，身形有些抖的丫鬟忙不迭地往後大退，沒有幾步就退到了大門邊，轉身小跑了出去。

萍婆子見狀，冷哼了一聲。「哪來的丫鬟，這般沒規沒矩的，這口氣聽著像要爬到主子頭上來似的！」

她這話一出，堂屋內的汪申氏、汪余氏後背皆一緊，不知怎地，那背挺得比剛剛還要直，便是她們身後的丫鬟，有那膽小的，都不自禁地在主子背後退了小半步，全垂下頭看地，不敢再放肆偷瞄誰。

「二弟妹這府……」張小碗抱著懷仁起身，嘴角勾起。「我看是要好好整頓了。主子不像主子，丫鬟不像丫鬟，說出去，還道我們汪家無人，撐不起家了，妳們說是不？」

說罷，她抬眼朝汪申氏、汪余氏看去。

這兩人又見她那似笑非笑的臉，當下忙道了「是」，之後就轉過了臉，誰也不想看這時的大夫人一眼。

張小碗也像沒事人一樣地轉過臉去，對著懷中雙手握拳、朝她壞笑的懷仁，依舊用著剛才與他說話的口氣，輕聲道：「找爹爹去吧，可好？」

「好！爹爹、爹爹……」聽聞能找他找了半天也沒找到的爹爹，懷仁便在張小碗懷中手舞足蹈了起來。

「妳們先歇著，我去看看大老爺有沒有回屋。」張小碗朝這兩個弟妹說罷這句，就抱著懷仁，帶著萍婆子離開了。

她一走，汪申氏、汪余氏就齊齊舒了一口氣。這時，汪余氏沒忍住，朝汪申氏道：「那婆子是誰？」

汪申氏看她一眼，猶豫了一下，到底是沒說出來。

汪余氏見她神色，便忙伸過手親熱地拉住了她的手臂。「好嫂嫂，告知我吧，好讓我心裡有個數，莫去得罪她。」

汪申氏見她這般親密，眼睛一冷，嘴間卻笑道：「我哪知，以往也只聽說她是大嫂身邊的知心婆子，別的也是不知了。倒是妳，管家這麼多年，認識了那麼多貴婦，想來是知道不少的，不如妳跟我說說是哪家的人才出得來這般厲害的婆子，我們一起合計合計，興許就能猜出來。」

汪余氏一聽，臉上笑意不減，口氣也沒變，照常笑著道：「看三嫂說的，您也知我是個記性差的，聽過的事，過耳即忘，確也沒記著聽誰說過哪府有這般厲害的婆子出府。」

汪申氏一聽，心裡冷笑一聲，嘴裡也還是笑道：「那便是我們都不知的了，只能平時處事謹慎妥當些，莫得了這婆子的差話去。」

「可不是？」汪余氏笑著輕應了一聲，收回了那手，神色如常地繼續拿起茶杯喝茶。

「妳坐著，我去看看我們三老爺去，看是不是跟著大老爺回來了？」這時汪申氏朝汪余氏招呼了一聲，便帶著自個兒的丫鬟、婆子走了。

這廂，只剩汪余氏和她的人了。

她身後的老婆子，也是她的奶娘聞昆氏猶豫了一下，上前在她耳邊輕道：「您看，您要不要……」

「不去了。」汪余氏輕搖了下首，疲道：「我就算上前湊過去當個賢妻又如何？他也不定領情。」

聞昆氏本想說四老爺可要比二老爺好得甚多了，至少不會讓個姨娘踩到她的頭上來，家中內府也是一切都她說了算，這還有什麼不滿足的？

她非要跟大夫人比、跟三夫人比，連誰得到的銀子比她多都還要去算，這些是能比得來的嗎？

見她一句話都聽不進去，聞昆氏在心裡輕嘆了一聲，只得退下。

富貴迷人眼，她這夫人啊，過慣了跟貴夫人交際的生活了，便是什麼都要比上一比，都忘了，她以前是個兩、三個月裡得了百個銅板當碎錢都要高興半天的余家女孩……

第四十四章

張小碗回去時，汪永昭已回了屋，身上衣裳未換，正在喝著那冰好的涼粥。

她走近，把大叫著爹爹的小兒放到了他腿上坐著，見他要拿勺餵懷仁，忙止住了他。「懷仁哪吃得？便是您，也是不能常吃這涼的。今日是想著外頭太陽大，怕您熱著了，才冰得如此涼讓您消消火。」

汪永昭皺眉，看了一眼身著薄衫的她，朝守在一邊的七婆道：「拿厚衫給她穿了。」

張小碗這才想起身上穿的是去堂屋的輕衫，她剛一時半刻的只注意著這父子倆，都顧不上這屋內涼不涼的了，隨即忙笑道：「拿件披風讓我披披即可，給懷仁也拿著一件小的。等會兒還要一道用膳，不須穿衫這般麻煩了。」

堂屋炎熱，不比放了甚多冰盆的屋內，她要是穿了那厚衫去，定能熱得背都濕一大塊。再說，在一堆穿著輕衫的人中，厚衫也確實太顯眼了，因此從靈堂回來後，她便換了身薄的才去了後院的主堂屋。

懷仁這時見不能吃他爹爹碗中的吃食，在張小碗說話時便惱火地朝張小碗叫道：「娘親壞！懷仁要吃，爹爹餵！」

汪永昭聽完，低頭看了小兒一眼，不快地道：「要聽娘親的話。」

懷仁見他爹爹也訓他，就高高地嘟起了嘴，那嘴嘟得都可掛油瓶了。

「聽話。」見狀，汪永昭用手指彈了彈他的額頭。

懷仁被彈疼，伸出雙手捂著額頭，甚是委屈地回道：「好吧，聽娘親的話……」

膳後，汪懷善送了汪懷慕回來，汪永昭領著一家人去靈堂上了香、磕了頭。

這夜就寢，想及靈堂裡替父親、弟弟跪著守靈的懷善，張小碗無聲地嘆了口氣。

這孝行不做，外面有人會說話，這種當口，只能小心謹慎為上了。

張小碗睡到半夜，睡得並不安寧的她醒了過來，在黑夜那點黯淡的月光中，她察覺汪永昭已經下床。

等人走到門邊，張小碗輕聲地出了聲。「您去哪兒？」

「睡妳的。」汪永昭轉過頭，低聲說了一句。

「我幫您穿衫吧。」張小碗起身，很快地走到了他的面前，拿過他手裡剛在屏風上撈起的外衫，給他穿上。

這時，外屋有了動靜，張小碗快步走至門口，輕道了一句。「莫點燈火。」

她回身又整理起汪永昭的衣帶，看著他無聲地走了出去。

「夫人。」守夜的萍婆子小聲地叫了她一聲。

張小碗坐到了她的榻上，跟她睡在了一塊兒，輕聲道：「睡不著，陪我聊會兒吧。」

「在想大公子呢？」

「唉……」張小碗嘆了口氣，過後苦笑道：「都想，大公子、二公子、三公子，還有老爺都是。」

「船到橋頭自然直，您別太操心了，當心累著了身子。」萍婆子把溫熱的薄被蓋到了她身上。

張小碗笑了笑，睜著眼睛，隔著窗外看著那淺白的月光，眼睛裡滿是疲憊。

萍婆子伸手，掩了下她的眼。「您歇歇吧，明日您還得忙著呢。」

「您睡您的，我跟您說著話即可。」

「嗯。」張小碗閉了眼。

「好。」張小碗翹了翹嘴角。

「您知道我以前跟過的那位夫人的小姐是怎麼死的嗎？老爺、夫人全走後，榮華富貴都不在了，她又生性貞烈，不堪別人言語侮辱，就拔了釵子自刎。那時，您還沒找上我，我只得拿了她的釵，給她換了副薄棺，這才讓她入了土。您找到我那日，若非及早請了大夫看眼，我這眼怕是都要為那孩兒哭瞎了，便是如此，我這心也是為她哭碎了。」

萍婆子說到這兒，又給她掖了掖被子，淡道：「後來跟了您，又看了您的生存之道，想著雖是辛苦，但也不是沒有好處。您有本事，熬過了今晚，明日就能看得公子們的笑，再熬得過明日、後日，您就能看著跟您撒嬌的二公子他們長大，看著他們成親。想想，您要是沒了，再也沒有人像您這樣疼愛他們，也沒有人在他們做錯事的時候給他們指點迷津，他們要是在外面吃了虧，更是無人能像您這樣什麼都不想地安慰他們。缺了您，他們會變得不像您的孩兒，會像那張家的、李家的、王家的、趙家的王孫公子哥兒般，等著父蔭過後，剩下的就是敗落。」

她話過後，張小碗久久無語，良久後才嘆道：「是啊，就如妳所說的一樣，生了他們，總得好生教著、護著他們才是。」

「可不就是如此？」良久後，萍婆子嘆道，聲音淒涼。

她一手帶大的小姐啊，因沒有人再護著、疼著，就這麼去了，讓她連個怪罪的人都找不著……

汪永昭是寅時回來的，他一進門，張小碗就下了地，看看這是汪永昭起床練武的時辰，便自行點了燈。

「怎地在外頭？」

「候著您呢。」

汪永昭的臉色這才好了些許，道：「下次別了，睡自己的床，別跟婆子擠。」說罷大步回了內屋。

張小碗朝從屏風後走出來的萍婆子擺了擺手。「妳歇著吧。」

萍婆子答了聲是，就回了屏風後的榻處半躺著，靜候吩咐。

張小碗舉了手上的燭檯進了內屋，上前摸了摸汪永昭的衫。「我給您換身勁裝。」

「睡得不好？」汪永昭摸了摸她蒼白憔悴的臉。

「沒有。」張小碗搖了搖頭。

「臉色怎地這般難看？」

「興許有一些。」張小碗笑了笑。

汪永昭皺眉看她。

張小碗想了想，便解釋道：「您別嫌我醜即成，看著憔悴點就憔悴點吧，回頭誰家夫人來見著我了，興許看著我這憔悴樣，那閒言碎語都要少說幾句。」

她是大婦，有多憔悴，看在別人眼裡，就有多盡孝。

「妳這幾日是老了些……」汪永昭摸了摸她的眼睛，看著她迷人的黑眸，淡淡地道：「但不難看，再過幾年也一樣。」

張小碗輕笑，又動手給他穿衫，嘆道：「那回去後就再養年輕點吧，只是再怎麼養，也是比不得嬌滴滴的小姑娘了，您就多為我擔待著點吧。」

汪永昭哼了哼鼻子，不語。

等身上衣裳穿好，欲要出門之際，他轉頭看著那笑意盈盈看著他，頭髮也有些凌亂的婦人。「不問我去哪兒了？」

「正等著您告知我呢。」張小碗輕笑。「怕問得多了，您又嫌我是多嘴的婦人。」

「又胡說！」汪永昭冷瞥她一眼，走過來，替她攬了攬她身上的他的披風，淡道：「剛出去見了幾個舊時的老友，皇上那兒，這些時日不會見妳。」

「知了。」

「還有，妳要記著，在這府裡，妳是大夫人，妳身分比誰都尊貴。」汪永昭這時傾過身，在她耳邊一字一句地道。

汪永昭說話的溫熱氣息撲打在她的耳際，張小碗抬眼看他點頭。

「不要忘了，妳是我的夫人。」汪永昭摸了摸她的耳朵，就出了門。

這時汪懷善的笑聲在外面響起。「父親，我還以為我比您早，正要進去給您和娘親請安呢，沒料想您就出來了。您且等等我，我去給娘親請安去！」

他說著沒多時，人就大步閃到了張小碗的面前，見到她，幾步併作一步，過來攬住她的肩，誇道：「娘，妳沒梳頭的樣子比平時還要好看呢！」

張小碗哭笑不得，伸手拍了他一下。「沒規沒矩的，也不怕你父親訓你。」

「他哪日不訓？」汪懷善毫不在意地聳聳肩。「我且先跟著他去了，等會兒如珠即來，妳讓我的小王妃等等我，等我與她一起用膳，可好？」

「好。」聽著他對他的小王妃那親暱的口氣，張小碗笑意更深。「去吧，我會讓小善王妃等等她貪吃的夫君，你且放心。」

「好嘛……」汪懷善把頭靠在她的肩頭揉了揉，撒完嬌，這才在院子裡汪永昭不耐煩的一句「還不滾出來」的喝聲中，像陣風一樣地狂跑了出去。

萍婆子這時也已走了進來，嘴角含著笑。「都這麼大了，還要跟您撒嬌。」

「唉，可不是嗎？」張小碗也是好笑，朝她道：「妳來幫我梳梳頭，我去懷慕他們屋裡看看他們。」

「這時辰還早得很，他們還沒醒。」

「就去看看，反正也睡不著了。」張小碗在鏡前坐下，嘴角的笑一直都沒退下。「我去盯著，免得太陽曬到他們屁股上了，這兩個小懶漢也不知道起床。今早是全家人一起吃飯的日子，可不許他們賴床。」

萍婆子給她梳著長髮，聞言不禁笑出聲，道：「七妹子、八妹子都在看著他們，昨晚定是睡得香，肯定是起得早，您就別打他們的小屁股了。小公子還好，二公子多聽話，您都要小打他兩下，多不好。」

張小碗笑著輕搖了下頭。「就是太乖了，打他都當是我在疼他，一句埋怨的話也不會說，唉……」

看著她嘆氣，萍婆子不以為然。「可不是嘛，確也是您在疼他，他是您一手帶大的，您是疼愛他還是真要教訓他，他還能不知道？」

張小碗無奈。「這麼好的孩兒，還能真生他的氣不成？」

萍婆子輕笑了起來，她給張小碗梳了一個簡單的髻，看著鏡中那眉目有神的婦人，道：「您看，日子不就是如此？只要活著，就會有好時光。」

木如珠一大早就提了甚多食盒過來，為此，汪杜氏一直不安地站在張小碗的身後，滿臉羞愧。

她拘束得完全不像往昔的二夫人，哪怕半點樣子都沒有了。

張小碗笑著讓木如珠佈置桌子，並說了她的夫君請她等等他一起用膳的話，引來了木如珠臊紅了整張臉後，她便拉了汪杜氏，進了她屋子裡的外屋。

「萍婆，妳關一下門。」

萍婆子依聲退下，並關上了門。

張小碗便朝汪杜氏走近。

汪杜氏看她走來，臉上閃過一絲慌張。

「跟我來。」張小碗拉了她到屏風後，從桌上拿過一只小圓鏡。「看看妳現在的臉，想想十年前妳為我當家的臉。」

汪杜氏接過鏡子，手都抖了兩下，她偷偷地瞄了一眼，只一眼，她就不顧一切地把鏡面扣到了桌面上，鏡子與桌面大力接觸，發出了「砰」的一聲。

「妳不敢看？」張小碗淡淡地道：「妳是堂堂的汪家二夫人，有三個嫡子，妳怕什麼怕？」

她一掌往汪杜氏的背上拍過去。「腰挺直點！還有頭，抬起來！」

汪杜氏如被驚嚇到一般挺直腰、抬起頭。

張小碗看了看，滿意地點了下頭。「這才像樣點了！記著了，妾就是妾，妻就是妻，他當年沒按我的話休了妳，那妳便還是汪家明媒正娶回來的嫡妻，這二老爺的府裡，是小妾也好，貴妾也罷，誰也踩不到妳的頭上去。」張小碗說到這兒，把頭上自己的銀釵拔了下來，與她淡淡地說道：「這是先皇后給我的，妳便替我戴著吧。」

汪杜氏的嘴這時都顫抖了起來，聲音哽咽。「便是如此，您也要幫我嗎？」

「我沒幫妳，我只是做汪家大夫人該做的。而妳，等會兒就去做妳二夫人該做的。人在什麼位置上，該做何事，不該做何事，想來，妳現在應該是清楚了？」

汪杜氏含淚點頭。「大嫂，我已經知道了。」

張小碗從懷裡扯出帕，替她拭淚，又拉了她坐下，替她理了理頭髮，把她梳得老氣莊重的髮髻往旁邊撥了撥，又把那支銀釵簪在了其間，讓她顯得年輕了一些。

接著，她把鏡子拿過來，放到了汪杜氏手裡。「拿起來再看。」

汪杜氏頗為小心地舉起鏡子，看著鏡子中那變得有點像幾年前的自己，不禁含著淚笑了出來。

她捧著鏡子笑著哭道：「您還記得當年我愛梳的這髮髻？」

張小碗的嘴角也泛起了點笑，對她淡淡地說：「這釵子，要是有人問起，妳便說是我為妳簪上的。」

她是汪家的大夫人，給了二夫人一支先皇后賜給她的釵子，汪永安便是頸上連著豬腦袋也得想想，用自己的嫡子要脅元配，把元配當下人使喚的缺德事，要不要再幹下去。

這日早膳，汪永昭與汪懷善回來後，汪懷仁一見到汪懷善，便扯著大哥的頭髮，非要他大哥陪他玩拋高接手的遊戲。

拋得越高，他就越高興，一點害怕也不知道。

張小碗笑著叫他們別玩了，懷仁也不樂意，還是汪永昭過去抱了他在手上，這才不再不依了。

小兒忘性大，待他爹爹抱他到桌前，他眼睛便看著桌上的食物去了，不用誰說，就自己拿了筷子，挾了一個蒸餃到汪永昭嘴邊，哄他爹道：「爹爹吃，孩兒餵。」

汪永昭一口含過，像那婦人對待小兒一樣，在他髮頂碰了碰，引來了懷仁幾聲歡快的格格笑聲。

她曾跟他細細說過，孩子會從他對他們的一些小動作中，發現他對他們的疼愛。

從懷慕到懷仁，如今看來，她確實說得很對。懷慕與懷仁對他的親密，與別人家的兒子對父親的恭敬甚是不同，他們真如他的手背、手心一般，讓他覺得他們是他血脈的一部分，親密得讓他知道，為了他們，過去還有所忌諱的事已全然不再忌諱了。

而他們知他疼愛他們，哪怕是路中偶遇一條小蟲子，他們覺得驚奇了，也會興致勃勃地來告知他。他們疼了會叫他，歡喜了會叫他，這就是他的孩兒。

懷慕這時被大嫂牽著小手，嘴裡塞了甚多果子，果子甚甜，要是平時懷慕也是愛吃的，但開膳在際，所以他在努力地把口中的果子嚥了下去後，便對他嫂嫂嚴肅地說：「嫂嫂，不便再吃了，且容懷慕膳後再用。」

木如珠笑，摸著他的小頭顱道：「是嫂嫂的不是，稍後再餵你。」

「懷慕自用即可。」一聽他嫂嫂還要餵他，自三歲起就不須爹娘和婆子餵食的懷慕忙拒絕道，還朝他的娘親投去了求救的目光。

「嫂嫂喜愛你才餵你，不過懷慕告訴嫂嫂，就說自己長大了，要自己用食，想來嫂嫂也是知意的。」張小碗含笑道。

「嫂嫂，懷慕長大了，自用即可，勞您費心了。」懷慕忙朝木如珠作揖道。

這時鬆開了懷仁的汪懷善走過來，一把將他抱起來，笑道：「你這小子，滿嘴的客氣話，先生都快要把你教成小聖人嘍！」

「大哥……」懷慕笑著叫他，伸手抱向他的頭。「你快放懷慕下來，要用膳了。」

汪懷善眉開眼笑地放他下來，把他放在了張小碗身邊的位子上坐下，他則坐在懷慕的旁邊，拉著木如珠坐下道：「媳婦兒妳坐我這兒，一會兒我給妳挾肉吃。」

木如珠臉都是紅的，偷偷看婆婆一眼，見婆婆正笑著拿溫帕拭懷慕的手，沒注意他們，她這才沒好氣地悄悄瞪了他一眼。

真是個沒羞沒臊的，都這麼大的人了。

大兒子與大兒媳滿臉帶笑地走後，張小碗坐在外屋的椅子上歇著，看著汪永昭教兩個兒子識兵書。

懷慕已能聽得甚多了，只是懷仁還認不了幾個字，見二哥跟父親說得頭頭是道，便不甘示弱地背起了《三字經》，以示自己的能幹。

張小碗才教得他幾日，他背得不甚完整，但前兩段卻是唸得字字清晰，只有之後，才含糊了下去，唸道了幾聲，便唸不下去了。

懷慕聽著止了聲，驚奇地看著弟弟，看他背完後，便嘆道：「懷仁真真厲害，比哥哥厲害多了！」說罷，還拍了拍手板，讚揚了一下。
懷仁這才得意起來，爬到汪永昭的膝蓋上，道：「爹爹教，慕哥哥教。」
汪永昭一直翹著嘴角看著他們，這時，才又慢慢地一字一句唸著兵書中那晦澀的字，說罷一句停一句，讓懷仁跟著學。
隨後，才跟懷慕解釋其中之意，說得也甚慢，讓懷仁也跟著唸。
張小碗在一旁看著他耐心地教著小兒，她靠著椅背笑而不語，直到坐在門邊看著院子的八婆匆匆急步進來報——
「二老爺來了，身邊還帶了個美嬌娘。」
張小碗皺了眉，站起來想了一下，便對汪永昭福了禮。「我身體稍有不適，就進屋歇著了，孩兒就讓婆子先替我看著，您看？」
汪永昭點頭。「去歇著吧。」
張小碗再一輕福，朝萍婆子點頭示意她們照顧孩子，便急步進了內屋。
這時，汪永安身邊的下人已過來，在門外報——
「大老爺，二老爺給您和夫人請安來了。」
「小山。」
「在。」候在門邊的江小山答了一句。
「請二老爺去堂屋，我隨後就到。」
「是。」

汪永昭又與懷慕與懷仁說了會兒話，讓他們跟著婆婆去院中玩一會兒，不吵娘親，便去了堂屋。

一見到他，汪永安就揖禮道：「見過大哥。」

他身邊一位五官甚是端莊周正的美婦雙手往腰間持平，恭敬一福身。「見過大老爺。」

汪永昭直走到正位，掀袍坐下，抬頭漠然問道：「有事？」

「說來，確有其事。詩情的祖父是楊家大族族長，也是楊丞相的堂叔，這月下旬便是他老人家七十大壽，他知我們家中還在辦喪禮，不便請我們家等人當日過去，便想在這幾日，請我們家幾個與丞相大人共進幾杯薄酒。」汪永安說罷，抬眼直視兄長。

他沒有看到汪永昭震怒或不滿的眼神，他的臉還是一片漠然，眼色還是那般冷酷深沈。

他看了幾眼，無力再相視下去，便假裝不經意地移開了眼睛，嘴間笑道：「您看如何？相爺說您若是要去，也是定會前去跟您喝上兩杯的。」

這種當口，丞相不怪在節鎮裡被其辱待之罪，反倒對他大哥甚是多禮客氣，給足了他的面子，他大哥再是四朝元老的老臣，也不能在京城之地，削朝中丞相大人的臉吧？

汪永昭聽罷，朝他淡淡一笑。「你也知現在家中在守孝？」說到這兒，他嘴角翹起，眼睛裡也滿是笑意。「爹娘還沒入土，你就帶著個婊娘跑到我面前，讓我不顧孝道跑去喝你婊娘家的酒？汪永安，你當你大哥也是個死了的不成？」

「大哥，那也是丞相的宗族！」汪永安沒料到他會這麼不客氣，連住在他的府中也竟是如此，臉色陡地大變。「杜氏糊塗，家中大事現都是楊氏作主，便是您與大嫂住的院子，也是她精心為您和大嫂備妥的！」

「我要是不去，那就是不能住你這姨娘給我安排的院子，這便就是你要趕我走了？」汪永昭目光如炬地看向了他，看得汪永安低下了頭。

「弟弟不敢，也沒這意思，您這話折煞我也。」汪永安低頭狠狠一笑。「我只盼著您好好住在府中，好好為爹娘送行，如此，永安便心安了。」

這時候，他大哥要是一點面子也不給他，連個人也不見，到時，他這大哥出了府，爹娘卻在他府中，他這身為大臣的大哥，可還要不要臉去見朝中的大臣，還敢不敢去見皇上！

「是嗎？你心安。」汪永昭冷冷地輕笑了一聲，身子往後躺，淡淡地道：「滾出去。」

「大哥?!」汪永安不敢置信，起身大叫了一聲。

這時，門邊無聲出來兩個護衛，手按著腰間的大刀，微微躬身，滿臉冰冷。

汪永安當即認了出來，這是他大哥的暗衛，專司殺人勾當的暗衛！

他驚詫地往汪永昭看去，看到他嘴角噙著冰冷的笑看著他，汪永安的心涼到了底。

他那鐵血無情的大哥對他親情已逝了吧？這時候，對這沒有情分的大哥，他又管得了什麼恭敬？汪永安心裡激憤不已，腦海裡那揮之不去的羞憤讓他冷冷地笑了起來。

「大哥，你只顧著自己的死活！活該我們三兄弟跟了你，風光全是你的，你當你的邊疆大臣，我們就該拿著你給我們的小恩小利，在京中為你受罪，舔著你的臭腳過一輩子！是不是我們就該成全你的風光，而你什麼也不為我們著想！」

「你說呢？」汪永昭淡笑。

「大老爺，」楊姨娘突然上前一福。「您聽妾身說——」

「哪來的東西，在我面前自稱妾身？」汪永昭當即冷血地哼笑了一聲。「攆出去，別髒了我的眼。」

「是！」護衛得令，這時就要抬腳。

汪永昭那刺得人肉都疼的話，讓楊姨娘一下子就掉了淚，見那兩個高大的壯漢提腳就要來踢她，她頓時花容失色，當下顧不得哭泣，掩面往外狼狽跑去。

「汪永安，這青樓裡出來的女人，不過是你認，我不認，汪家的列祖列宗也不認。你既然有本事能養她一輩子，那就好好養一輩子，可是別帶到汪家人的面前礙汪家人的眼，也休想讓誰把這青樓裡出來的女人當汪家人。」汪永昭說到這兒，看著臉色青白的汪永安。「你不聽我的令，還硬要納個青樓女人當姨娘，我無話可說，畢竟你也不是我的奴才，我管不了你娶誰，你就算娶個畜生又如何？但你要讓這個女人騎到汪家人的頭上，還讓我拿這女人的家人當親家，汪永安，這話你說到皇上面前去又能如何？我還候著你給我這哥哥去說說！」

汪永安看著他嘴角勾起的殘忍冷笑，想反駁，卻明瞭他大哥已什麼都知道了。

丞相說過的，那誰也查不到她曾在花街待過的話，是假的。

可他還是忍不住為心愛的女人說了話。「我迎娶她時，她還是處子，她是個清倌！」

「清倌又如何？」汪永昭看著眼前可憐的汪永安，嘴角高高翹起。「你當她賣過笑的恩客被丞相殺了個七七八八，她就不是個青樓裡出來的女人了？」

「你……」

「拖走！」汪永昭不耐再跟這個讓他失望透頂的人說話，大揮了一下手。

護衛這下子連猶豫一下也沒有，兩人一左一右，把人拖了出去。

當日上午，剛回王府的善王得了汪永昭的令，帶了人過來移走孝堂。

汪永昭即時去了皇宮，跪在皇帝面前，雙眼血紅地說：「臣治家不嚴，還望皇上治罪。」

滿頭華髮的靖皇冷眼看他，一會兒才慢悠悠地「喔」了一聲，道：「愛卿這話從何說起？」

「臣教弟無方，自大前年去了邊漠為陛下守西北的大門後，因人不在京城，更是不能時刻管教家中大弟永安。先前為了家中兒孫長遠之計，我們兄弟本就商議不再娶妾，但永安不顧我令，自娶了楊丞相家在青樓的棄女，便想讓一個花街女子踩到我的頭上來，說我若是不去吃楊丞相大人族叔的宴酒，他便要趕我一家出他的府，讓我盡不了孝！無奈之下，我只得把雙親大人的孝堂移到了善王府，這一移好，就來皇上面前請罪了，還請陛下賜微臣一個教弟無方的罪！」

汪永昭這話，足把皇帝噁心得良久都無言。

他要真依著這些話賜汪永昭的罪，改日，被人在背後戳脊梁骨的就是他這個皇上了！

都近四十歲的人娶了個青樓的妾，還怪其兄教他無方？虧汪永昭能把這混帳話說得面不改色！

靖皇咳嗽了好幾聲，把桌上的藥碗拿起，一口嚥下，閉著眼下了令。「叫楊勉過來。」

太監領命而去。

他沒讓汪永昭起來，汪永昭也就跪著沒動。

靖皇看著眼前跪著的汪永昭好一會兒，忽然問：「你今年多大了？」

「微臣年方四十三，比家中大弟大五歲，比二弟大——」

「我只問了你。」靖皇打斷了他的話。

「臣贅言，知錯了。」

「知錯了？呵……」靖皇看著四十三歲還英武不凡的汪永昭。他要是真錯了就好，他早不知多少年前就弄死他了，哪會弄到如今，既防他，還要用他。

他不以為然地冷笑了一聲，隨即又懶懶地道：「你看起來跟十年前一樣沒變多少嘛。」

「臣有那白髮了，老了。」汪永昭手撐著地面，垂著頭淡淡地說。

「不及朕一半的多。朕老得眼睛一到晚上就看不太清了，想來，你定是沒有的吧？」靖皇的聲音有說不出的諷刺。

汪永昭垂頭不語。

「照顧你的那張氏呢？身子骨兒好一點沒有？」

「沒。」汪永昭當即就答了話，苦笑著道：「生完三兒後，這身體再也比不得從前了，以前只一日、兩日就能好的風寒，現下快一個月了，那寒氣也沒散盡。您知她也是個熬性子，在我與三兒面前就忍著那咳，只有到了誰也聽不到了，才咳得就像……」說到這兒，他不再說下去，只是趴下地，又給靖皇磕了個頭。

「實在不行，便找太醫去看看，就全太醫吧，他治風寒咳嗽有一手，朕也召他看脈，咳得厲害了，他也有那本事讓朕好過點兒。」靖皇淡淡地道。

「臣遵旨。」

「丞相大人到！」這時，外面的太監唱起了喏。

靖皇那剛緩和一丁點的臉色便又全冷了下來。

楊勉一進，靖皇便陰沈地盯著他。「丞相大人，我聽說你那堂姪女，是從青樓花街裡出來的女子？」

楊勉一聽，瞪大了眼，朝靖皇拱著的手一時都忘了收回來。

「是，還是不是？」靖皇死死地盯住他，看他還敢不敢再騙他一次。

楊勉在心裡苦嘆了一聲，往下磕頭。「那孩兒也是個命苦之人，幼年與家人在街上走散，誰料被人拐去了那花街柳巷之中，後來被宣武將軍救離苦海，後宅婦人走動之間，才發現了她是楊家失散的幼女。陛下，她母親為尋她哭瞎了眼，祖母為她更是每日吃素，只求能早日找回她，現下她回來了，母不嫌子醜，誰又忍心提那傷心之事？這便，就全隱瞞了下來。恕臣欺君，這事沒有向您稟明。」

皇帝聽了，在龍桌上支起手撐著腦袋，好一會兒，才沈沈地說：「都退下吧。」

「是。」

「是。」

在一冷靜、一惶恐的答聲中，汪永昭與楊勉站了起來，往門邊退。

走了幾步，龍椅上的皇帝又說：「永昭。」

「臣在。」汪永昭轉身彎腰拱手。

「把全太醫帶去，莫小病拖成大病了。皇后去的那天，我還當她只是想睡一會兒呢，你莫大意。」靖皇說到這兒，支著的手大力地揉了揉額頭。「去吧。」

「臣知道了，謝陛下隆恩。」汪永昭再施了一禮，走到殿前，看著空蕩蕩一片的殿院，烈陽普照在石磚上，那溫度都似要冒煙了一般，可就是如此，也揮散不去這正德殿內的陰冷。

「公公，皇上這幾日吃食可好？」汪永昭轉頭問大太監。

大太監領著他往太醫院走，等走下了正德殿，他才輕輕地說：「還是如以往那般，食得不算多。」

「勸著他多食點吧。」汪永昭走了幾步，轉頭又與他淡道：「拙荊從我這處得知皇上胃口不算太好，她便想起，往日皇后寫過幾道膳食方子給她，於這炎炎夏日用很是妥當。」說著，他從袖中拿出張紙給了他。「這是她默記下來的，原方早年已還給了陛下。你看看，要是能用便用，拙荊說這方子很是養神補氣。」

大太監忙不迭地接過方子，仔細看過幾眼，眼角也有點滾燙。「這方子我看著也眼熟，汪夫人用心了。」

汪永昭頷首，便不再言語，隨了大太監去了太醫院，與那全太醫把病情一說，讓他帶上藥箱，隨他回了善王府。

這廂上書房裡，大太監把膳食方子給了皇帝，皇帝看過後，陰沈著臉尋思了好一會兒。

「可是有不妥？」大太監被他沈思得有些忐忑不安。不可能啊，這方子汪大人走後他還找了太醫看了，一點錯也沒有！再說了，汪大人怎會犯這種錯？

「沒，就用這方子吧，往日王妃……不，往日皇后便是用的這方子給我消暑養神。」說到這兒，皇帝看著已是老太監的大太監，嘴角有點笑。「我還記得永延那年你來給我送信，她還賞了一碗養神粥給你用，你當時給她磕了頭謝賞，她還跟我笑了幾聲，直說宮裡的太監像你這樣不怕靖世子妃的少。」

老太監被他說得眼眶濕潤，抬起袖子抹著眼淚哭道：「這都是許多年前的事了，陛下，您就別再想了，皇后泉下有知，當不知為著您要怎地心疼呢！」

靖皇搖頭，揮手朝他道：「下去吧，哭得朕頭疼。」

還不待人退下，他便拿起了奏摺，輕咳了兩聲，全神貫注地看起了摺子。

從汪永安的住府到汪懷善的王府，不過是一個時辰之間的事，外面鬧得甚是沸沸揚揚，善王府卻是鞭炮連連，自有那老者在高聲唱喝著「汪家長孫善王恭迎祖父、祖母雙靈移位善王府」。

張小碗從安置好的靈堂出來，一進給他們住的院子，就發現善王府中給他們夫婦居住的大院子有五進五出，後廂的主臥離前面的主堂屋隔著甚長的一段距離，地方很是寬敞不說，那小山和小花園都有三、四處。

這院子她看著不像懷善的院子，她仔細看看，一看就知這是有人把以前偌大的兩個大院併成了一個院子了。

見她不停打量，木如珠有些不安地看著她的腦袋轉動，直到她婆婆轉過臉來哭笑不得地與她說話時，她這心才放了下來。

「你們這是把以前的青正院與光濟院合攏了吧？」

木如珠笑著點點頭，上前挽了她的手，道：「懷善說，父親與您還有兩個弟弟都要分別有住處，免得說他小氣，自家裡都不給家裡人留住處。他說您是捨不得跟自個兒孩兒分開的人，便把兩個弟弟的住處安在了您的院內，便是他，也是住在您的隔院，讓您有事只須抬頭喚一聲，他便立馬過來給您請安。」

「這都叫什麼話？」張小碗搖著頭，這時，她們已進到了最內院，聽到了內院裡懷慕他們笑鬧的聲音，張小碗便加快了腳步，往內走去。

「娘、娘……」一見到她進來，懷慕、懷仁都跑了過來。

懷仁跑得太急，跌在了地上，懷慕忙止了步子，回頭拉了他起來，半抱著他到了張小碗的身邊。

「娘親，妳去哪兒了？我找妳都找不著！」懷仁一被二哥放下，就抱上了張小碗的腿，抬起頭好奇地問。

他剛問完話，後面就有丫鬟急步上來，一見到他們就朝他們跪了下去，急聲道——

「夫人、王妃，不得了了！二老爺府裡的大公子來報，說他們娘不知怎地磕破了頭，血流了一地，似是醒不過來了！大公子說，請夫人和王妃快快過去救救他娘！」

張小碗聞言，當即皺眉。

木如珠看她臉上閃過一道怒氣，不由得拉緊了她的手。

張小碗拍拍她的手。「妳去幫我叫懷善過來。」說著就一手把懷仁抱起，一手牽著滿臉著急的懷慕，急步往堂屋裡走去。

在她懷中的懷仁偏著頭看她，不知小腦袋裡想起了什麼事，竟然捏著小拳頭大聲地厲聲道：「打他們！誰欺負娘，就打他們！懷仁救娘親，不許欺負懷仁的娘親！」

汪永昭帶著太醫大步進了院門時，張小碗拿著帕正在低咳不止，聽到腳步聲便抬起頭，止住了嘴間的咳，站起身來微笑地看著他。「您回來了。」

「怎麼了？」看她眼睛微紅，汪永昭的聲音便冷了下來。

「無礙。」張小碗看著他身邊穿著太醫院常服的太醫，溫婉笑道：「這是……」

「全太醫，皇上特令他來為妳請脈的。」

「見過節度使夫人！」全太醫忙作揖道。

「全太醫有禮。」張小碗忙回道，又轉過身朝萍婆子輕聲地說：「快快奉茶。」

汪永昭這時拉了她到正位坐下，隨之也掀袍坐下不耐煩地道：「搬個凳子給全太醫坐，讓他給夫人看病。」

七婆忙搬來凳子，移過扶桌。

「夫人恕罪。」全太醫一坐下，伸出手便道。

張小碗在腕上放了帕，微笑道：「勞您費心了。」

全太醫看著她的喉嚨慢慢地滑動了一下，便知她吞了口水，把咳嗽忍了下去。他看了汪永昭一眼，見他用命令的眼神盯著他，猶豫了一下，還是溫言道：「夫人，您要咳便咳吧，忍得多了久了，就會鬱結於胸，對您身體有損。」

張小碗沒料竟被看出，半垂了眼偷看了汪永昭一眼，見他怒瞪著她，她便立馬輕咳了數聲，等咳得氣緩了些，才轉頭對汪永昭紅著眼，苦笑著道：「您莫生氣，先讓太醫幫我瞧瞧。」

「您先喝口水。」萍婆子遞了杯子過來。

張小碗就要拿過，那杯子卻被汪永昭半道截走，放置在了她嘴邊。

她抬頭朝他笑笑，便就著杯口喝了幾口溫水，才又轉身看向了太醫。

全太醫把完脈，溫聲道：「近日可是就著方子在吃藥？」

「是。」

「方子可能讓老朽看看？」

張小碗便喚人拿了方子給全太醫看。

「太醫要是有那好方子，便與我開了吧！」張小碗又輕咳了兩聲，輕聲地道：「想來那方子也是沒用，止不了這咳。」

全太醫看罷後道：「也不是無用，恰恰是有用。我看夫人幾日的用藥，把體內的寒氣散得差不多了，剩下的只是那虛火壓著了喉嚨。您想想，這兩日是不是乾咳較多？喝水也比平日要喝得多？」

「可不就是如此。」

「想來，只要再針灸一番，把那火氣引出體外，便會無事，夫人放心。晚些時候我便派醫女過來與您針灸，等針灸到那三至四次，便不會有事了。」全太醫撫鬚言道。

「那就有勞太醫了。」

全太醫一被請出，張小碗拿過婆子端上來的苦藥一口喝完，便拉過汪永昭的手道：「黃岑的醫術高明著，不比誰差，他也說了就這幾日與我針灸通氣，您怎地……」

「是皇上自己說的。」汪永昭伸手摸了摸她蒼白的臉，又道：「妳哭什麼？」

他問及此，張小碗莫名又眼紅起來，她依偎進汪永昭的懷裡，輕聲地道：「杜氏怕是被二老爺打了，說是頭上都出了血，我讓懷善過去幫我看看了。」

汪永昭低頭，看到她眼角流了淚，他的心便糾成了一團，不快地道：「出事就出事了，妳哭什麼？」

張小碗躲在他懷裡，悄悄地從袖子中又拿出帕子拭了拭眼，方抬起頭勉強笑道：「要是懷善帶了杜氏與她的三個孩兒回來了，您便留著他們吧，可好？」

見她水汪汪的眼睛看著他，汪永昭皺眉。「妳想留著就留著，我還不讓妳留不成？」

張小碗笑，拿帕又拭了拭臉，坐直了身，整了整身上的衣裳，站起後拉他的手，與他道：「趁我現下好著，您快快去瞧瞧您的二兒、小兒，幫我看著他們用點粥，這大熱天的，玩半會兒就會餓。」

「他們在哪兒？」

「偏院裡玩木劍呢。」

「叫人抱過來便是。」

「哎。」

張小碗便只好差婆子去抱人，又讓她遣人去冰窖把冰著的紅棗赤豆粥拿過來。

待坐下，看汪永昭牽著她的手沒放，張小碗也沒掙出，嘴間與他道：「您讓人抱他們過來，他們只會欣喜您一著家就擔憂他們的吃食，歡喜於您記掛著他們，可您若親自去了，他們不知道會有多高興。」

不告知他，他就不知道怎麼親近孩兒們，孩子們是需要他陪著玩，才會與他親近的。

汪永昭一聽，甩開她的手，薄怒道：「妳怎不早說？」早說他就早過去了！這婦人，哼，總是不愛及時與他說道該說的事。

說罷，就匆匆出了門，不多時，他便背上揹一個，手上抱一個的回來了。

懷慕在他爹爹背上，一見到張小碗，便笑道：「爹爹又揹我！」

在汪永昭手臂上坐著的懷仁則向張小碗耍了下手中的小木劍，神氣地抬著他的下巴道：「懷仁保護娘親，娘親莫怕！」

張小碗忙朝他伸手，抱過了他。

這時懷慕也從爹爹背上滑下，牽了他爹爹的手，抬頭問他娘。「娘親，大哥把二嬸娘和堂哥、小堂弟們接回來了嗎？」

「怕是沒那麼快，你再等會兒。現下跟娘親去把這臉和手洗了。」張小碗笑著朝他道，又牽了他的手，去了那小偏屋的淨臉處，給他們分別淨了臉與手。

等到涼粥一來，正好解了這兩小子的渴與餓。

汪永昭只用了半碗，再遞碗過去，張小碗卻不與他添了，搖頭道：「這道太涼了，不給您吃了。」

汪永昭正要說她沒規矩，卻聽得她輕咳了一聲，便止了那話，把眼睛看向了兩個吃得不亦樂乎的小兒。

這粥甚是冰甜稠糊，這炎夏當頭，難不成連兩口吃的都成忌諱了？

懷慕見爹爹甚是可憐，猶豫了好一會兒，想著要不要偷偷餵他爹吃上兩口，這時卻聽婆子在他娘身邊說了句——

「再吃半碗也是無礙的。」

他正要欣喜，卻又聽他娘說——

「哪是不給老爺吃？他身上也有著舊疾的寒呢，老大夫都說了，他那身子骨兒一個沒看住，就容易病發，現眼下一家子有個我就給他添負累了，家中要是再有得一個他，孩兒們都無人照顧了，妳叫我怎麼安心？」

萍婆子見勸她無效，便也止住了嘴。

這時懷慕便沮喪地低下頭，臉色黯然，心裡嘆道：爹爹您是吃不得了，莫病著，孩兒會擔心得很。

懷仁這時埋頭正喝掉一小碗，喝完，就端起他的小碗，朝他的娘親伸去，撒嬌地道：「娘親，還要！再給懷仁添！」

這日夕間，木如珠匆匆來了張小碗的院子，見到他們行過禮後，便紅著眼朝張小碗道：「那額頭磕得破了一個血洞，大夫說這時萬萬移不得，一移便有那生命之憂。」

「竟是這般嚴重？」手上還拿著針線活兒的張小碗掉了手中的針。

「是，娘。」木如珠拿帕拭了拭濕潤的鼻子，輕聲地道：「那小二公子因著罵了二老爺幾句，便被關了起來，懷善過去一看，那身上的血痕，腫得有這般厚。」木如珠用大拇指與食指比了一指寬。

張小碗看一眼，緩了一口氣才說：「好，二夫人就先派人看著。那三位小公子呢？」

「二老爺不放人，說是懷善要搶他的兒子。」木如珠捏緊了手中的帕，也緩了好幾口氣，才說：「娘，二老爺說，就是他把辱罵他的兒子打死了，誰人也沒得話說。」

「是嗎？」張小碗聽到這話，腦袋都傻了一會兒。

汪家人真是……都是這般地狠！

她還道只有那老夫婦是心狠之人，還以為他們的四個兒子像他們的不多，沒料到如今，汪永安也是像足了他們。

只是汪永昭是沙場鐵鑄出來般適者生存的冷酷無情，可汪永安卻是真正的愚昧、愚蠢。

他難道還沒看夠他們父母所幹的那些蠢事嗎？

「娘……」木如珠喚了一聲臉上漠然的張小碗，神情忐忑。

「我真是沒想到，皇后的釵子還簪在她的頭上，便有人動她的頭。皇后這才去了多少年啊，便有人不再把她當回事了？」張小碗這時淒涼一笑。「我還以為，她的鳳威即便不能揚那千秋萬代，但只要皇上在世一天，她便仍是我大鳳朝最最尊貴的女子，無人能及得上她，誰人都辱她不得……是我該死，忘了人心難測。本想藉她的餘威讓杜氏坐得正一些，沒料想，竟是我糟蹋了皇后……真是荒唐，枉我自詡一生謹小慎微，原來心裡竟還妄想著，皇后還是那個皇后……」

說罷，她扶著桌子跪下了地，頭碰著地，久久無語。

木如珠不知為何淚流滿面，轉過身，拿帕掩住了抽泣的臉。

良久後，她被急步前來的汪永昭扶起了身，張小碗伸出手摸了摸他的臉。「老爺，三十年河東，三十年河西，這世上無永久的富貴，更無那永世的權勢，來日，您還是帶我們母子回那西北去吧。能把孩兒養大即好，除了懷善，懷慕與懷仁您都莫讓他們再當官了，讓他們守著我們過吧……」

那廂，靖皇得了密探來報，生生折斷了手中的毫筆，猙獰著臉對侍衛說：「給朕查清楚了是誰幹的！那是朕的皇后！」

汪永安的府裡，當夜死了七個人，其中還包括那位楊家的姨娘。

皇帝叫了楊勉進宮。

陰森森的正德殿裡燈火搖曳，晃得如同鬼火般，讓人毛骨悚然。

楊勉跪在地上足有半個時辰，皇帝才放下手中的朱筆，問他道：「你們楊家出了個說『就是皇后又如何』的女兒，明日，便是你來跟朕說『朕是皇帝又如何』了吧？」

楊勉臉上血色盡失，好一會兒才抬起頭，顫抖著嘴唇道：「臣忠君之心，陛下盡知！那女子目空一切，是臣失責，找錯了人搭上汪家。冒犯皇后之事臣罪該萬死，請皇上賜罪臣死罪！」

皇帝聽後，身體往龍椅上一靠，眼神空洞地看著桌上那盞燭燈半晌，才道：「朕是讓你和汪家搭成一線，不是讓你搧朕的耳光的。」

「臣……」

「退下去吧。」靖皇揮手讓他退下，那張額間盡是皺紋的臉上滿是疲憊。「走吧，殺了你又如何？朕總不能再換個丞相吧？」

楊勉不敢再說話，輕輕爬起，腰躬到了底，慢慢地往後退。

「楊勉，好自為之。」

楊勉聽到這話，在門口返過身，又跪下地，重重地磕了一個頭。「臣知道，謝主隆恩！」

待他走後，靖皇低頭諷刺地翹起了嘴角，自語道：「你也是，劉靖。」

第四十五章

汪永安因犯上之罪，官職被解，被禁衛軍抄家，趕出了府邸。

善王派人把醒過來的杜氏與三子接到了府中，這廂，汪永安跪在了善王府的前面，只不得半炷香，就被人拖走了。

汪永安寫給丞相罪指其兄、其嫂，說他們大逆不道、必惹天怒人怨的信，被他的貼身小廝送到了汪永昭手裡，汪永昭看過後，仰天大笑了一陣，許久，他才漸漸止住了笑，手揉著額頭，對著手中的信紙輕笑道：「娘，您真是在我們汪家陰魂不散，我用命在戰場上護著回來的弟弟，也走上您的老路了……」

這一個一個的，都恨不得他們汪家滅了門啊！

「小碗。」當夜，汪永昭叫了懷中的婦人一聲。

「老爺。」張小碗抬頭看他，見他的臉硬得就像塊沒有情緒的石頭，心下輕嘆了口氣。她抬起頭，輕輕地吻了下他的唇，什麼也未問，只是說道：「睡吧，明日醒來，您還要帶三個孩兒習武呢。」

他還有孩子要看著長大，他的節鎮還在等他回去，再心情不好又如何？想想這些，有什麼檻是跨不過去的？

「妳啊……」汪永昭聽著她淡然的口氣，嘴角翹了翹。

張小碗看著他彎起的嘴角，終是嘆出了聲。「您哪……」

她知他痛苦，因為她何嘗不是在痛苦裡熬過來的？她知心裡極苦時，嘴角會翹起怎樣的弧度。她本無心安慰，可現下，她知她是定不能忽視了。

人真是在被形勢逼著一步步往前走。

「永安怎樣了？」張小碗理了理思緒，還是把話問了出來。

「我叫人割了他的舌頭，弄瞎了他的眼睛，挑斷了他的筋脈，扔在了家廟裡。」汪永昭淡淡地說，漠然的臉上沒有丁點兒表情，連眼神也是一如既往的冷酷。

張小碗拿手撫過他眼角流下的淚，輕輕地說：「您哭吧，哭過後，明天起便好好對永莊、永重吧。」

「永重他媳婦不是個好的。」

「不是個好的又如何？拘著她就是，別因婦人的過就累了您的弟弟。您找永重好好說說，他定心裡有數。」

汪永昭未出聲，只是用手指一下一下地梳理著她的長髮。

「永莊、永重都是您的弟弟，我聽說他們都是您昔日在戰場上一手帶大的，您當年是怎樣護他們的，今日便怎樣護著他們吧。想來，就算你們年紀都大了，但那血脈之情，豈是能說斷就斷的？」

「是嗎？」

「您明日就找他們說說吧。」

汪永昭未語。

「您也不能因著永安的不妥，便也連累了他們。他們好與不好，您是心裡有數的，何妨就按您自己的心意去對待他們呢？」

「嗯。」

汪永昭悶哼了一聲，把頭埋在了她的髮間。

「妳為何不問我怎麼要把他弄殘？」

「您必有您的原因。」

張小碗伸手抱住他的頭，把他攬在了她的懷裡，慢慢地拍著他的背，淡淡地說：「我知您苦，便是懷善，他也是知的，只是不說給您聽而已，您不孤單。」

她不斷地輕拍著他的背，等他睡去，張小碗也平靜地閉上了眼。

孝堂搬進善王府後，進京的危機似褪去了一半。

這日，因家中缺忠心伺候的人，去外面為張小碗找忠心婆子的七婆帶回了兩個年輕婆子，張小碗剛與她們見過面，說了兩句家常話，突有一個婆子跪到了她的面前，說她有話要說。

第二日清早，汪永昭練完武回來，伺候了他換好衣，她對汪永昭說：「我想去趟皇宮。」

汪永昭微怔了一下，問：「妳這是何意？」

「為的婉和公主。」她淡道。
「她已經瘋了。」汪永昭想也不想地道。
「她現下過得如何？」張小碗低首問。
「這不是妳該管之事。」汪永昭不耐地道，稍後有些不解。「她這般猖狂，妳似是想為她求情？」
「唉，她畢竟是皇后的女兒。」張小碗苦笑道。
「糊塗！」汪永昭見她承認，當下想也沒想，走至桌前大拍了一下桌子。「荒唐！妳這是沒事找事！妳、妳這……蠢婦！」
見他繞過她去拍那桌，張小碗的眼睛便柔和了下來，走到他面前，拿起他拍桌的手小心地撫摸了兩下，才抬頭與他小聲地說：「皇后當年那日見我，有那託付之意。老爺，我用她的時候用得徹底，這心哪，便難安得很。」
「便是那公主曾想要妳的命，妳也要幫？」汪永昭甚為好笑，看著這突然慈悲起來了的婦人。
「想幫。」張小碗看著他滿是譏嘲的臉，臉色平靜從容。「因為我有恃無恐，因為我知道但凡您活著的一日，您定會護著我一日。來京之前，我還想著為您去死，但到了今日，我已想明白，就算死，您也是要護在我面前的，有您的這份心，我又怕什麼？我也不是為了救婉和公主，我只是還皇后的恩情，讓她活得體面一些，那便也是皇后的體面。」
「那瘋公主還是把信送到了妳手中？」汪永昭突然明瞭了。他眼睛頓時微瞇了瞇，問：

「誰送的？」

「您就別問了。」

汪永昭便不再言語。這婦人，還當他查不出來嗎？

跟汪永昭長談過後，張小碗提了食盒，進了那皇宮。

「臣妾汪張氏見過陛下，陛下萬歲萬歲萬萬歲。」

「平身。」

張小碗抬起頭，靖皇看著她，再看著她因微笑著而泛起的眼紋，便不由得笑了兩聲，道：「汪張氏，沒料想，妳也老了。」

「誰人能不老？」張小碗溫和地笑道。「皇上瞧著好似也是老了那麼一些些。」

靖皇聞言大笑，一揮手，讓她坐下。「坐。」

「是。」張小碗在下首找了位子坐下，把食盒打開，與他道：「按舊時的方子做的，您要是牙口還好，就嚐一些吧。」

她平靜的口氣與話裡的內容又讓靖皇笑了起來。

張小碗跟著也笑。「也是臣婦大膽，什麼不好拿，偏拿了這些。但思來想去，您什麼沒有？便按舊時王妃告知的方子做了些糕點，送給您嚐嚐。不是什麼貴重什物，但到底也是臣婦能想出來帶給您嚐嚐的東西。」

說罷，又朝靖皇笑了笑。

這時大太監在靖皇的眼神示意下笑著走了過來，拿著銀筷挾起了幾塊放至了碟上，躬身誇道：「您真是有心了。」

他送了碟子上去，靖皇嚐了兩塊，便頷首道：「這蘿蔔糕的味甜了點，皇后做的味淡一些。」

張小碗在下首也撚了一塊嚐了嚐，隨後嘆道：「家中孩兒過多，這下手便是捨得放糖，真是甜了一點。」

「甜些好，甜些不就說明你們日子過得很好。」靖皇的笑臉冷了下來。

「可不就是如此？」張小碗依然不疾不徐地道：「要是家中汪大人能少板些臉、少訓臣婦幾句『無知妄婦』，這日子便還能好過上幾分。」

靖皇聽了又笑了起來。「他還罵妳？」

「唉，都說不上罵，是訓吧。臣婦也確是無知，」張小碗輕嘆了口氣，輕道：「偶也有不順他眼的時候。」

聽她說得甚是淡然，靖皇笑了好幾聲，抬腳下殿，走至她桌前的椅子上坐下，又揮手讓起身福禮的張小碗坐下，捏了她眼前的紅果糕吃了兩口，才道：「這果糕也甜了。」

張小碗拿了一塊嚐了嚐，又搖頭嘆道：「這，大概就是臣婦家大人所說的成事不足、敗事有餘了。」

靖皇哈哈大笑了兩聲，說道：「妳往日見著朕，那嘴閉得緊緊的，便是為著自己出頭的那日，也是把話說完趴在那兒就不動了，朕還是第一日知道，妳是如此能說會道。」

張小碗聽到這兒，低首苦笑了一聲。「往日那光景，夾起尾巴做人都來不及了。您也知開頭那幾年，懷善得了您和當時世子妃的賞，每日想著的便是把銀子送出府，讓臣婦的日子好過些許。」

她的話讓靖皇想起了當年善王在他們夫婦面前翻著筋斗討賞銀的事，他笑了兩聲，搖了下頭道：「一晃，許多年了。」

「是啊。」張小碗低低附和。

「妳來所為何事，說吧。」靖皇接過大太監的茶杯，漱了下口便道。

套完交情，該說實話了。

張小碗垂首輕道：「臣婦跟著家中大人在邊漠三年有餘了，也前去過滄州幾次，曾在境內發現一處楓林，那地甚是神奇，聽當地人說，竟是夏涼冬暖，大人見臣婦歡喜，便在那處安了處宅子，那宅子安好也有一年多了，卻不曾有那時間去住過；臣婦想著，興許日後怕是沒有那機緣去了，婉和公主也在雲州住著，便想著，把這處當了她的行莊，讓她得空了去避避暑、避避寒，您看可行？」

「婉和？」皇帝哼笑了一聲。

張小碗知他是不打算要這女兒了。婉和現如今的日子，那送信來的婆子說，連爛芋頭都肯吃了，如若這不是皇上的授意，想必那司馬將軍也做不出來吧？

「妳是來為公主說情的？」當下，皇帝冷喝了一聲，臉色也變得陰沈起來。

「是。」張小碗盯著桌上的碟子半會兒，見對面皇帝的氣壓越來越低，她勉強一笑，張了張嘴，道：「有人傳了話到臣婦耳邊，說是昔日皇后要與臣婦說的。」

「何話？」皇帝的臉更冷了。

「說『婉和是個不守世俗規矩的，我知是我私心作祟想讓妳替我管教她，卻也知妳已負累過多，無力再肩堪重擔了，現只託妳，如有一日，她要是拖累了她父皇，敗了皇上的臉面，望妳能看在昔日的情分上，助她一臂之力，讓她安然度過下半生吧』。」

張小碗說到這兒，垂著頭，拿出兩封信，一封是給她的，已拆開；一封是給皇帝的，未拆。

她把信放在了桌上，便扶著椅子，起身跪在了地上。

「給臣婦的信，臣婦拆了。臣婦眼拙，瞧來瞧去都是皇后的字，臣婦無法，只能進宮見您。」

她知皇帝對她恐怕沒有表面那般大度，她一而再、再而三地逼他行事，她做得多，他想殺她的心便更濃。

這當口，她還逼他行事，皇帝要是發怒，她也料不到那最終結果。

可她不能不來，為自己、為皇后，她只能來，再賭一次。

「楓林，那是什麼樣子的？」許久後，皇帝從信中抬了臉，問張小碗道。

「十月，能紅透整個樹林，就像豔火在瘋狂燃燒一般。」

「瘋狂燃燒？」皇帝笑了。「汪張氏，妳甚會說話。」

張小碗的頭便往下更低了一些。

「皇后生婉和那年，便是在行宮待的產，那處行宮，說是有片楓林，她還在信中告知我，待來年等我回來，她便要我去陪她住上一陣……」

張小碗見他似在自言自語，連朕都不稱，當下頭碰著地，一聲不吭。

「朕未曾陪她去住過，現下看來，卻是要讓我們的女兒去住了。」皇帝把信小心仔細地收好，才對地上的婦人道：「起來吧。」

「是。」張小碗退後兩步才站起。

見她站得甚遠，皇帝也不在意，他又捏了塊蘿蔔糕吃了兩口，嚥下喝了口茶，才拍拍手，漫不經心地問她道：「汪張氏，若有一日，永昭反了，妳會如何？」

張小碗當下便抿緊了嘴。

「說吧，說實話，妳會如何？」

張小碗還是不語。

「說吧，莫讓朕再說一次了。」

「皇上，」張小碗苦笑了一聲。「我家大人不會反。」

「汪張氏！」靖皇的口氣相當的不耐煩了。

張小碗閉了閉眼，只能道：「皇上，按您所說的意思，如若他有一天反了，臣婦是他的妻子，他反了，便是臣婦反了，臣婦還能如何？」

「妳可以揭發他。妳是當朝的仁善夫人，是善王的母親。」皇帝淡淡地道。

汪永昭反了，但只要善王不反，大義滅親了，他的母親便還是可以跟著他活下來的。張氏不是個蠢的，想來是明瞭他話中之意的。

「他要是反了，便是臣婦反了。」張小碗搖頭道。

「呵……」皇帝呵笑了一聲，揮揮手道：「妳的莊子要給婉和便給她吧。看住她了，要是再讓她丟朕的人，便是皇后還活著，朕怕也是依不得她了。」

「是，臣婦知了。」

張小碗朝他磕完頭，方才退下。

這廂，她走後，皇帝朝從暗室出來的善王平靜地說：「她不再是你一個人的母親了。」

善王在他面前跪下，用手指調皮地彈了彈他的腿，笑道：「當然不再是我一人的母親了，還有懷慕、懷仁呢，您讓她怎麼答？哪個孩子都是她的心頭肉，誰有性命之憂她就急誰，來日要是為了救我，您看她要不要自個兒的命？懷慕有事了，她也便會如此，懷仁也這樣。這樣的娘親，皇上，您就莫逼她了。」

「調皮！」見他又彈了下他的小腿，靖皇忍不住重重拍了下他的頭。「沒規沒矩的！」

汪懷善笑。「便是今日，汪大人也這麼說我。改是改不得了，您多擔待點吧。」

「他可有反我之心？」靖皇塞了一塊他娘做的蘿蔔糕到他嘴裡。

汪懷善吃了一塊，又伸手從桌上拿了兩塊不同的塞到嘴裡吃完才道：「反什麼反？我老子您是知道的，您給他好日子過，他便為您賣命，您不給他好日子過，他什麼事都幹得出來，是個壞透了頂的老東西；便是我娘要是不順他的意，他能成天在府裡頭摔杯子、踹椅子，比我家懷仁還壞！」

「怎麼說話的！」靖皇嘴角微翹，拿腳踢了他一腳。

「唉，就平時那樣嘍！」

靖皇哼了一聲，忍不住又捏了塊果糕吃了一點，嚥下才問道：「你呢，朕可讓你失望過？」

「您說呢？」汪懷善用手握拳捶了捶自己的胸口，臉上笑意褪盡，坦然地看著皇帝說：「您別問了，我不想跟您說假話。」

「日後還要傷你的心，你要怎麼辦？」

「還能怎麼辦？能躲就躲，躲不過就逃，逃不過就過來咬你兩口。」汪懷善哼了哼鼻子，用手大力地在鼻下搓了搓。「知道您也不容易，您別太壞了。」

「知道朕不容易？」

靖皇笑了，笑得那白髮在汪懷善眼前一晃一晃的，晃紅了他的眼。

汪懷善再開了口，口氣黯然。「南邊的蠻夷沒那麼好收拾，那黑寨十八寨我打了一年也沒打進一寨，我要是再去，三、五年的，也不知能不能回得來，您好好保重身體。您要收拾誰，來日便是收拾我，也隨得您去了，我也不來跟您求情，但，您什麼都可忘，可別忘了許我的太平盛世。」

「你父親太厲害了。」一直笑著閉著眼睛聽汪懷善說話的靖皇這時睜開眼，與他平靜地說道：「你與你娘，說來靠得他最近，卻也還是不知他的深淺。朕不敢保證以後會不會拿他開刀，但朕與你保證，你娘若能真如她所說的，不讓你的兩個弟弟走入仕途，朕便能饒他們命。」

汪懷善聽了又搓鼻子。

靖皇無奈。「這次朕說的是真的。」

汪懷善抽抽鼻子，垂首不語。

「不信是吧？」

汪懷善苦笑著嘆了口氣。「怎麼信？到時您要是反悔，想必也是有原因的。」

「也是。」靖皇笑了一聲，他緩了一下，便起身往那龍案上走，嘴裡朝大太監說道：「給朕備墨。」

大太監忙退下，去備那物件。

這時，看靖皇起身往上走得甚慢，汪懷善臉上湧現出了一片悲哀。昔日他心中矯健勇猛的靖王，現在成了步履維艱的帝王了。

「朕給你寫道聖旨吧。」靖皇坐上龍位，沈思了一下後，拿過大太監匆忙擺上來的朱筆，便提筆揮墨。

片刻，那道聖旨便到了汪懷善的手中。汪懷善看過後，又走到他案下磕了頭，滿臉肅穆地道：「來日，便是您砍了我的頭，懷善也定不會怨您、恨您。」

靖皇聞言哈哈大笑，笑不得頃刻，卻又劇烈咳嗽了起來。

「下去吧。」靖皇拿袖掩了嘴，朝他揮了下手。

汪懷善垂下眼。「您要保重身體。」

靖皇呵呵發笑，看著他走出了門，轉頭對大太監欣慰地說：「他長大了，卻是未變，剛剛眼睛怕是紅了吧？」

「您知他不愛哭。」大太監餵他吃了靜心丸，又與他道：「您這一舉，想來他也是知您對他的情性的。」

靖皇笑著搖頭。「再有情性又如何？你當他不知，朕是為了幼太子在拉攏他。」

大太監見他把話說透，不忍地道：「您又何必說得這般清楚？」

「難不成朕對著你都要說假話了？」

「皇上……」

「他沒變，是朕變了。」靖皇閉上了有些模糊的眼。他知道，這道聖旨的恩情，善王會還給他的。

善王、善王，當年賜他的封號，真是沒封錯。

便是他那娘，也堪稱得上仁善兩字了。汪永昭那滿身血腥到地獄都洗不淨的人，不知哪來的運氣，娶來了這麼個女子。

「娘！」見母親坐在堂屋忙針線活兒，汪懷善大步走近叫道。

「來了？」

「嗯。懷慕和懷仁呢？」汪懷善左顧右盼。

「跟先生學習去了。」張小碗放下手中的針線，對萍婆子道：「下去給善王端杯茶上來。」

「是。」

「萍婆婆。」汪懷善笑著叫了她一聲。

「老婆子這就下去端茶。」萍婆子笑著說道。

等她出去，堂屋裡就只剩他們母子了，張小碗朝他溫言道：「坐過來吧。」

「娘就知我有話要跟妳說？」

「唉。」張小碗笑嘆了一聲。「莫頑皮了，坐過來唄。」

汪懷善這才大步過來，坐下後湊近張小碗，輕聲地把在宮中的事跟他娘說了一遍，又把那道聖旨不著痕跡地塞進了她的袖中。

張小碗搖搖頭。「你父親會知道的，你知瞞不過他。」

「我就是要瞞！」明知瞞不過，但汪懷善聽了，還是挺不服氣地說：「妳就這麼信任他，什麼事都跟他說？」

「我這不是信任，而是何事不是他在作主？只有他往前走，才能帶我往前走。」張小碗淡淡地說：「娘就是一個內宅婦人，外面的事能知道多少？你們又瞞了我這麼多，有什麼是我能看得清的？不跟他說清楚了，不聽他的話去辦，莫說會害了汪家的其他人，要是害了你們三人中的一個，我又如何是好？」

「那他反了妳就跟著反？」汪懷善不是真沒有怒氣的，他低頭憮憮地道：「妳就要跟著他去死？這是妳的真心話嗎？還是這話也是他教妳說的，或是他逼妳說的？」

「這不是他教的，也不是他逼的。」張小碗伸手摸了摸他的頭髮，淡淡地說：「因為娘親知道，就算他護不住我，也定會為我護住我最心肝寶貝的你們。這樣，你可滿意了？」

「娘！」

「娘知道你現在只替娘不平，你懂事，忘了自己的那些，偏把娘受的那些全記在了心頭不忘。」張小碗拍拍他的頭，輕言道：「可人死抓著過去有什麼意思？要是抓著過去，日子能好過些，便也可行；明知不會好上一丁點，那只不過是意氣用事。娘都教你去釋懷、去習慣，怎地自己就不行了？」

說到這兒，她卻是笑了起來，道：「你倒是知道了不在皇上面前駁你父親的面子了，自己都承認了的事，還要來跟娘抱怨，果然是娘的嬌兒子。」

汪懷善被指出事實真相，有些惱了。「妳現在都不偏心我了！」

張小碗眼中帶笑地瞥他一眼。

「娘！」

「哎，」張小碗笑道：「現下何嘗不是在偏心你？」

「好吧。」汪懷善想了想，她做的萬般事確實都是為他在打算，但他還是不甘心。「那孩兒為妳討的聖旨呢？」

「有用。」張小碗先是誇他，隨後便又說：「你也跟了你父親些許日子了，他是什麼樣的人，你心裡多少有數。別照著皇上的想法去想他，你見他是什麼樣的，自個兒就怎麼想。」

汪懷善聞言微皺了一下眉，低頭思索了一會兒，才嘆氣道：「孩兒知道了。」

「那就好。」張小碗拍拍他的手，繼續手上的針線活兒。

「娘，妳當真是外面的事一點也不知道嗎？父親兵營裡的妳也不知？」

「不知。」張小碗搖頭。「你父親也不讓知。」

「那……」

「娘這裡長著眼睛，這裡長著腦子……」張小碗抬手指了指自己的眼睛和腦袋，溫和地看著他說：「你也是。」

「妳就真不想知？」汪懷善忍不住道。

「想知啊，那你能告訴娘嗎？」張小碗笑看著他。

汪懷善便又閉上了嘴。

「那他去死，妳真跟著去？」汪懷善在椅子上不安地移了移屁股，忍不住又問道。

他翻來覆去地問，可見是真計較得很。張小碗忍不住伸手抽了下他的腦袋，咬牙道：「渾小子，你看他打了這麼多年仗，他能活到現在，能是不惜命的人嗎？」

「可總有比他厲害的人吧？皇上就是！」

張小碗沒好氣地瞪了非就此點糾纏不已的大兒一眼。「再沒完，晚膳就別來跟我用了！」

汪懷善見她這般說，便摸摸頭，委屈地撇了下嘴，連告退一聲都沒有，就垂著頭走了出去。

他走三步就停一步，張小碗手中針線沒停，冷眼看著她這大兒耍寶，由他去了。

汪懷善停了兩次，見沒人叫他，走到門邊後，他氣沖沖地大步衝了出去，但衝到院子裡，又覺得心口氣不平，於是又衝回堂屋，對張小碗大聲地說：「我一年才見得妳幾回？才一起住幾天，妳便又對我發脾氣！」說完還跺腳，怒道：「不用晚膳便不用！」

說罷，便又一陣風地衝回了自個兒的院子，找著了自己媳婦，把下人趕了出去，趴在了她懷裡悶了好一會兒。

「出何事了？」木如珠拍拍他的背，溫柔地道。

「唉，無事。」汪懷善抬起頭來，坐直身體，又恢復了平時的嬉皮笑臉。「善王妃，妳晚上帶我去娘親那兒用膳唄！」

「為何？」木如珠微張了張目。「平日不就是我倆一起去的嗎？」

「我惹娘生氣了，她不准我與懷慕他們一起用晚膳，妳便帶我去，看在妳的面子上，她定會睜一隻眼、閉一隻眼。」

木如珠好笑。「你又惹娘生氣了？昨天娘都訓你了，怎地今天又惹她生氣了？」

「她嫌我囉嗦！我不就多問了她幾句話罷了，母不嫌子醜，她怎可嫌我話多！」

「你啊……」木如珠看了看沙漏，算了算時辰，便不由得輕吁了口氣。「還好你回來得及時，現下這時辰，父親定是回來了，要是見你不聽話，免不了還要被他訓一頓。」

「媳婦兒……」汪懷善一聽，把腦袋都埋在了她的懷裡。「還是妳對我好，不生我的氣。」

木如珠聽罷，便好笑地笑了起來。

汪永昭一回來，張小碗隨他回了房，給他換了衣，淨好臉與手，便給了他那道聖旨。

把聖旨掃了一遍後，汪永昭開口道：「還有七日就要下葬了，這段時日府中會大作法事，我會讓一隊護衛駐於院內，平時無事，妳不能出門。」

「好。」張小碗想了想。「但靈堂……」

「妳早晚去一趟，日間有善王妃。」汪永昭淡淡地說。

「這幾日總得哭靈吧？」張小碗想，可不能什麼事都省了。

「不用，找了幾個婆子在哭，足夠外面的人聽了。」

張小碗無奈。「有法師看著呢，總得一日去上一次。」

「他們只會揀好聽的說。」

張小碗「啊」了一聲。「法師是您的……」

汪永昭挑眉看她，張小碗便把「人」字嚥下，垂下了眼。

她臉色平靜，但汪永昭知道她表裡不一，便道：「他們是我的人，但也是真和尚。這幾日妳就好好待在屋中，哪兒都別去，如有意外，汪實他們就會帶妳走，到時妳帶著孩兒往北邊走就是，什麼都不用想。」

「還有意外?!」張小碗是真驚了。

汪永昭翹翹嘴角。「我跟妳說過，皇上不是那個皇上了，偏妳還真當他是吃素的。」

「我……」張小碗想說她未曾，但話到嘴邊還是嚥了下去。

「帶著孩子往家裡走就是，」汪永昭拉過她的手讓她坐到腿上，伸手抱著她的腰。「我信妳護得住。」

「我知了。」張小碗點頭。

「不過這是以防萬一。如果皇帝見好就收，我們能一道兒走。」汪永昭摸了摸她還有薄繭的手。「便是不能，我也會回去，只不過晚上些許日子。」

出殯前四日，汪永昭一大早受皇上的詔令，去了皇宮。靖皇正在御花園裡散步，見到他來，便擺手免了他的禮，讓大太監去叫幼子過來。

「朕聽說你那小兒有兩歲了？」

「虛歲有三了。」

「嗯。」

靖皇走了幾步，見汪永昭垂首不語，又道：「朕的太子也是皇后的幼子，今年虛歲有十三了。」

「太子吉祥。」汪永昭朝東邊拱了拱手。

「你二兒叫懷慕是吧？」

「是。」

「幾歲了？」

「虛歲有七了。」

「跟琦兒差不了幾歲。」

汪永昭再次停步拱手。

靖皇這次也停了下來，轉頭看向他，淡淡地道：「朕的太子缺個伴讀，你走之前，是留下二子還是幼子，永昭，你給朕個答覆。」

「這……」汪永昭猶豫了下，垂首說：「承蒙皇上厚愛，臣不勝惶恐。」

「說吧，到底留誰。」

「望皇上恕罪，說來，」汪永昭頓了頓，輕聲道：「臣大兒已被皇上封了王，皇上對汪家已是恩德戴天，哪還敢再擔太子伴讀重任。」

「永昭，你這是要逼朕。」靖皇冷冷地說。

「皇上恕罪。」汪永昭掀袍跪了下去。

「你這是不想把你的兒子留下一個了？」靖皇冷笑了一聲。「哪怕朕讓你們一個都回去不得？」

「臣不敢。」汪永昭往下磕頭。

「你不敢？你有什麼不敢的！」靖皇呵呵冷笑了數聲，對跟著太監而來的幼太子劉琦說：「看清楚了，這就是我們大鳳朝有名的武將汪大人。」

「見過太子。」汪永昭半彎著腰，垂首再朝太子一拜。

「兒臣見過父皇。」劉琦掃了汪永昭一眼，便朝靖皇請安。

「起吧。」

「謝父皇。」

「琦兒，父皇給你找汪大人的二子汪懷慕與你當伴讀，可好？」

「甚好，兒臣不勝感激。」劉琦朝靖皇彎腰拱身，回頭又朝汪永昭一拱手，笑道：「多謝汪大人。」

汪永昭垂首不語。

「喪後，便送來吧。」靖皇揮了揮手，讓汪永昭離開。

汪永昭沈默不語，再朝他們父子各磕一個頭，躬身退下。

看他彎著腰退下，在汪永昭走了幾步後，劉琦甚是奇怪地跟靖皇說：「父皇，他看來沒您說的那麼厲害嘛，看起來跟隻狗一樣。」

他現在這彎腰退下去的樣子，就像一隻狗，哪來的武將氣魄？

靖皇看他一眼，轉頭看著汪永昭那停頓了一下的步子，嘴角泛起了點笑。

這時劉琦突又笑道：「不過，不會叫的狗更會咬人。」

「你知就好。」靖皇看著汪永昭突然直起腰、大步離去消失的背影，不由得好笑地搖了搖頭，朝太子拍了拍肩。「陪父皇走走吧。」

「是。」劉琦笑道，眉目之間也有些許笑意。

汪永昭回了善王府，一進書房，汪懷善就跟了進去，問：「怎麼樣？」

「要懷慕。」

「喔。」

汪懷善找了張椅子坐下，把玩了手中的劍半會兒，才抬頭朝汪永昭問：「您有什麼主意？」他娘不會喜歡母子分離的，再來一次，汪懷善不知道她受不受得住。

她這一生，吃了太多的苦了。

「把門關上。」

汪懷善起身，把書房的門掩上。

「等。」汪永昭把字練完，拿起端詳了半天，這才扔到了火盆裡。

「您的意思是？」汪懷善猶豫了一下。

「出殯的時日會再拖半個月，等邊漠的消息。」

「什麼消息？」汪懷善剛坐下的屁股又從椅上彈了起來，他站在原地，受驚地看著他的父親。

「等大夏的消息。」汪永昭嘴角翹起，看著他像受了驚的小兔子般的大兒子。「懷善、懷善，你母親沒把你的名字取錯。」

他長得最像他，可那心思，卻像不到一半。

「父親……」汪懷善受了驚，嚥了嚥口水，乾脆一屁股坐下了地。「夏人反了？」

「反了？」汪永昭哼笑了一聲。「那叫什麼反？」

他又重提了筆練字，淡道：「夏國亂了，不再是大鳳朝的夏國了。」

他就等那千里驛報飛來，看皇上到時打算怎麼處置他們汪家這幾口人了。

無論靖皇打算如何，他都有了那應對之策。

「父親……」汪懷善坐在地上，喃喃地又叫了一聲。

汪永昭未理會他。

良久，汪懷善抬起頭看向他，嘆了口氣，道：「娘說您定能護我們安危，我還想，您再怎麼鬥也是鬥不過皇上的，便想著為他們求一道能保命的聖旨。」

「你信皇上，」汪永昭垂眼在紙上揮毫，嘴間則漫不經心地道：「那是你的事。」

他要是信皇上，包括這位坐在地上的善王，早不知死了多少次。

「娘說讓我信您，」汪懷善站起來拍了拍屁股。「她又沒說錯。」

「莫讓她操心了。」汪永昭停筆，抬頭與他冷冷地道：「讓她好好帶著你兩個弟弟長大就好，你的事，自有我替你安排。」

「嗯。」汪懷善靠近他的桌子，隨即趴在了上面，看了他那勁透紙背的字幾眼，嘴裡輕道：「其實我沒您想的那麼傻，我只是沒您那麼狠。」說到這兒，他頓了頓，又苦笑道：「像您這麼狠的，這世上又有幾人？」

夏人亂是由來已久的事，但碰巧在這當口出事，他這父親肯定是在其中推波助瀾了。

「所以，您是銀子也不幫他找，玉璽也不幫他找，質子也不給他留下了？」汪懷善想了想，又道：「不，您還等著他回來求您為他打仗吧？」

汪永昭揮毫的手未停，這次直至最後一個字寫完，他才輕「嗯」了一聲，淡然道：「也不盡然。你的那個皇上，他翻臉比翻書還快，也許為此更想讓我死也不一定。」

這次，皇帝要是再不給他留後路，他就是要拿他的江山辦他汪永昭了。到時，送他們母子幾人出去了就好，他便留著陪皇帝鬥上最後一場。

汪懷善聽了他的話，久久未語，良久後他才說：「孟先生曾跟我說過，您是個誰跟您過不去，您就必跟誰過不去的人。」

「孟先生說的？」汪永昭輕瞥了他一眼。

「孟先生說的。」汪懷善把他寫滿的那張紙拿起看了一眼，就又扔到了火盆裡，與他擺正了眼前的白紙，才道：「您就別懷疑是娘親說的了，娘親一生都不會與誰說您這樣的話，哪怕是我。」

「她的婆媽，你學了個十成，她的謹慎，你五成也未學會。」

「呵……」汪懷善雙手重新抱握，重趴在了桌子上，他聞言輕笑了一聲，看著汪永昭寫了一行字，才道：「她說不願我過於謹慎，她說過於謹慎放到我身上便是拘束，會把我的膽子拘小、翅膀拘硬，飛不了原本那麼高。」說到這兒，他伸手撓了撓臉，又道：「她還說，摔倒了爬起來就是，吸取教訓下次不犯就好，切不可因噎廢食。以前我當她的話說得甚好，後來知道人不是可以想摔就摔的，有時摔倒了，命都丟了，哪還爬得起來？但現下，我卻好像又懂了……」他抬起頭看向汪永昭，靜靜地說：「她把您推到了我前面擋著，讓我摔倒了，您能幫我擋擋箭，好讓我有爬起來的時間。」

汪永昭自寫他的字，沒說話。

「父親……」當他一張紙再次寫完，汪懷善又叫了聲。

「你知就好。」汪永昭擱下筆，揉了揉手，細細看著他寫的字，嘴裡心不在焉地道：「別跌太多次了。」

這次，他對他的字甚為滿意了，便對汪懷善道：「去開門叫人帶懷慕過來。」

「做啥？」汪懷善打開門吩咐後，回來問。

「他的字稍有點軟，你娘讓我給他看看我的字。」汪永昭說到這兒，看了看桌面上的字，再次滿意地點了點頭。

汪懷善看著他父親那狂放得似一筆揮成，又力道強得快要透過紙背的字，好一會兒才抬頭朝汪永昭道：「懷慕還小。」

「你懂什麼？你娘說的自有她的道理。」

果不其然，懷慕被帶過來後，一看見他父親的字，看了好一會兒後，又提筆自己寫了幾個字，這時，他臉都苦了，滿臉沮喪地看著他們說：「爹爹、大哥，懷慕的字好醜，你們且等我一等，懷慕練完三張紙，便隨你們回院找娘親。」

說罷，朝兩人恭敬地垂手一揖，便提筆認真地一筆一劃練了起來。

汪懷善偷偷過去瞧了兩眼，回過頭來跟汪永昭嘀咕道：「不醜嘛！」

「軟了些。」

「那也不醜。」

「練字能練性子。」汪永昭輕瞥了他一眼，示意他閉嘴。

汪懷善這才坐至了一邊，懶懶得像沒骨頭一般地懶躺在了椅子上。

汪永昭皺眉看他一眼，便從桌上拿起一本兵書，扔給了他。

汪懷善接過，一看上面有他的字跡，知道這是他常年不離手的兵書，便老實地坐直了身，從第一頁翻開看了起來。

作法事的大師卜了一卦，說原定的出殯日子沖了老太爺的靈，怕是要改日出殯才為妥。節度使大人身為孝子，自是又讓法師再另算了日子。於是，汪氏老夫婦的出殯時日便又延長了半個月。

這時快是七月，京都天氣甚是炎熱，善王府添冰的銀兩，外界都傳言怕是有好幾十萬貫了。

平民百姓感嘆達官貴人真是奢侈，辦個喪事光用冰都能讓人養活平常人家幾百年的。

這皇宮內苑，靖皇聽說那出殯的日子延遲了半個月，不由得冷笑了起來。「他當拖上幾天，朕就能讓他躲得過？」

三日後，邊漠的急報就到了靖皇的手裡。

隨後，驛報一天一封。

靖皇手裡的急報有那五封時，汪永昭待在家裡為其父其母哭喪，離出殯之日還有七日。

皇帝再令人召汪永昭，汪永昭便又低首進了正德殿。

「汪大人，夏人之事你可知道？」靖皇看著底下把頭低得甚是恭敬的人，忍了滿腔的怒火問道。

「夏人之事？」汪永昭迷惑地抬頭。「皇上，所指何事？」

「夏王禪位東野王！」靖皇咬牙切齒，一字一句地說。

「臣不知。」汪永昭皺眉道：「這是何時之事？臣自來京後，只接過鎮中判官一信，信中並無提起此事。」

「你還跟朕裝！」靖皇抓起手中的茶杯就往底下的人砸。

汪永昭未躲，那帶著狠勁而來的杯子砸上了他的臉，落地，碎了一地的瓷片。

隨之而下的，是汪永昭往下滴的血落在了白淨的瓷片上。白瓷紅血，乍一眼看去，硬是顏色分明得很。

「你跟朕裝，你信不信朕現在就殺了你！」靖皇從他的龍椅上忿而起身，大步往柱壁上掛著的寶劍走去，只幾步他就拿出了劍，再兩步併作一步地下殿，拿劍抵住了汪永昭的喉嚨。

「來人！」這時靖皇出聲，朝外大喊道：「派人去善王府，把那汪大人的夫人、公子全請進宮！」說罷，他朝汪永昭陰冷地笑了起來。「你當朕奈何不了你？」

「您是皇上，一切都是您說了算。」汪永昭微抬了抬手，扳了扳手中那婦人給他的戒指，嘴間淡淡地回道。

「你！」靖皇的劍往前移了一分，汪永昭的喉嚨被劃破，流下了血。

「皇上！」大太監跪了下來。

「閉嘴，讓朕殺了他！」

「皇上……」大太監已經滿臉都是淚。「您就饒了汪大人吧，他是我大鳳朝的虎將啊！您還要派他出征，代您大征夏國啊！」

皇上日漸身衰，太子尚且年幼，甚至那傳國玉璽都不在他們手上！官員更迭，滿朝有七成都是新官，大都只會對他的命令俯首聽命，現下，竟無一信任的能臣輔佐；而那武將，能帶兵打仗的將軍，就算是算上了皇上，那也是五根指頭都數得出來的啊！

這時殺了汪大人又如何？夏人來了，無殺將鎮壓，就是善王仁善，他難道還真能為殺父的皇帝出征不成？更何況，南邊最近又不平靜了啊！

「三千里急報進宮！」

「三千里急報進宮！」

這時，外面傳來了一道又一道的聲響。

「皇上！」看地上的血越流越多，大太監把頭磕得喀喀作響。「您再多想想吧、您再多想想吧！」這世上，豈能所有的事都如他的願？他再想殺汪大人，這當口，卻是萬萬不能殺他的啊！

「皇上！」侍衛躬身，急步入殿，行至中央，跪下高舉起了手中的驛報。

「皇上！」大太監又叫了一聲。

「汪、永、昭！」靖皇一字一句地從喉嚨裡擠出話，猛地收回手，把劍狠狠地丟在了地上。「你果然好樣的！」

隨即，他目不斜視地大步上殿，坐入寶座。「拿上來！」

大太監立馬站了起來，把驛報呈了上去。

靖皇打開一看，胸膛劇烈起伏。看過後，他雙手緊緊捏住案桌，手上筋骨突現。

「拿去給汪大人好好看看！」靖皇冷冷地勾起了嘴角。

大太監又小心地拿過驛報，轉呈給了汪永昭。

汪永昭掀掀眼皮，接過，上下掃視了一番，便又還了回去。

他垂著首站在那兒，不言不語。

「朕讓你戰，你戰還是不戰？」靖皇再次開了口，語氣冰冷。

「待父母入土為安後，微臣就會帶家人回雲、滄，為國效力，把夏人趕出滄州。」汪永昭開了口，語氣平緩。

「為國效力？」靖皇冷笑了數聲。「最好別讓朕查出來，你通敵叛國！」

皇帝說皇帝的，他自說他的，汪永昭眉眼未動，拱手淡淡地道：「趕出夏人後，臣想跟皇上討個恩典。」

靖皇的眼睛劇烈收縮，好一會兒，他才咬著牙，從牙縫裡擠出話。「說來聽聽！」

「臣想為皇上守一世的邊關，永保夏人不侵入我國土，如若不是皇上親召，本將這一生將永守節鎮，不再進入京城。」汪永昭淡淡地道。

他這話一出，不僅那大太監倒抽了一口氣，靖皇在那一剎那，呼吸也斷了一下。

「永世再也不入京城？」靖皇剛放鬆的手又捏緊了書案。

「是。待臣回雲、滄趕走夏人後，還請皇上屆時能再賜此恩典。」汪永昭拱手，垂首道。

靖皇無話，隨即，正德殿陷入了一片沈默中。

誰都覺得他會反，自己也猜出他必會反，可現下，他卻用駐守邊關一世的話來表明他絕不會反。

以退為進嗎？還是，他真就是這麼想的？

靖皇一時間判斷不出。

第四十六章

汪永昭回來後，張小碗給他包紮好傷，又問過黃岑的話，才回房對躺在床上的男人輕輕地說：「這幾天您就別開口說話了，進食也進一些流食，您看可好？」

汪永昭正要開口說話，張小碗攔了他，無奈地道：「您就別說了，好好歇會兒吧。」

說罷，她起身點了清香，靠著他坐在床頭，拿過汪永昭的兵書唸給他聽。

兵書晦澀，有些字就算是她也不知怎麼唸，唸到不懂之處只得停頓一下帶過，如此唸了兩炷香的時辰，汪永昭在瞪了她一眼，用眼神指責她愚鈍之後，就閉上眼睡了過去。

張小碗這才出了內屋的門。

這時木如珠候在屋外，見到張小碗就慌忙起身行禮叫了一聲。「娘，爹爹他……」

「睡著了，他歇會兒就好。」

「這就好。」木如珠拍了拍胸口，見張小碗臉色淡然，她猶豫了一下，還是苦笑道：「剛才差點嚇死媳婦了。」

公公進門，滿臉血跡，還有喉嚨處看似封喉的血，讓人以為——他是死著走回來的。

府中僕人嚇得腿肚子發著抖，前來告知她這些話，木如珠聞信，趕到了公婆的院子，看著公公喉間那道刺眼的痕跡時也是嚇了一大跳，所幸這時她婆婆拿著溫帕慢慢把那道血跡擦乾淨，傷口便不再那般恐怖，她這才把提在喉口的心嚥了下去。

「娘……」木如珠這才想起，她婆婆的臉色一直是平靜的。

見木如珠似有話要說，張小碗走過去輕拍了拍她的手臂，溫言道：「嚇壞妳了吧？」

「沒有、沒有。」木如珠連連搖頭。「兒媳不怕這個。」

她只是乍一聽到，確實嚇了一跳，活死人是他們南邊的人最忌諱的。

木如珠想著，等會兒得好好訓訓那亂說話的僕人，說什麼活死人，真真是亂說！

「好孩子，忙著去吧。」張小碗也不多言，溫和地笑了笑，就出門去了堂屋。

張小寶和張小弟候在那兒。

木如珠也跟著過來請了安，張小寶他們對她很拘束，回過禮後，就坐在那兒，不知說何話才好。

木如珠跟他們笑說了幾句，問了舅娘她們的好，見他們回應得並不熱絡，坐了一會兒就走了。

她走後，兩兄弟才算是鬆了口氣。

婆子這時在門邊福了一福，張小碗知道內院乾淨了，這才開口對張小寶道：「決定好了？」

「是，決定好了，我們跟妳和大人走，爹娘說也跟著我們走，就是捨不得小妹。」張小寶輕嘆了口氣。

「小妹你怎麼安排？」張小碗淡問。

「把谷中的房契給了她，另給了她四個莊子，京中的三處小宅也給了她，還有三萬貫銅錢。大人說了，我們走後，趙大強可在當縣當個把總，」張小寶面無表情地說：「她聽了後，就跟爹娘說，他們一家就不跟著我們過去了。」

「是嗎？」張小碗閉了閉眼，輕輕地道。

「是。」張小寶喉嚨沙啞。

「既然如此，沒有幾天了，你們好好收拾一下，要不了幾日就要啟程了。」張小碗站了起來，走至他們的身邊。

兄弟倆站了起來，張小碗給他們整了整身上的衣裳，她扯著嘴角笑了笑，說：「雖說各人有各人福，有時有些事怕是老天爺都管不上，但你們能和大姊走，大姊心裡很高興。」

「姊……」張小寶抽了抽鼻子，輕聲地道：「妳莫這麼說，我知妳想讓我們跟著走，必有妳的用意，妳肯定是想為著我們好。」

「大姊，」小弟拉了拉張小碗的袖子，用沈靜的眼睛看著張小碗。「大哥與我，向來都是妳說什麼，我們就辦什麼，以後也是一樣，妳別不管我們就好。」

「唉。」張小碗嘆了口氣，沒有再多說其他。「回吧，事兒悄悄地辦。」

「妳放心，」張小寶低低地道：「大人那邊也派了幾個人幫我們處理著，出不了事。」

「那就好。」張小碗欣慰一笑，揮了揮手，讓他們走。「去吧。」

「大姊。」張小弟這時又拉了拉張小碗的衣袖，突然朝她燦爛一笑。

張小碗詫異地看著小弟那純真的笑臉，一會兒她就了然了他心裡對她的信賴，她好笑地伸出手摸了下他的笑臉，道：「沒想到，乍一看你，你跟當年只有一丁點大時竟然一點也沒有變。」

見弟弟又賣乖，張小寶沒好氣地瞪了他一眼。「走了、走了！」說著就拉了張小弟往門外大步走。

張小碗在背後細細叮囑。「莫吵架，小寶你是大哥，讓著小弟一些。」

「哎，知了，妳就放心，我又不打他！」張小寶回頭喊道，等上了馬車，他就重重地打了下小弟的腿。「平時跟個悶葫蘆一樣，你媳婦叫你、我叫你都不開腔，到大姊面前了，你倒知道怎麼討好賣乖！」

小弟朝他大哥笑，又被他大哥惱得打了他兩下。他也不甚在意，想了一會兒，便又慢騰騰地與張小寶道：「回家的那些打點，凡事都先過問一下那幾位大人。」

「你的意思是？」

「不是什麼大事，大姊不會讓我們跟著她走的。」張小弟慢慢地說道：「她很多年都沒明著管過家中的事了，只想讓你當家作主撐著家裡。她不會滅你的威風，輕易不會替你下決定，更何況是讓我們舉家跟著她走這等大事。」

「唉……」張小寶苦笑。「我心裡多少有數。這樣吧，回去後，再問問小妹要不要跟我們走。」

「再問一次吧。」小弟低頭，輕輕地附和。

就算明知她不會答應，還是再問一次吧。

「這次什麼都不給她，看她跟不跟我們走！」張小寶突然道。

她跟他要的，他不給，不知能不能讓她跟他們走？

怎麼說，她都是他們的妹妹啊！

張小弟抬眼看他一眼，又默默地點了一下頭。

汪永昭失了不少血，在床上躺了兩天。

見他好些了，這日午間能起來在外屋用午膳，張小碗才在他面前小聲地抱怨。「您那日都傷著了，還非要自己下地，您就不能等著黃岑給您包紮好再從馬車上下來嗎？」

說到這兒，她忍不住抱怨到了大兒和自己身上。「讓他去接您，也不帶著黃岑去……也怪我想得不周到，唉……」

見她婆媽這些，汪永昭不耐煩地指著桌上的菜道：「羊肉呢？」

「那是發物。」

「還有什麼是能食的？」汪永昭皺眉，他不知她哪來的那麼多規矩，這也吃不得、那也吃不得！他以前身上就是有個血窟窿，還不是照樣喝酒、吃肉，不也沒事？

「這個能吃。」張小碗把陶罐的蓋打開，封得嚴密的蓋一掀開，那香氣便溢滿了整間屋子。

「熬了一夜又一個上午，」張小碗拿碗盛豬蹄膀湯。「熬得久了，肉都碎進了湯裡去了。您喝喝。」

她盛了一碗，又吹了吹熱氣，才放到他手中道：「您慢點喝，還熱著呢。」

「嗯。」汪永昭沒看她便喝了起來，喝完便把碗又給了她，張小碗便給他再添了一碗。

這時，辦事回來給她請安的汪懷善頭往門內鑽，被江小山攔著的他嚥了嚥口水，揚頭往內喊道：「娘！娘，我在這兒，妳讓山叔放我進去！」

「吃個飯您都來，您就是愛跟大人過不去！」江小山嘴裡嘀咕著，兩手攔著，聽從他家大人的吩咐，把天天來討飯吃的大公子堵在門外。

「山叔，你就放我進去吧，回頭我讓如珠給你塊寶石，讓你回去給山嬸，討她歡喜。」善王賄賂他道。

「我豈是這樣的人！」江小山瞪眼道：「這都過了午膳的時辰了，您要是餓，趕緊回去與王妃用膳去！」

「娘……」善王的身子又越過他，往內喊。

張小碗嘆氣，朝他招了招手。

江小山見夫人都讓他進了，只能收回手，嘴裡又嘀咕道：「您父親好不容易能坐起來吃頓好的，您又來！」

汪懷善笑嘻嘻地幾步過來，拉了凳子坐到張小碗的身邊，抽了抽鼻子，聞了聞香味。

「煲豬蹄！嗯，香！」

看他連嗅了好幾下，又搓著手等著她給他盛湯的樣子，張小碗好笑，問他道：「這時辰是用過午膳了吧？」

「怎有？」汪懷善聞言瞪了眼。「聽從父親大人的吩咐出外辦事去了，腹中從早間起就未添一粒米，我一回來就趕過來給妳請安了，生怕誤了太多時辰。」

汪永昭聞言冷瞥了他一眼。

汪懷善也不怕，朝張小碗又叫：「娘……」

張小碗回首朝汪永昭看去，見汪永昭不看她，她在心裡嘆了口氣，便還是給懷善盛了肉湯，又給他另挾了一碟子素菜。

汪懷善吃飽走後，汪永昭去了他的書房，張小碗收拾了一下，便又去了先生那兒拉了懷慕與懷仁，帶他們去了靈堂跪靈。

出殯前日酉時，身體好了甚多的汪杜氏便過來與張小碗悄悄說：「明日您把頭低著就是，我扶著您，到時我會知道怎麼說話。」

到時她再大聲多說幾句「大嫂您切莫太過傷心」的話，聽在別人的耳中，多少會成全點她大嫂孝婦的名聲。

「妳用心了。」

汪杜氏笑笑，不語。

自從知道張小碗要帶著她與三個兒子回邊漠過日子後，汪杜氏這心就前所未有地安定了下來。別人她未必信，但她現在卻是信張小碗。

這麼多年了，她一路看過她這大嫂的所作所為，她以前也想，一個貧農家裡出來的女兒能懂什麼？就算會打獵、會耍狠，有幾分心機，但她這種女人，何嘗不是男人最厭的女人？

但誰也沒想到，她一路走到了如今，不管多少外人認為她定會被大老爺不喜，可時至今日，大老爺的身邊，連個像樣的丫鬟都沒有。

「我走了。」汪杜氏說過話，便起了身。

「小心點路。」張小碗送了她到堂屋門外，又囑咐汪杜氏身邊的兩個婆子說：「扶著二夫人一點。」

「您回吧。」汪杜氏又福了福身。

她走到大門邊，看張小碗還站在那兒朝她揮了揮帕子，她不由得笑了一下。

「二夫人，大夫人對您是真好。」扶著她的婆子說了一句。

「是真好。」汪杜氏抬頭看著落山的太陽，想起張小碗揮向她的那一巴掌，把她的黃粱夢徹底打碎的那一天，竟是如同隔世一般。

她從未想過，她對她這位大嫂，竟有真不恨的一天。

汪家老太爺夫婦出殯那日，沿路鞭炮連連。

他兩老算是風光大葬，墓地都是皇帝下令，特從風水最好的聚寶山劃出來的。

民間說的都是皇上重情重義，對汪家恩德戴天，但知情人都知道，汪家的祖籍不在京都，要是扶柩回鄉大葬，那才是落葉歸根，現下歸入聚寶山，不過是皇帝想把汪永昭的祖脈壓在眼皮子底下看著罷了。

皇上心思之狠，把一代武將，當朝善王之父壓得步步往後退，卻還得了仁義道德的名聲，滿朝百官豈能不心下忌憚？上朝多數也都是左道一句「皇上說得是」、右道一句「皇上說得極是」，皆不想被皇帝看不順眼，否則都不知哪日魂歸何處。

張小碗從早哭到中午，回程時，她們這些內眷便上了馬車，不用再沿路跪拜了。

回到善王府，當下更是忙碌，汪永昭已進宮，她要準備的就是明日啟程。

當日夕間，父子倆一道回來，進了內院。

張小碗給汪永昭換衫時，汪懷善也跟了進來。

他不再像平時那般嬉笑，只是沈默地跟在她的腳前。

張小碗咬著唇給汪永昭換好衫，勉強地朝大兒一笑。「你也是要走？」

汪懷善沈默地點點頭，仔細地看著他娘的臉。

「何時走？」張小碗笑著問，眼淚卻從眼睛裡掉了出來。

「明日。」

「如珠一起走？」

「是，父親替我求來的。」汪懷善又點頭。

「那就好。」張小碗這才拿出帕子拭了拭淚，回過頭與汪永昭笑著道：「又讓您為兒子費心了。」

汪永昭皺眉，張小碗便伸手拉了他的手臂，把全身的重量壓了一半在他的身上，緩了緩情緒，才回頭朝懷善笑著道：「那還不趕緊回去陪你媳婦收拾？」

「剛派人去知會她了。」低著頭的汪懷善悶悶地道。
「那也趕緊去歇會兒。」張小碗催他。
汪懷善不走，他轉過身，一屁股坐上了他們床邊的圓凳上，睜著眼睛盯著地上。
「你這是在做啥？你都這麼大了……」張小碗過去拉他，拉他不動，眼淚在那片刻間便又布滿了她的臉。「你這是在挖娘的心啊，你不走又如何？你總歸是要走的……」
見她似要崩潰，汪永昭頓時憤怒不已，他兩步就走了過去，一手把她抱至懷中，對著那孽子厲聲喝道：「還不快滾！」
汪懷善沒說話，抬起腳就往外衝，衝到外屋的桌邊，一屁股坐下，仰頭哇哇哭了起來。
這時懷慕、懷仁被帶回來用晚膳，見到他哭，懷慕呆了，下一刻便急得甚是厲害地過來拉著他大哥的手臂道：「大哥，誰欺負你了？你別哭，你告訴懷慕，懷慕叫爹爹幫你！」
懷仁不跟他一般，他只是麻利地爬到懷善的膝蓋上，然後坐直了身體，扯著喉嚨，便也是大大的一聲。「哇……」
這時，一道真哭，一道假哭，便如魔音一般響透了屋子。
張小碗聽到懷仁那道哭聲，就知那小壞蛋又學別人哭了，本在汪永昭懷裡哭得甚為傷心的她呆了一呆，抬頭與汪永昭道：「小壞蛋太壞了，您來日要是不好好教，非讓他胡作非為，我定要把他的屁股打壞！」
見她又說小兒的不是，汪永昭也有些不快，眉心攏了起來。「他哪有胡作非為？妳大兒這般年紀了還如此丟人現眼，那才叫胡鬧！」

張小碗一聽，便知不能再與他說下去，便拿帕擦臉，急忙往外屋走去。

一走去，見汪懷善已站起身把小弟弟扛在了肩上坐著，她這才鬆了口氣，轉臉對萍婆子說：「讓人打溫水過來，讓這幾個大的小的淨淨臉。」

汪懷善一聽這話，忙接道：「萍婆婆，妳派人告訴我那小王妃一聲，讓她到了時辰就過來用膳，莫誤了娘開膳的時辰。」

萍婆子見他滿臉都是淚地說這句話，甚為好笑，她嘴角翹起，答了一聲「好」，這才開門而出。

這時懷仁在汪懷善的頭上抓著他的頭髮，大聲地格格笑起來，並對張小碗道：「娘，大哥剛剛不聽話，哭，羞羞！」

張小碗嘆氣。「你快下來。」

「不要！」懷仁猛搖頭，緊抓著汪懷善的頭髮不放。

這廂汪懷善偏過頭，就是不看張小碗。

汪懷慕左右看了看，突然走到張小碗身邊，抱著張小碗的腰，抬頭道：「娘親，大哥要是做了錯事惱了您，您莫生氣了，也莫責怪他了，孩兒替大哥給您賠不是。」

「唉。」

「娘……」

「好。」張小碗柔柔地揉了揉他的頭髮，朝那邊的兩個兒子道：「過來吧，娘給你們擦擦臉。」

汪永昭這時正好走出來，聽到她這話，便瞪了汪懷善一眼。

汪懷善視而不見地扛著小弟走到了張小碗的身邊，低聲輕輕地叫了張小碗一聲。

「娘。」

「哎。」張小碗垂眼笑著應了一聲。

「妳莫生孩兒的氣。」

張小碗抬眼，轉臉看向他，嘴邊噙著溫暖的笑。「哪會生你的氣？娘這一輩子，疼你和疼你的兩個弟弟都來不及了，你們誰娘都捨不得跟你們生氣。」

只是他又要走，她也要走，又是相隔萬里，生死不知，她一時沒忍住，才又傷了心。

她這一生，忍受了太多與她大兒生離的苦了。

寅時，汪永莊與汪永重就來了。

汪永莊帶來了汪申氏。

汪永重則隻身而來。

他們在堂屋與汪永昭、張小碗請過安後，就要帶汪杜氏與汪申氏去灶間親手做飯之前，張小碗朝汪永重招了招手。「四弟你走近兩步。」

「是。」汪永重拱手，靠近了他們兩步。

「你自來穩重，她是你髮妻，知你不會薄待她，想來，定會好好終了的吧？」汪余氏被拘在了內院，只是為了不讓她出門露口風，想來她這一輩子也就真只能待在內院的那方寸之地了。

「大嫂放心。」汪永重低聲道。

「以後京中就要靠你們兄弟倆了，」張小碗沈默了一下，還是苦笑著把話說出了口。「以前嫂子有對你們不住的，你們就看在嫂子是個婦人，偶也有不通情理之處，就請諒解我吧。」

見兩兄弟要說話，她輕搖了搖頭，接著黯然道：「你們以後在京中也沒什麼幫手，也不知哪天才是出頭之日，嫂子也沒什麼能給你們的，這兩樣，你們一人拿著一樣，有用時就用著。」

她從衣袖裡拿出兩封信，兄弟倆一人給了一封才道：「你們兄長的意思是，只要你們能好好活著，就算暫受點屈辱也是無礙的，我也確如他那般想，只要你們好好的，其他什麼都無礙。我們走後，你們兩人就多照顧著對方點，待到我百年，我還想你們來為我送終。」

「嫂子您這說的是什麼話？」汪永莊勉強地笑笑。「我定會好好顧著四弟的，您放心。」

張小碗朝汪永重看去。「委屈你了，四弟。」

汪永重搖搖頭。「大嫂言重，您的恩情，永重嘴拙，但記在心間。您且放心，汪家的老老少少，定會在京中安然無恙。」

「是，大嫂。」汪永莊也補充道。

「你們兄弟說著吧，我帶她們去為你們煮飯。」張小碗站了起來，朝汪永昭一福。

見汪永昭看她，她淺淺笑了一下，輕道：「您忙著吧，妾身去趟廚房。」

汪永昭輕頷了下首，張小碗便領著汪杜氏、汪申氏下去了。

門邊看到汪懷善領著木如珠站在那兒，張小碗便朝汪懷善溫聲道：「進去吧，你父親和叔叔都在裡面。」

「是。」汪懷善轉頭看向妻子。「妳好好跟著娘。」

「是。」木如珠施了一禮。等他進了堂屋，她又朝張小碗她們施了禮。

「跟著我們走吧。」張小碗拍了拍她的手，便領著汪杜氏她們往廚房走。

途中汪杜氏來扶她，張小碗笑了，低頭朝她輕聲地道：「我無礙，妳小心著點路。」

「唉，知呢，您且放心著。」汪杜氏輕嘆了口氣，並朝那邊的汪申氏輕聲地道：「三弟妹，妳也小心著點，今早露重，地面濕。」

汪申氏聽著她比以前不知柔了多少的語氣，心下嘆然，嘴間也微笑著回道：「是，我聽見了。」

幾人一起進了廚房後，張小碗主灶，汪杜氏她們洗菜、切菜，木如珠幫著切肉，幾人不到半個時辰，就做出了七葷八素出來。

卯時，汪家近二十個人，三兄弟的嫡子坐滿了兩桌，女眷卻只有一桌的幾位當家夫人。

一行人用過飯後，汪懷善帶了木如珠與他們磕過頭，張小碗就上了馬車。

她坐在馬車看著萍婆子她們牽著懷慕、抱著懷仁，與他們的大哥、大嫂告別。看了一會兒，她就撇過了頭，閉上了眼睛，忍住沒掉淚。

最終，孩兒們都上了馬車，汪永昭也上來了。馬車駛入街道，跑出城外，跑了五十里後，汪懷善騎著馬兒，還在邊上跟著。

「大哥要送多遠？」汪懷慕不斷地掀開布簾往外看，看了數次，忍不住與父親問道。

「讓他送。」

「娘……」汪懷慕叫了一直抱著小弟不睜眼的母親。

「聽你父親的。」張小碗靠在軟枕上，虛弱地道。

「娘身體不好？」汪懷慕若有所思地看著張小碗道：「您心裡難受是嗎？」

張小碗睜開眼，朝他笑笑，低頭看著難得安靜地躺在她懷裡的懷仁，輕聲地問：「懷仁怎地了？」

汪懷仁嘟嘴，垂眼看著自己的小手板道：「懷仁心裡難受。」

「呃？」張小碗微愣。

「大哥說，來年我要是背不出《三字經》，他便把送我的小馬駒送給慕哥哥……」汪懷仁扭捏地道：「懷仁本背得的，昨晚就已背得，可是用過膳，懷仁便不記得了。」

「來年是很長的時間呢，」張小碗笑了，輕聲地與他道：「懷仁再背幾日，定會用了膳也忘不了，小馬駒便會是懷仁的。」

「是呢！」汪懷慕從父親的左側坐到了他的右側，靠近了母親與弟弟，笑著對弟弟說：「要是路上不頑皮，多認幾個字，不用明年，待回到家就能背得了！」

汪懷仁聽罷，輕輕地嘆了口氣。「唉……」

汪永昭這時伸出手，抱過他，對張小碗淡淡地道：「看一眼吧。」

張小碗笑了一笑，她垂頭緩了一會兒，才出聲道：「停一下。」

馬車便停了下來，她抱著懷仁，讓懷慕先下了馬車，她跟在了其後，等站穩，她看著那騎在高大馬兒上的大兒，笑著朝他揮了揮手。「回吧，去了南邊，記得給娘寫信。」

汪懷善未語，只是朝她拱手。

「回吧。」張小碗站在那兒，傻傻地朝他又揮了揮手，讓他走。

汪懷善還是沒有說話，只是滿臉笑容地看著她，眼睛裡也滿滿的都是笑意。

他笑得張小碗的心都快碎了。

「上來。」汪永昭在馬車內出了聲，伸出了他的手。

張小碗把兩兒送上馬車，搭上他的手，就此去了。

汪懷慕再掀開布簾，看過一會兒，才放下布簾，回過頭黯然地道：「大哥站在那兒不動，現在不見了。」

他們遠得看不見對方了。

送君千里，終須一別。汪懷慕這才知先生教他的這些字句裡，其中不知隱含了多少的傷心。

馬車行至三百里，汪永昭就騎快馬而去。

張小碗從汪永昭安排給她的護衛隊裡，把汪永昭的那幾個心腹又挑了出來，讓他們緊隨上前跟著他。

到底，她一介婦人，用不著這麼多精銳的兵馬相護。

他們前去之前，張小碗告知他們，若大人問起，便說孩兒們她會照顧好，不用操心後面之事。

張小碗說到也是做到，前行路上，她都做了很周全精密之策，沿路分批快進，便是車馬也做了偽裝。到了大東時，馬幫裡又來了一批人暗中相護，一路算是無什麼風雨就回到了節鎮。

馬車快馬進鎮後，張小碗算是長舒了一口氣。

他們剛到府前，天空就下起了大雨，節度使的都府大門打開，迎接著大雨，也迎著他們的夫人、公子回府。

僕人打開大傘，迎了抱著懷仁的張小碗下車。這時先行幾日回來安排事情的大仲過來，在磅礴的雨勢中給他們請安。

「見過夫人、二公子、小公子。」

「熱水備妥了？」

「已備妥。」

「院子、小廝、丫鬟……」

「全按您的吩咐備妥了。」

張小碗踏過雨水打濕的石板路，進入廊下，放下手中的懷仁，便看著大仲道：「那老爺呢？滄州那邊可有什麼消息回來？」

「這幾日沒有收到滄州的消息，要不，我叫曾統領過來問問？」

張小碗看他一眼，沒有說話，領了懷慕、懷仁進了屋，給他們洗完澡，又笑著哄他們用了點東西、睡了覺後，她這才去了堂屋，聽聞管家給她報告，對帶回來府裡的眾人的安置。

這時張小寶他們已入白羊鎮早已備好的宅子，也打發了人過來報信，張小碗聽後，臉色好了點。

待大仲過來，也把府裡這幾日裡的事說了個大概後，張小碗輕吁了口氣，道：「不知怎地，我這幾日心神不寧得很，不知有何事不妥，想來想去，怕是老爺那邊有十日未給我報信了。這事還是得你們去幫我問問，看滄州那邊有沒有出事？」

「滄州那邊是打了勝仗的，您放心，要是出事，我們定會知道。只是大人正在行軍中，有那麼幾日無消息送出來也是常有之事。」坐著的聞管家撫鬚肯定地說。

「是嗎？看來是我多想了。」張小碗輕攏了下眉心，道。

張小碗回府三日後，滄州那邊總算是有消息過來了，到底，汪永昭還是出了事。他的元帥之職剛領到手，打了兩場決定性的勝仗，那廂，皇上就派了新的副帥過來接任他手中之職，汪永昭被半軟禁地跟著軍隊打了幾場仗，剛把夏人趕出滄州，他就被解了兵馬大元帥之職，踢回了節鎮。

他回來後，張小碗才得知，皇上為了安他自己的心，還特令汪永昭在節鎮休養，無事就不用出他的鎮子了。

雲、滄兩州，就算是大東的官員中，私下都相傳汪永昭這次死裡逃生回來，但皇帝最後用過他一次，就真不打算再用了，只令他守著三鎮的門戶。

而回來的汪永昭眉眼之間並無晦氣，只是在這日與家中孩兒用過晚膳，回房淨臉，讓婆子們都退下後，他突然對張小碗道：「懷善太遠，懷慕與懷仁太小，我還得等幾年。」

「等幾年又如何？」張小碗看他道。

「等他們能像他們的父親那樣辦事。」汪永昭說到這兒便翹起了嘴角，眼睛微亮。

東野王那邊終是鬆了口，他不跟他們打仗，他們便不再打格裡草原以南那邊暫且無主的千重山的主意。

近三千里的山脈，還有連接山脈的無邊沙漠，皆是他汪永昭的，也是他汪永昭的兒子的。他看中了不知多少年的地方，終是歸了他。

山勢險惡、山中無人又何妨？只要有人，那地方豈會活不起來？

這節鎮，就算皇上要收回去又如何？到時人走，這地方就死了。

便是京中，他也做了那萬全之策。靖皇最好能活得比他久，要不然這天下的事，還真不是皇帝老子一個人說了算的。

汪永昭常帶兩兄弟出門去兵營，也不知他在外面教了些什麼，懷仁越發古靈精怪，現下犯了錯，一看見張小碗逃得比什麼都快，不到三歲，那小短腿卻蹬蹬蹬地跑得極快，讓張小碗都不好逮他。

她一個婦人，總不能為了揍兒子，提著裙子在後面跟著跑吧？

讓婆子們去追也不成，下人都會看臉色，有家中的大老爺縱著，他們沒人會幫張小碗。

面對小兒子，張小碗孤立無援，私下忍了又忍，這日在懷仁淘氣地把孟先生的杯子砸碎後，她終於忍不住與汪永昭談了此事。

「您不能再這般縱容他，他不知做錯事有懲戒，日後怎堪擔大任？」

「不是讓妳教？」汪永昭淡淡地道。

看他一點也不急，張小碗真是急了。「那我也得抓得住他啊，這小子滑溜得跟小鬼一樣！」

汪永昭好笑，但笑意只一閃而過，隨即板著臉道：「不許這般說兒子。」

張小碗垂首，「唉」了一聲。

見她低頭嘆氣不看他，汪永昭一會兒後終是有點過意不去了，道：「我讓汪玉沙跟著他，到時讓他幫妳抓人。」

張小碗這才抬頭看他，見汪永昭認真地在注視著她，她心下一窒，面上卻是一笑，站起來如常一般說：「您今日還要出外忙嗎？」

汪永昭沒答話，只是隨她一樣站了起來。

「不忙就跟我去庫房走走，幫我搬搬東西，有些物件還要擱置一番。」張小碗笑道。

「好。」汪永昭臉色柔和。

一路上，按汪永昭的吩咐，護衛和婆子都退了下去。張小碗把沈旬旬的鑰匙交與了他手中，挽著他的手臂，與他輕言道：「我一直在想，庫房中的事老讓我一人管著不妥當，懷慕心細，現年歲也有一些了，我想帶他認認，您看可好？」

汪永昭沈吟了一下，卻也是知自己的二兒銳氣不足，心思太柔，缺殺伐決斷之氣，當下便道：「妳是如何想的？」

「他還小，誰知以後的事？」張小碗淡道：「他想學醫，便讓他多學一些，想學帳房之事，便也讓他學著，他願意做的事，我都極願意讓他做。終歸是您與我的兒子，我這當母親的，只願他願意之餘，以後還能為家中之事盡棉薄之力。」

說到學醫，汪永昭想到張家兄弟之事，便問她。「妳讓他們做藥材的生意，是想著懷慕之事了？」

「有騰飛在，小寶他們多做些生意也是能走得下去的。懷慕不走仕途，終歸還是要找事做。」張小碗站定，讓他打開第一扇大門，嘴間話未停。「家中就算有金山、銀山，不懂世事艱難、不擅經營，終不是長久之計。若他還想學藥草，我便想讓他偶爾跟著他們舅舅出去見見世道、看看民生，您看可行？」

「看看吧。」汪永昭拉著她的手腕往前走。

「您要教他的，便也教著，看他適合做哪些，便做哪些，先全都試試。」張小碗朝他道。

「嗯。」汪永昭心裡自有定奪，只是見她萬般都顧著順他的意，想的為的又都是兒子，到底心間是舒服的，便低頭朝她道：「妳不用擔心，孩兒之事我會管好，妳只管教妳的就是。」

「唉……」張小碗卻是嘆了口氣。「您如今是太疼他們了，這般歡喜他們，又哪捨得為難他們？」

汪永昭聞言一笑，心下卻是想著，定要叮囑江小山，切莫把他讓孩兒脫得只穿裡褲繞山跑的事告知給了夫人。

便讓她當他是個心腸軟的慈父吧！

千重山之事，汪永昭說給了張小碗聽，張小碗聽他說了甚多，知道山中房屋已在建了，另知汪永昭也把幾塊地劃了出來，給了銀子讓他的幾個手下帶著能人在建鎮。她聽得越多，越知在這個年頭，有才之人也是甚多的。

只是，怕是任何時代都一樣，能人得有用武之地，而領頭的人得有錢有勢，有些事才能做得起來。

汪永昭藏了這麼多年的銀子，張小碗知道不僅她手上這處有，但現下聽汪永昭輕描淡寫跟她說的幾句話，她心下半猜出，很多事，汪永昭在很多年前就有了謀劃。

多可怕的男人，不知沈了多少年的氣。

卻也是夫妻多年了，日夜肌膚相觸還是能讓張小碗對他多了些信任，沒再像過去那般忌憚駭怕。

再說，汪永昭把最重要的那份還是讓她握著，絲毫不動，說是到時他們的山鎮建成，這些再搬入其中，現下是萬萬不用的。這些還是讓她明白，汪永昭對她是有心的。

但張小碗卻還是想得多，她知任何目光短淺之舉都會毀事，現下她不把手中的這些錢財寶物交到懷慕手裡，等來年她老了、糊塗了再教，那就對懷慕不利了。

汪永昭私心甚重，家裡只有懷慕與懷仁最重要，張小碗也想兩個兒子好，但卻也沒有因他們得了父親的歡喜而心下輕鬆。

這麼大的家業，哪是那麼好扛的？

張小碗一路都是若有所思，汪永昭看她幾眼也不語。進了最後一道門，張小碗便讓汪永昭把一一疊起來的箱子全平擺放在地上。

「這是為何？」汪永昭嘴上雖問著，手上卻是依她所言，把二十幾個箱子擺成了兩排。

「明日我想帶懷慕過來看看，您也來吧。」張小碗淺淺笑了一下，把箱子的蓋子用極精緻的小鑰匙打開。

汪永昭看著她把二十幾個全是金銀珠寶的箱子打開，便等著她說話。

張小碗看著就算光線昏暗也還是光芒閃耀的寶物，輕嘆了口氣，便道：「明日我會讓懷慕知道，寶物是您拿命打仗得回來的，這是用來養汪家兵的銀錢、日後養汪家府中人的銀錢，得來不易，希望以後他用這些時，也用得慎重些。」

汪永昭揚眉問：「妳要怎麼教？」

張小碗見他不幫忙想著教子，卻問這般的話，不由得無奈地看了他一眼。「您哪，別為難我。」

「妳全都要教他認？」

張小碗點頭。「知道來歷，日後用起來便會知怎麼用，也會知用得慎重。」

「妳便教吧。」汪永昭明瞭了她的意圖。三兄弟中，按懷慕的心性，他適合守成，學會管家確實是他的出路。

張小碗與他離開後，鎖了這道門，又讓汪永昭把其他幾處的東西挪了挪，才與汪永昭出了似有重擔壓在她肩膀上的庫房。

這日張小碗直睡到了辰時用早膳之際才下床，剛起，萍婆子就來說，父子三人又出去了。

「又去胡鬧了。」張小碗搖頭。

「老爺說了，讓您歇著，府中之事讓二夫人幫著管些。」萍婆子笑著道。

張小碗洗漱完後，坐於鏡前，看著脖間的痕跡，便伸手沾了點胭脂塗抹於其上。

萍婆子與她梳頭，嘴間道：「我看您也是歇著吧，便是有事，著七妹子、八妹子她們辦也成，她們今日不須跟著兩位公子，閒得很，現下都閒得在院中嗑瓜子、喝茶水了呢！」

「她們吃著瓜子，就打發妳過來看著我了？」張小碗聞言，不由得笑了起來。

「可不就是如此！」萍婆子便也笑了。

「一會兒我們也去。」張小碗微笑。「也喊二夫人過來坐坐。」

「好。」

不得多時，汪杜氏也過來了，一過來福禮坐下便急急忙忙地道：「我可坐不了多時，哎呀，這蔬果剛進府，我得去看著歸置，這天眼看著就要凍起來了，把東西凍壞了可不得了。」

「先讓管事的看著。」張小碗抓了把瓜子給她。「我看今日這陽光不錯，要凍也是夜間的事去了。」

汪杜氏嗑了一粒瓜子，接過婆子送過來的茶水喝了一口才道：「說是這樣說，但哪能等得了晚上去？」

她現下每月得的例錢一是月錢，二便是管家的錢。雖說三兒習字、學武都用不著她花銀錢，但三個兒子要娶三個媳婦，到時她這個當婆婆的，哪能一分不出，全讓大老爺管了？汪杜氏想著她這大嫂知她心思，便由著她做事攢錢，便也想把能做之事做穩妥了。

她知張小碗歡喜能幹之人，瞧瞧她身邊的幾個婆子，就算是下人，她不也是尊著、敬著？

「不忙，喝過這盞茶再去吧。」這時七婆笑著起身，又給她添了半盞花茶。

「哎喲，多了！」汪杜氏忙去攔。

「喝吧，哪就不能耽誤一會兒的了？」張小碗靠著軟墊。「姪兒他們呢？」

「現下跟著先生在唸書呢，下午說是要跟著營中的統領出去打獵，也不知有沒有認真聽先生的講？」汪杜氏說到這兒放下手，又喝了口茶，才對著張小碗道：「您就別留我了，我看看去，看他們唸書唸得如何？」

說罷，就手握著瓜子、提著裙子，風風火火地帶著丫鬟走了。

七婆看著她的背影，笑著跟張小碗說：「我看二夫人也適應得極快，那日我跟著她出去，風極大，吹得她的紗帽都掉了，她便親自追上拿了戴上，罵了句賊老天，一步都沒停，就又帶著我們進布坊了。」

張小碗聞言笑了起來。「我看她也有生氣多了。」行事說話也沒之前的那分扭捏拘束之氣。

「女子都是這樣，有點底氣才放得開手腳。」萍婆子給張小碗遞了碗紅棗粥過去，看她喝了一勺，才慢慢地說：「您對她好，她也是知道的。」

張小碗一笑，輕輕搖了搖頭未語。

這世上的事，是非恩怨哪是誰一人說得清楚的？很多事機緣巧合了，親變仇，仇變親，都是一念之間的事。

只是要是有那善緣，能珍惜且珍惜吧，沒幾個人願意多一個仇人。

汪永昭晚膳帶了兩兒與侄子們回來，侄子們向張小碗請過安後，便回了他們的院子。

這廂，張小碗看著頭髮、鞋上全是沙土的兩個兒子，揉著額頭問江小山。「這是幹什麼去了？」

「山中打獵。」江小山低腰拱手，回答得甚是恭敬。

「髒得我頭疼，帶著這兩個小的，幫我去弄乾淨了。」張小碗朝婆子說道。

低頭看著自己髒鞋的汪懷仁一聽他娘不管他了，立馬吆喝一聲就往屋外跑，差一點讓追著他跑的八婆跌倒。

「哎，小公子，慢點兒，別摔著了……」見汪懷仁跑得太快，八婆在他背後擔心地連連喊著。

「這小壞蛋！」張小碗就差快咬牙切齒了。

「娘……」汪懷慕撓頭，還沒走，眼睛又瞄了瞄他父親，見他板著臉端坐在那兒，他便不由得把喉嚨裡的實話又嚥了下去。

罷了，父親說不能說便不說吧。

「唉，你快去洗洗，娘等會兒就過來幫你們搽藥，看這臉曬的！」張小碗看著他，心疼得很。

等懷慕一走，她就朝汪永昭嘆氣道：「您又帶他們去哪兒了？知道的曉得他們是我們府裡的兩位公子，不知情的，還當是哪兒來的兩個小乞丐呢！」

「胡說八道！」

「是，是我胡說八道。」張小碗全承認了，又問：「去哪兒了？」

「外面之事豈是妳這婦人能多問的？」汪永昭見孩兒們走了，便起身大步出了堂屋。

張小碗緊跟在了他身後，去浴房為他寬衣之後，又臉帶詢問地問他。

汪永昭見她精神甚好，不像晨間那般奄奄一息，便又壓著她在浴桶中鬧了一回，張小碗惱了就掉眼淚，汪永昭就把頭埋她胸間，當作未看到。

真真是狡猾至極！張小碗心中生怒，卻也知掉眼淚這套在汪永昭這裡不那麼好用了。用得多了，這人都學會怎麼躲了。

汪杜氏從兒子那兒得知，他們今日是跟了營中之人在沙漠練兵，一到張小碗面前，把事說明白之後，她繼而緊張地道：「便是懷慕我都想得通，也是有七、八歲之人了，就是懷仁，大老爺怎地就也讓他跟著練？哎喲，嫂嫂，我聽說半個時辰內動都不能動一下呢！懷仁還不到三歲，怎地也這般對他？」

張小碗一聽也氣了。「難怪瞞我！」

汪杜氏忙小心地湊上來說：「您可別說是我說的。」

「知了，妳趕緊回去。」張小碗拍了拍她的手。

「哎。」汪杜氏笑，忙甩帕走了。

她就是來當個報信的，可不想撞上大老爺。

走到門前，遇上八婆，她心偏著張小碗，但到底還是有些擔心的，於是便輕聲地問：「我把懷慕他們去哪裡的事告訴嫂子了，她不會跟大老爺……」她眨了眨眼，示意是不是會吵架？

八婆聞言便笑。「二夫人就且放心吧，您知的，大夫人是個性子軟的，大老爺說的，她就算是發脾氣，看著都像隻兔子，他一個堂堂大丈夫都不屑於跟夫人計較了。」

汪杜氏聽了掩帕笑了幾下。「那我走了。」

八婆朝她福禮。

汪杜氏走了幾步，回過頭看著張小碗領著婆子往東道的方向走去，想來是去前院吧？

她又拿帕擋了嘴，心裡輕嘆了口氣。

說來也不是不羨慕的，但各人有各人的命，不是誰都能像這夫妻二人。

這廂汪永昭聽張小碗說他不能這樣訓小兒，便惱了。「我不訓他，妳當我縱他；我訓他了，妳也有話說，妳這婦人怎地如此蠻橫無理！」

張小碗被他說得啞口無言，只得無力地道：「他還未滿三歲。」

小兒嬌弱，哪能在烈陽之下的漠間熬那麼久？要是出了事，可如何是好？

「我心裡有數。」汪永昭揮手。「快走，別擾我做事！」

見他厭煩，張小碗便退了下去。走到門口，卻也是不想讓他那麼好過，就掩帕站那兒哭了起來，哭道幾聲，就又拿帕拭著淚，一派甚是傷心極了的模樣走了。

見她哭，江小山是叫她不行，不叫她也不行，急得在那兒抓耳撓腮，見她真走了，回過頭結巴著朝汪永昭道：「夫、夫人走了。」

汪永昭也一直瞄著她的背影，等著她自己找藉口走回來，沒料到她真走了，他這下也是生惱，便把手上的毛筆往江小山身上重重擲去。

江小山經驗豐富，身手敏捷地躲過毛筆，彎腰撿了毛筆便朝洗硯臺那方走去，邊走邊苦著臉道：「又怪到我頭上來，是您讓夫人著了惱，又不是我。」

他命苦，跟了這麼個主子，一生盡受氣，從沒享過福，更別論哪日還有閒暇蹺著二郎腿嗑瓜子喝茶了，他能不被他這主子成天當騾子使喚都是好的啦！

懷仁這天早膳完，得知他要再被帶出去，張小碗就拿帕撫向眼角。

眼看她就要抽泣，汪永昭皺眉看她。「我讓他在一邊看著，著人護著他。」

張小碗止住了手，拿眼小心地瞥他，哪料，那小心的一眼卻被汪永昭逮住了，被他冷瞪了一眼。

「我自是信老爺的。」張小碗忙笑著道。

見她笑得無甚誠意，汪永昭當真是不滿，不過還是一語不發，待她把兩兒的披風都繫緊了，腳上的靴子也查過後，就手中牽著懷慕、懷中抱著懷仁走了。

張小碗送了他們出了院子，看著父子三人走遠了，這才回頭朝萍婆子嘆道：「前兩日還想著別讓他們過得太矜貴了，可這一回頭看著他們受苦了，心裡卻還是極其捨不得，心疼得很哪！」

「當娘的都這樣。」萍婆子過來扶她。

張小碗又往後看了看，終是沒看到兒子們被送回來，只好去了堂屋。

第四十七章

十一月底，邊漠的冬天寒冷了起來，去南邊行商的張小寶他們回來了，張小碗去了白羊鎮一趟，帶回了些東西。

張小寶這次回了趟故鄉，也給朱大田家捎回去了些什物，同時他也帶回來了一些朱大嬸給他們家的，其中也有些是給張小碗的。

張小碗還另得了兩隻白淨的兔子和幾十斤風乾的野豬肉。

張小寶小心翼翼地抱出兩隻兔子時，張小碗還微微嚇了一跳，聽小寶說，是朱家那位壯大哥讓他捎給她的，她當下一愣，心下五味雜陳，到底還是把這兩隻兔子還有說是他親手獵的野豬肉給帶了回來。

這一路回來也有幾個月，光養活這兔子，小寶他們肯定也是費了心神，怕也是受了不少叮囑。

她離開梧桐村的那個家鄉太多年了，朱家的那個壯小子長什麼樣，她都已經完全不記得了，只記得當年聽說她要嫁人，他便來她家門前號哭，在地上打滾了一陣，後來還是被朱大嬸拉走的。

兔子很溫馴，在篾竹筐裡一直都很安靜，張小碗進了府，猶豫了一下，還是讓萍婆子把兔子放到了廚房去養。

晚膳她伺候好了父子三人用膳，汪永昭沒回前院，坐在外屋的書案處處理公務，張小碗坐在繡架前繡花，萍婆子這時悄聲進來在她耳邊輕聲報。「剛廚房裡的丫鬟來報，說是剛去一看，筐裡的兔子走丟了一隻。」

「怎會？」張小碗略一思索。「小壞蛋呢？」

「哎呀！」萍婆子捶膝。「莫不是小公子捉去了？」

「去看看吧。」張小碗無奈地搖搖頭。「找著了就送回去。告訴懷仁，他若是不老實睡覺，我便過去揍他的屁股。」

汪永昭聽她又恐嚇小兒，抬頭看了她一眼，嘴間淡道：「懷仁精力好，晚睡一會兒無妨。」

張小碗朝他笑了笑，揮手讓婆子下去，這又低頭去看她繡的圖案。

看她手捏著金線，全神貫注地在繡著給他的衣，汪永昭便也未再出聲，安心處理他的公務。

第二日，這日未出門的汪永昭午膳時一回後院，便對張小碗道：「懷仁要那兩隻兔子，我聽他背書背得甚通暢，便答應給他。」

張小碗一怔，但笑著點了點頭。這時與哥哥一起牽著手的懷仁進來向她討兔子，她便笑著點了頭。「你乖乖用膳，便給你。」

說著她就讓七婆她們帶兩個小兒去淨手，她則帶著萍婆子去門口讓內管事傳菜上來，吩咐了人後，她便朝萍婆子笑著輕道：「去鎮上找兩隻白色小兔子給小公子。」

萍婆子一福身，等張小碗笑著進去後，她便辦事去了。

張小碗以為這事只是小事，不過就是不好把故人千里迢迢帶來的兔子讓小兒糟蹋，可哪料，汪永昭不知從哪兒弄清了來龍去脈，這日上午，她還在偏堂屋的火炕上繡著衣，就聽七婆跟火燒屁股一樣地衝到她面前。

「不好了！大老爺去了廚房，把那兩隻白兔子殺了！便是您前日帶回來的肉，也被拿去扔了餵狗了！」

張小碗忙下地穿了鞋。「這是怎麼回事？」

「我哪知道……」七婆直拍著胸喘氣。「我一看老爺怒氣沖沖地往咱們後院廚房衝，就與萍大姊跟上去看，哪料竟是這麼回事！萍大姊便讓我趕緊回來告知您，好讓您心裡有個數。」

「我能有什麼數？」張小碗皺眉，急步往外走。

「您慢著點，地滑。」

張小碗出了偏堂屋，在屏風那兒拿了狐皮披風剛披上，這時，關上的堂屋門就被一腳踹開，身上還穿了早上她給他穿的狐衣的汪永昭就站在門口怒瞪她。

「妳這是要去哪兒？」

「找您啊。」

「找我？」汪永昭把手上張小碗為他做的皮手套狠狠地扯下來，重重地扔到地上。「我看妳是要回娘家吧！」

張小碗先是被他多年不見的狠戾口氣嚇了一跳，隨即就了悟過來是怎麼回事了。

到底是她輕忽了，這府裡上下，這鎮子裡外，有什麼事是他不知道的？

「我回娘家做什麼？」張小碗真是一個頭兩個大，但面上還是力持冷靜地道：「我聽說您在發火呢，也不知何事惹了您，便想過去看看。」

「何事惹了我？」汪永昭冷笑，大步走到了主位，掀袍坐下，那眼裡還冒著熊熊的火光。

「夫人……」掩門的江小山都快哭出來了。

跟上來的婆子也全都鴉雀無聲。

眼瞅著一個比一個更可憐似的，張小碗便揮了揮手。「都出去。」

她一下令，婆子、江小山，還有護衛，全都腳不帶停一下地走了，留下張小碗看著瞬間關上的門，無奈地閉了閉眼。

這都叫什麼事了？

「您冷嗎？」只閉一眼的時間，張小碗便睜眼轉回身，朝汪永昭走了過去。「喝杯參茶暖暖身吧？」

汪永昭生硬地回絕了。「不用。」

張小碗沒理會他，回了偏堂屋去拿了自己那杯參茶出來，放到他面前。「我讓他們都下去了，也不在外面，您便拿著我的喝兩口吧。」

「妳讓我喝妳的剩茶？」汪永昭更加怒不可遏。

張小碗自來便不是個好對付的，她只是這輩子只跟了汪永昭而已，並不代表她不懂男人，相反地，她還稍微懂得一點，於是嘴裡便淡淡回道：「也就您能喝得，要是換個人，就是那神仙大帝來了，妾身也不給他喝。」

汪永昭聽得瞪眼，本要發怒，卻無端地因著這句話發不出火來。

良久後，他才僵硬地伸了手，端起了茶碗，小抿了一口，便又板著臉把茶碗重重地擱在桌上。「涼了。」

這府中的日子才好過多久？外面的事又多，這大冬天的，外面極冷，邊漠的日子也難過得很，張小碗實在不願在這當口看著他生氣，便伸手拿過茶碗，就著他喝過的地方也喝了一口，然後面不改色地朝汪永昭道：「妾身喝著不冷，您再喝喝看。」

汪永昭看著她拿著茶碗伸來的手，足看了好一會兒，隨即一言不發地起身把她抱了起來，回了那臥房。

路上冷風吹來，張小碗一手掛著他的脖子，一手把自己身上的狐皮披風往他身上裹，嘴裡對快步走著的人輕輕柔柔地說道：「也不是我說您，您是一府之主，孩兒都這般大了，怎地還動不動就生氣？」

「多嘴！」汪永昭見她在冷風中還要說話，便手一動，就勢把她的臉埋在了他的胸前，這便就回了房。

一到內屋，連衣都未解，他就脫了她的下褲，就此探了進去……

直到他的髮濕，額上全是汗後，他不再急不可耐。張小碗緩了一口氣，這才讓兩人脫了身上的束縛，進了被中。

她緊緊抓住他滿是淋漓汗水的燙熱後背，咬著他的肩頭承受著他的撞擊，到最後，她連呻吟的力氣都虛弱，兩人交頸，濕髮交纏，身體也重疊在了一處，在最後那一刻，他滾燙而出時，張小碗眼前一片發白……

浴桶中，換汪永昭輕咬著張小碗的肩頭，張小碗躺在他的懷裡閉著眼睛休憩，想著還好這是他們的都府，後院更是她的地方，要不然，這個當口、這把年紀，還白日宣淫，都不知會被說成什麼樣？

「那人叫什麼？」汪永昭在她肩上咬了幾處痕跡後，便抬頭問她。

「誰？」張小碗一時沒反應過來。

汪永昭在她腰上的手緊了緊，嘴裡冰冷地道：「那送兔子的！」

見床上之事都沒把他伺候服貼，張小碗也真是拿他沒辦法了，只得睜開眼睛，偏頭想了想，道：「記不太清了，以前一直叫他朱三哥，他是朱大叔他兄長家排行第三的么兒，本名好像是叫朱……朱……」

張小碗想到這兒，本是想起來了，但她突然覺得還是不說出來的好，便皺眉朝汪永昭道：「真是想不起來了。」

見她語氣輕柔，汪永昭的臉色稍好了一些，但隨即又繃了起來，語氣凌厲。「那為何他萬里迢迢地要妳大弟專程給妳一人帶兔子和野豬肉過來？」

「以前一起打過獵，唉，疼……」見汪永昭放在她腰上的手似要把她的腰掐斷，張小碗忙道：「沒說給您之前，他好似要來我家提親。」

「我就知道！」汪永昭聽了便冷冷地笑了起來，把她在懷中轉過身，面對著她咬牙道：「那妳也想嫁給他？」

「我怎麼想嫁給他了？」張小碗哭笑不得。這真是飛來橫禍，她怎麼想，都沒想到會出這麼樁事來，這男人的醋勁也實在太大了。

「當年妳要是沒嫁給我，便是嫁給他了？」汪永昭捏著她的下巴，抬起了她的臉。

張小碗伸出腿纏住了他的腰，在他身體僵住後，才在他耳邊輕輕道：「誰知道呢，當年我一個小姑娘，只知吃飽肚子就是好事，後來嫁了您，便是您的人了，哪還想這麼多？您現在讓我想，不是為難我嗎？」

汪永昭的臉這才真正好看了些許，由她抱住了他的脖子，感受著她胸前的柔軟。

好一會兒，正當張小碗心下稍鬆了一口氣後，他又問：「那妳怎地把他的什物帶回了府？」

果然是城府深的男人，當真是不好對付。張小碗只得搖搖頭，道：「我想著這兔子走了這麼長的路都活蹦亂跳的，一路活著過來不易，不忍不要。」

「那懷仁要為何不給？」

面對他毫不退讓的咄咄逼人，張小碗在心裡忍了又忍，才全然忍下，臉上無奈地笑著道：「我就算不記得朱家那位三哥是什麼人了，但到底也是人家的一片心意，怎能讓自己的孩兒拿去玩耍？」

「有何不能給的？」汪永昭不以為然地道。

見他口氣淡了下來，張小碗便笑著道：「是啊，說來要是早知會惹您生氣，便給了懷仁就是，還鬧得您跟我犯脾氣，這腰都不知要疼幾天了……」

聽她這般說，汪永昭的眼睛便深沈了下來，低頭吻上了她的唇。

饒是如此，過了兩日，張小碗又聽張小寶過來說，他和小弟都被汪永昭找去問話了，還把朱家三哥啥、家中多少孩兒、幾畝田土的事，都問了清楚。

更荒唐的是，江小山偷偷來報，說大人還要到梧桐村去查個究竟，看還有多少她瞞了他的事。

江小山更是在他家夫人面前為他家夫人大呼冤枉。「怎地成是您瞞他了？您可是清清白白嫁過來的，還為他生了大公子，一個人守在鄉下過了那麼多年，現下倒都成了您的不是、他的是了，真真是狠心哪！」

張小碗又嘆氣，道：「查便查吧，只要他安心就好。」

等晚上回到屋內就寢，半夜她醒來，小心地掐了自己一把，便偷偷地哭了起來。

汪永昭沒多久便醒來，抱住了她急問：「怎麼了？」

張小碗哭著不說話，等到哭累了才啞著嗓子道：「您再不依不饒的，我就管您問姨娘們的事！她們都長得比我美，身材也比我好，想來來日我老了，您身子康健，必也會再找年輕姨娘的吧？您當我不知道，前兩日還有武官要送妹妹給您當妾呢，您當我真不知道啊……」

張小碗說罷，又大哭了起來，直哭得守夜的八婆在內屋門口叫——

「哎喲，我的夫人啊，您少說幾句，好好歇著吧，莫傷了身體。您身子骨兒弱，可禁不得哭了啊！」

汪永昭沒料到張小碗會說這些個話，這可把他說得什麼話都說不出口了，於是惱著朝門外喊道：「還不快拿溫帕過來！」

這時油燈點起，張小碗由著他給她拭了臉，等婆子退下後，她便又拿手遮著眼，不去看他。

汪永昭看她哭得緋紅的臉，垂臉去吻她，把她的手放在了他的心口，在她嘴間沙啞著聲音說道：「早告知過妳，我不會再娶姨娘的，妳怎地這般多心？」

張小碗張嘴欲說話，卻讓他的舌頭探了進來，就此兩人沈默，油燈漸熄……

隔日起，汪永昭便不再提這事了。

江小山則來跟張小碗訴苦，說他又被大人罰了兩個月的俸銀。張小碗便補了他半年的，樂得江小山又偷偷說，大人本來還要去水牛村查的，但今日還是叫住了本欲去的人，這便就沒去了。

張小碗看著說得興高采烈的江小山，搖搖頭，打算私下再給他媳婦一些，免得他手中的這些，也被汪永昭給罰沒了。

這事鬧了近六日，總算是揭了過去，但還是餘韻未盡。汪永昭以前的隨身護衛是能跟隨他隨時進出內院的，但這次後，只要汪永昭進來，護衛都是留在了院外，跟守院的人待一塊兒。

連大仲都被鬧得有幾日不敢前來向張小碗報事，都是讓老父過來。張小碗看鬧得不像話，便讓大仲過來，這內院才算是平靜了下來，不再那麼氣氛僵硬。

張小寶知道他幫朱家三哥帶回來的東西給他大姊惹了麻煩，這日再來府一探，見他大姊神色自然，臉色也好，嘴角的笑也甚是輕鬆，這才放了心。

這年冬天很快就臨近過年，小老虎那邊送了信與物件過來，他給家中人又尋了些皮子、藥物過來，信中也說，他與王妃過得甚好，請父母切勿擔心，請娘親更不必擔憂他的身體與安危，他現下好得很。

但與汪永昭的私信裡，小老虎還是與父親道了他與誰人都說不得的事。汪永昭看後眉頭深鎖，又翻了南疆的探子送過來的信，想了半天，寫了幾個字，找了心腹進來，讓他連夜送去。

想來，善王妃小產這事，定要瞞得她死死的，一輩子都不能讓她知道。

這年過年，因有了汪杜氏幫著分管了不少事去，張小碗只要忙著邊疆來往官員的回禮和節鎮官員的打賞，倒也省了不少事。

因著天寒地凍，汪懷慕與汪懷仁被約束起來在先生面前唸書，張小碗看著他們待在家裡也安心，想著等到來年春天，他們長大一點了，再被帶出去，可能到時她還能放下一點心。

她這想法在這天早上汪杜氏來給她請安時，她說給了汪杜氏聽，汪杜氏一聽就笑了。「您這話說的，別說等到來年開春了，就算是等上十個年開春，您該擔心他們的就必會擔心，他們活到九十九歲，您便還得替他們操到一百歲的心呢！」

「唉，」張小碗聽了點頭。「可不是？」

汪杜氏這時抓了把棗子在手中，就跟張小碗告退辦事去了。

離大年三十只剩兩天，辦好了外面的事，張小碗又操心起家中的事。

今年過年的新衣裡，汪懷善的新衣、新裳她又多備好了一套，不過早在京中她就多縫了一套給他過年穿的新衣，他今年的新衣也是有的，現下送不過去讓他穿，也不遺憾，等過完年，有人要過去南疆，再給他捎去手上的這套也是一樣。

今年父子四人的新裳都是同樣的衣料，衣領處繡的是接近相似的暗花，角紋也是繡一樣的網底，只是汪永昭用的是金絲繡的，孩兒們用的是銀絲。

張小碗把大兒那套仔細收起來後，便把父子三人的三套放置一邊，想著在用午膳前讓父子三人再過來試一下，看有何處不妥的。

聽她說還要試，萍婆子便笑道：「您的眼睛向來準，都試過兩次了，不試也是成的。」

「再試一次。」張小碗說到這兒也笑了，不由得搖頭自嘲道：「我也不知怎地，越老越婆婆媽媽了，很多事都不放心。」

「您哪，這心還是要放開點。」

張小碗點點頭。

是啊，得放開點，都熬到了如今，還有什麼是熬不過去的？

給父子三人試新衣時，汪懷慕、汪懷仁全都抬頭看著汪永昭，兩雙水汪汪、黑黝黝的眼睛裡，全是對父親的敬仰與孺慕。

「爹爹、爹爹……」汪懷仁甚為主動，拉著汪永昭的手就摸自己的小衣裳。「懷仁也有，爹爹瞧瞧！」

汪永昭忍不住翹起嘴角抱起了他，汪懷仁便在他臉上親了一小口，接著低下頭對著汪懷慕格格地笑。「慕哥哥也一樣，快讓懷仁也親親！」

「真是不害臊。」汪懷慕臉紅，卻還是踮起了腳尖，讓低下小頭顱的弟弟親了他一口。

「懷仁真乖。」當弟弟柔軟的嘴唇印在他臉上時，汪懷慕忍不住眉開眼笑地誇道。

汪懷仁見他二哥又誇他，便回過頭朝他爹爹得意地笑。

汪永昭便抱著他，另一手也把長得頗有一點身高的汪懷慕抱了起來，走至半面鏡前，看著鏡裡的他們。

「爹爹……」汪懷仁指著鏡中的汪永昭喊。

汪懷慕的臉蛋通紅，但還是伸出了手，抱住了父親的脖子。

「嗯，甚是好看。」汪永昭這時輕撇了下頭，朝那一直笑意盈盈地看著他們的婦人說。

「合身就好，剛還在想，要是有眼花之處，怕是還得改改。」張小碗便走了過來，伸出手抱下懷慕，笑著問夫君。「穿著可舒適？」

「嗯。」汪永昭點頭。

「那大年夜與初一，您就帶著孩兒們穿這身吧。」

「妳呢？」汪永昭突然道。

「我穿的也相似。」

「是怎樣的？」

「到時穿著您就知道了。」張小碗笑了兩聲，眉目之間全是笑意。

汪永昭看著她的笑臉，神色柔和，便由她給兩兒換了衣，隨後，他也換好後，便帶了他們去堂屋用膳。

靖輝七年，張小碗這一年一開始過得極順，後半年，張阿福的身體漸漸不行了，用了藥吊命，但瞎眼大夫說他底子不行了，這命吊得一時是一時，救是救不活了。

相對於兒女們的著急，張阿福與劉三娘卻是平靜的。劉三娘天天待在張阿福的身邊，便是手抖不能餵藥，那也是在一旁小心地看著他、守著他。

張阿福一天天衰弱，張小碗讓人送了信，去京都那邊把張小妹請過來。

知道她去找小妹了，張阿福這天在她過來看他時，拉了拉她的手，與她輕聲地說：「這些年苦了妳，以後她的事，妳別管了，啊？」

張小碗笑了笑，道：「您別操心，她是我妹子，該管的便會管，不該管的，您知道我心裡有數。」

張阿福朝她笑笑，手抓著她剛送過來的新鮮果子放到她手裡。「閨女，妳吃。」

張小碗拿著放嘴裡嚐了一口，與他笑道：「以前都吃不到的果子，過了這麼多年了，也過了不少年的好日子，現下吃著卻也還是稀罕。您也吃一個嚐嚐味，我看好吃得很。」

見她吃得甚是津津有味，張阿福頓時便也有了點胃口，竟也吃完了一個小果子。

如此，就算每日還能餵得一點食物進去，但張阿福的意識也漸漸不甚清醒了，很多時候他都是閉著眼睛在昏睡，偶爾說幾句話，叫的都是「三娘」。

劉三娘時時守在他身邊，張阿福不能與她說話後，她的話便多了，說的都是當年在家中的事，說她當時剛嫁過來時，餓了肚子，便想著快快見到他才好，她知他是定會給她找些吃食來的。

她說她也知當年他摔斷腿，不是他跟她所說的那樣，走路時不小心從土埂上摔下的，而是為了給她買塊像樣的布，他去山上打獵，從半山腰摔下來才摔斷了腳。

張小碗有時過來看他們，聽劉三娘說了不少當年的事，然後看著她木然地流著淚，握著張阿福的手不放。

這年的十月底，張阿福終是去了。

張小妹沒有來。

他的四個兒女裡，只有三個為他送了終。

張阿福走後，劉三娘的精神也是一天不如一天了，發呆的時間越來越長，有時一天也出不了一聲。

找了大夫過來，說怕也是沒有多少時候了。

張小碗這次便想找汪永昭，讓他找人帶張小妹過來。

她跟汪永昭說了這個意思，第二日，張小寶就過來找她了。

張小寶硬著頭皮跟張小碗說：「小妹說，家中老爺眼前又要升官，家中姨娘也有了孩子，她這個當主母的，得在家中掌管家事，只能……」說到這兒，張小寶的話便說不下去了。

「家中老爺？家中姨娘？」張小碗好久後才吐了口氣。「老爺、姨娘，這就是她要過的日子？」

「大姊……」

「想來，你們裡面也得有人怪我心狠了。」張小碗說到這兒，慢吞吞地笑了一下。「田契、房契你全給她了？」

「是。」

「那便都收回了吧。」

張小寶沒出聲。

張小碗淡淡地道：「銅錢就不收了，想來這老爺、姨娘的日子，也把那錢花了不少了，就留著給那老爺、姨娘當賞錢吧。」

「……大姊。」

張小碗伸出手撫了撫被氣得一片血熱的臉，過了好一會兒才道：「那官也是賞的，便也收回來吧。我會叫你姊夫著人與你回京，到時，你把人給帶回來。爹死了，她不來送終，娘要是沒了，她再不來，便讓她以後也連個送終的人都無！」

她的那一兒一女，她若還想從他們家得點銀錢養大，便老實地來吧！

「大姊……」

「嗯？」張小碗看他，笑了笑。「還是你想看那趙老爺花著張家的錢養姨娘？你便是願意，我卻是不願意他藉著我家夫君的勢當這官的。」

「是小妹讓妳傷心了。」

「別說這麼多了，去帶她過來吧。以後怎麼著，你看著辦吧。」張小碗閉了閉眼，便睜眼叫了婆子進來。「送大舅老爺出去。」

她該說的都說了，小寶若還是心軟，那便心軟吧。

該為他們著想的，她都想過了。

又是一年，快要接近年關，張小碗卻比去年要瘦上一些，汪永昭讓婆子看得她甚嚴，每天的進補一天五頓，一頓都沒落下過。除了用膳，偶爾，他還會從前院抽空回來看著她進食。

萍婆子那頭，也得了一封從南邊來的商隊帶來的信，她尋思了良久，還是交給了張小碗。

這是張小碗尋給善王妃的婆子寫來的信，專帶給張小碗的。萍婆子想瞞著，但一想著夫人的性子，她便不敢再欺瞞她，也不敢擅自交給家中老爺。

她怕她日後知道了，還要為她這個下人再傷次心。

婆子在信中寫，她們三人被帶到南疆後，便不再受重用，被遣去了做針線活兒，沒有近身伺候。但自今年年後，她們被安排到了善王妃的身邊，這時，才知善王妃小產了兩個月。

善王妃小產的原因，婆子也在信中寫明白了，原來是善王妃的父親，木府土司大人害的。原本在他見王妃之前，善王攔了一攔，但善王妃要見對她示好的父親。而在見面之後的第二日，善王沒依土司大人的意思退出他打進了深寨的兵，王妃懷裡的胎兒之前本好好的，當夜便古怪地滑了。七月時，外面便有人傳出了王妃滑胎之事，傳言是那山寨寨主給善王的見面禮。這事現在鬧得南疆沸沸揚揚，她們覺得甚為不妥，便傳信過來與夫人說道一番。

「要是不傳得沸沸揚揚，外邊的人知道甚多，就不打算告訴我了吧？」張小碗把那明顯有人拆過的信扔到桌上，閉著眼睛淡淡地說道。

「夫人。」久未跪過她的萍婆子跪到了地上。

「妳之前知道嗎？」張小碗問了一句。

「半字不知！」萍婆子斷然否認。

張小碗長吁了一口氣，冷冷地笑了一聲。「果真不是什麼善心就能結出善果的。」

說罷，她拿著信站了起來，往東邊的長廊走去。

「夫人！」萍婆子在她身後急急地喊。

張小碗頓住腳步，深吸了口氣，才回頭與她說道：「無事，我就是去找老爺說說話，妳且去廚房幫我看看膳食。」

說罷，急步往前院走去。

一路行過走廊，進書院之前張小碗慢下了腳，這時守院護衛見到她，朝她施禮，張小碗便跟平時那般輕點了點頭，輕步往裡走去。

「夫人，您來了？」張小碗快到門邊時，江小山便從裡頭打開門，滿臉笑容。「快進快進，老爺等著您呢！」

他這話一出，就有毛筆砸到了他頭上，江小山頓時就苦了臉，回過頭朝家中大人道：「您為啥又打我？」

要是平時，張小碗早就笑出來了，但這時她是萬萬都裝不出那笑臉了，於是提裙進去後便對他淡道：「去外面候著吧，我跟老爺說會兒話。」

見她臉色不對，不像平時那般溫婉和善，江小山立馬就彎腰輕道了聲「是」，輕手輕腳地帶門而出了。

這時，視線本還在公文上的汪永昭抬起了頭，揚眉問她。「何事？」

張小碗沒吭聲，安靜地走到他身邊，把手中的信給了他。

待汪永昭掃完，臉色一冷後，她便問：「您知嗎？」

汪永昭抬頭，輕頷了下首。

張小碗看著苦笑了一聲，扶著桌子喘了口氣，讓他拉著她坐到了他腿上，她才終於掩面哭了出來。「我那苦命的孩兒，他不知有多傷心！」

汪永昭抱緊了她，拍著她的背，輕聲地道：「無礙，現有妳的婆子看著，來年便也還會有孩子的。」

「他是怎麼與您說的？」張小碗忍著淚，問道。

她不信汪永昭不知來龍去脈。

「他那小王妃失了警戒，」汪永昭輕描淡寫地道：「日後不會再犯了。」

張小碗良久無語，又道：「那戰事呢？」

「無事，他是將軍，什麼仗是他打不贏的？」汪永昭淡淡地道：「妳且放心。」

張小碗知道問到這兒，她便不能再問下去了，過問得太多，就是她咄咄逼人了。

她的眼淚到這時也是流不出了，只能無聲地躺在汪永昭的懷裡，久久後，她疲倦地閉上了眼。

汪永昭一直抱著她，直到她閉上眼，他才在她耳邊輕輕地道：「不要多想，他還會有兒子，我們還會有孫子。」

「還能如何？」張小碗木然地道：「只能如此了……」

只是，發生過的事都會留下痕跡，從今以後，她可憐的孩子心裡，便又多了道創傷。

她這時寧願他沒那麼喜愛他的王妃，想來確實自私，可沒那麼喜歡，便不會有那麼痛吧？

張小碗這幾日情緒低落，汪懷慕便搬了他的書案去了母親的外屋，母親繡衣時，他便在一旁唸書。

愛亂跑的汪懷仁也時不時地過來與張小碗要口茶喝，見得母親的笑臉，這才離去，繼續帶著侍衛在府中亂闖。

汪杜氏這幾日前來給張小碗請安時，往往要與張小碗說笑一番這才離去，府中紛擾之事卻是隻字不提，她自去與管家處置。

到底是到了年關，張小碗也知自己不能繼續消沈，便提起精神準備過年的大小事宜，忙碌得久了，心也麻木了，那擔憂便又再一次地深埋在了心底。

府中孩兒生氣勃勃，張小碗也不願自己擾了他們的安寧，她的這兩個孩兒都是她抱在懷中逐字逐句教著話長大的，就算兩兒都已長大，他們也與她甚是親暱，她好與不好，自也是影響他們的。

這年大年三十，汪家的大大小小祭完祖，等放了鞭炮，張小碗又去了祠堂唸經。她跪唸了兩個時辰，汪永昭便跪在她身後抱了她的腰這般久。

寅時，張小碗精神極好，汪永昭拉了她起來，待出了祠堂，僕人在前面提著燈火，她與他輕語道：「我去廚房給您和孩兒擀麵條，您給我去生火吧？」

汪永昭聞言，垂頭看她的臉，看著她揚起的臉上那柔和的眼睛，他便笑了。

說來，善王有什麼好傷心的？他以為這世間的女子，他得了一個她這樣的娘，還能再得一個像她般的妻子不成？

這世上豈有這般的好事？

汪永昭伸出手摸了摸她溫熱的臉，嘴角微翹。「好。」

往廚房的路中，張小碗與汪永昭輕笑道：「實則想來，我也不是那萬般的好人，可唸完經，這心下也是鬆了一大塊。來日我們尋得一處古寺，便帶了孩兒去捐點香火錢吧？」

「嗯。」

張小碗想了想，便又道：「這正月十五裡，凡是來往鎮上的商人、客人，就是那流浪乞討之人，都可往食齋一日食兩頓，您看可行？」

「可行。」只要她心安就好，那食齋這幾日少掙幾個銅錢也無妨。

張小碗把手覆在他放置在她腰間的手上，偏頭朝他看去，對上他深邃的眼，她便朝他微笑了起來。

平時那些萬般的容忍，還是換來了他站在她身旁。

說來，如若不是她不對他生情，一直冷眼旁觀著他的一切，保持著清醒看清他所要的是什麼，才沒讓她被他迷惑了眼，要不然，給不了他所要的，她怕也是早被他拋下了吧？

這些年間算來，他真是沒有薄待她，而她便再對他好點，也沒什麼不妥的。

她給他的，他都還回來了。

這年出了正月，到二月時，南邊大戰，汪永昭又調了一千精兵夜行南疆。

汪懷仁這月已滿四歲，虛歲五歲的小兒已知其母甚是擔憂在南邊打仗的大哥，這日早上他一起來，就穿上他的小盔甲，過來與張小碗請安，道：「娘妳且放心，懷仁這就去接大哥回家！」說罷，回頭就讓他的貼身小廝汪勇去牽他大哥過年時著人送過來的小馬駒。

汪懷慕只得拉住了他的手，與他道：「現下可不行，爹爹還未應允。」

「爹爹……」懷仁便朝座上的汪永昭看去。

「過來。」

汪懷仁一過去，汪永昭一拳便朝他正面打了過去，汪懷仁身體往後一仰，便又翻身，右手握緊的小拳便往汪永昭臉上打去，這時汪永昭頭往邊上一偏，他的左手便狠狠地另打了過去。

汪永昭這時頭往後仰，躲過了他的拳勢，大手抓住了他的小手，淡道：「力道不足，等能甩開了爹爹的手再說。」

汪懷仁用力甩了甩，都未甩開，便嘿嘿一笑，眼睛一轉，對他道：「爹爹，娘親在瞪您。」

汪永昭回過頭朝張小碗看去。

汪懷仁藉機掙脫被父親握住的手，但無奈其父眼睛看向了其母，手中力道卻未鬆，他還是沒掙開。

這計不成，汪懷仁再施一計，道：「爹爹，慕哥哥有話與您說。」

汪懷慕見小弟拉上了自己，只有上前，拱手道：「爹爹，懷慕有話要說。」

汪永昭便鬆開了汪懷仁的手，與懷慕溫言道：「說吧。」

「懷慕想說，您還是多懲懲懷仁吧，他昨晚又鑽到床底下嚇孩兒，把汪順都嚇得跌倒了。」

「那是汪順膽兒小！慕哥哥你不就沒嚇著？」汪懷仁這時已鑽到母親懷裡，喝了一口她餵給他的水，不以為然地道。

「唉……」見說不過弟弟，汪懷慕搖頭道：「你就是淘氣，怎麼懲你都不聽。這般淘氣還要去接大哥，去了那兒，莫被他打屁股都是好的。」

「這是哪兒的話！」汪懷仁擦擦嘴，回頭朝張小碗道：「妳信孩兒，孩兒明日打贏了爹爹，就為妳去接大哥回來！」

張小碗笑著摸了摸他的頭髮，與他柔聲道：「好，不過在那之前，先去用了早膳，再去習了早課，可好？」

「好嘛。」汪懷仁點頭，靠在了她的懷裡，朝著汪懷慕笑了起來，還朝他眨了眨眼，道：「慕哥哥的小廝膽兒小，便不要了吧，我把我的給你。」

懷仁的小廝汪勇一聽，眼睛便巴巴地往汪懷慕看去。

他可是極想跟二公子的！小公子太皮了，他半天都找不著他，回頭管家問過，他根本就不知道他上哪兒去了。

汪懷慕哪能不知弟弟打的主意？便不由得搖頭道：「又調皮，還是叫爹爹訓你的好。」

汪永昭聽罷微微一笑，站起身來往堂屋走。

張小碗便一手拉了一個兒子跟在他身後，嘴間笑著與懷慕說道：「爹爹不能訓時，大哥也不在家時，便是由你來訓，你要自己想法子替娘管管弟弟，可好？」

汪懷慕聽罷便點頭。「孩兒知道，娘親放心。」

張小碗看著懷慕那已然有坦蕩之氣的眉目，心下有著幾許欣慰。

他不像他的父親，也不像她，但他是個好弟弟，也是個好哥哥。

這時汪永昭回過頭來，張小碗便朝他笑著道：「您還是牽了我們家的小調皮去吧，莫讓他半道跑了。」

正欲要掙脫他娘親的手的懷仁一聽，只得收住了身勢，乖乖地讓娘親把他的小手轉交給了他爹爹牽著。

「走邊上。」這時迎面吹來了一陣風，汪永昭擋在了張小碗的面前，等風勢一過，他轉頭對站於他身後一步的婦人說道。

「知了。」婦人輕輕柔柔地應了一聲，走至了他的身邊，把手搭在了他的手臂上。

汪永昭再垂頭看她，見她抬眼笑看著他，他這才收回了眼神。

三月上旬，張小妹被張小寶帶了回來，張小碗沒見她。

許是知道她不想見，她去看望劉三娘時，也從沒遇見過張小妹。劉三娘有那麼兩次，握著她的手想說話，但卻還是未把求情的話說出口。

張小碗猜得出她要說什麼，但她沒說出來，自己就當不知情。

她不是什麼事都管得了，今日她再答應幫張小妹又如何？她跟著那麼個不歇停的男人，仗著汪永昭的勢，遲早要翻天。

哪天要是出事，救不了時，那才是無藥可救了。

現在，小妹至少還活著。

這其中的種種厲害，張小碗不想說給劉三娘聽，想來，劉三娘要當她心狠，那就算她心狠吧！

三月底，劉三娘也是不行了。這日，張小寶派了人急進都府，找了她去。

一進劉三娘的房，就聽著張家孩子們的一片哭聲，見到她來，都叫著她「大姑姑」。

張小碗從他們中間走到床前跪下，看著床上蒼老的婦人，眼睛含淚，叫了一聲。

「娘……」

一直閉著眼睛、不知在喃喃自語何話的劉三娘一聽見她的聲音，突然睜開眼，伸手抱住了她的手放至胸前，大哭道：「那個時候，我只能想著要死全家一起吃茅房子死了算了，我們一家不要在這人間受罪了！那個時候苦啊，閨女，咱們家那個時候苦得很啊，妳娘我這心裡現在想起來都還疼……」

她突然像迴光返照般說出了一長串的話，說罷，她的氣息越來越弱，睜著渾濁的眼，看著張小碗，微弱地道：「閨女、閨女，答應娘，定要為娘護著他們，妳定要啊……」

手上的手勁越來越小，張小碗看著她慢慢斷氣，她緩慢地點了下頭。

「娘——」

「娘！」

「娘……」

「奶奶、奶奶……」

屋子裡一片哭聲，張小碗掉著淚，好半會兒全身都軟得沒有絲毫力氣，最後還是婆子扶了她起來，讓她坐到椅子上，看著一群人嚎啕大哭。

給劉三娘安床時，她眼前一片發黑，張小妹跪在她腿前哭時，她是知道的，但她已無力去看她一眼。

夕間，汪永昭來了，也帶了一群奴僕過來幫忙。

張小碗在她歇息的房裡看到他時，向他伸了伸手，朝他道：「您過來扶扶我。」

見她有非要站起之勢，汪永昭立即大步過來，扶了她一把。

張小碗緊緊拉住他的手，喃喃道：「回府、回府……孩兒們可是吃了晚膳了？」

見她魂不守舍，汪永昭拿過這時遞上來的熱參茶，大力地吹了幾下，隨即又試了試，不燙了這才餵她喝了幾口。

熱茶下肚，張小碗才回過一點神。這時，她深吸了幾口氣，才朝汪永昭道：「我們回去吧。」

「妳歇在這兒吧。」汪永昭摸了一下她冰冷的臉。

「不用了，」張小碗搖頭。「明早小殮之前過來即好。」

這裡是小寶當家，她不能在這當口，替他做了他的事。

「好。」見她要走，汪永昭便應了一聲，轉頭就對江小山道：「把馬車牽到門前。」

「是！」江小山忙道。

萍婆子這時收拾著從府裡帶來的食盒，又匆忙裝了一小碗五穀粥送到張小碗面前，輕聲道：「趁熱喝小半碗，身子才不涼。」

張小碗接過碗，看著桌上那個大食盒，回頭朝汪永昭感激地笑了一下，便把粥幾勺送下了肚，這才隨汪永昭出了門。

出門時，張小寶大步趕了過來，張小碗往後看，看到了小弟正在拉著小妹。

小妹看到她看自己，頓時大聲地嘶叫著。「大姊，妳聽到娘的話了，妳救救我，救救我的相公吧！大人，姊夫大人，求求您，求求您，看在我大姊為您生了三個兒子的分上，您……」

張小碗臉色發白地看著她叫嚷，如若不是汪永昭扶著她，她都走不了一步路了。

這夜半夜，張小碗睜開眼看了一眼一直未滅的油燈，對身邊閉著眼睛的男人說：「老爺，我心口疼。」

汪永昭聞言，猛地睜開眼，想也不想便拿過枕頭邊的盒子，輕扶著她，把救心丸放進了她口中。

吃下藥，張小碗吐納了好一陣後，便把臉伏在了汪永昭的胸前，無聲地哭了起來。

這是她這世的爹娘啊！她的爹才下葬不久，現在，臨到她的娘了。

只有失去了，她才知道這有多痛。

她再也見不到他們了。

哪怕他們一個只會朝她怯怯地笑，一個只會木著張苦臉看著她，可這一世裡，她永遠都不會再見到他們了。

「老爺……」良久後，張小碗哭出了所有眼淚，疲倦至極之際，她輕叫了一聲汪永昭。

「嗯，好了，別哭了……」汪永昭一手輕拍著她的背，另一手拿著帕子拭著她的淚，目光深沈。

張小碗慢慢軟下身體後，汪永昭看著昏睡過去的她，替她裹了他的狐衣，抱去外屋讓候在外面的瞎眼大夫把了脈。

「她把鬱結哭出來一些了，這幾日用溫方養著就好了，切勿著涼。」老大夫說完，又把了把她的脈，良久後，看著汪永昭的方向道：「還是看著她點，她雖自懂調理，但情緒過於起伏，於她壽命有礙。」

「嗯。送大夫回房。」汪永昭朝江小山道。

「是。」江小山輕聲地應道，走過來扶了大夫往門外走。

這時萍婆子來報，浴房熱水已備妥。

汪永昭抱她過去，未讓婆子動手，與她淨了身。

把她從浴桶裡抱起來時，她醒了，睜開眼看著他，嘴角翹了翹，伸出手摸了摸他的頭髮。

那一刻，她一語不發，汪永昭卻知道，她在擔憂他的濕髮，怕他寒著。

「我會拭乾再上床。」汪永昭朝她淡淡地道。

她這才閉上了眼，嘴角又微動了動。

婆子在給她拭髮時，汪永昭自己拭了髮，喝著手中的熱茶，看著在榻上靜靜閉著眼睛，不聲不響的她。

自京城奔喪回來後，眼角的細紋就纏上了她，再也未消去。

自張阿福過世，又知道善王的事後，偶爾她不笑時，只靜坐在那兒繡衣，全身都會流露出幾許悲傷。

有時她看著天空，看著夕陽，如沒有孩兒來打擾，她都不知道眨眼，誰也不知道她在想什麼。

她不與他說她心裡的話，他冷眼看著她克制著自己的情緒，想著終有一日她會選擇發洩出來，選擇繼續活下去。

而如他所料，她沒有被這人世間打敗。

她痛哭了一場，他想，明日早起，她定會朝他露出笑。

她會陪他活著。

她從來沒有讓他失望過。

「我不在府中，你們要按時用膳。」張小碗一早起來，喝了參粥之後，又嚥了半顆養生丸，對前來請安的兩個孩兒細細叮囑。「懷仁，你要乖乖聽爹爹與慕哥哥的話。」

汪懷仁走到她身前，「喔」了一聲，便抬臉看她。「那何日我才能去看外祖母？」

「能去時，你爹爹自會帶你們去。」張小碗輕柔地撫了撫他的臉，低頭捧著他的小臉，愛憐地道：「娘親這幾日不在府中，你要與慕哥哥好好照管自己。你是個小大人了，還要替娘親照顧爹爹與慕哥哥呢。」

「是呢！」汪懷仁點了頭，在張小碗懷中雙手抱拳，朝張小碗拱手道：「孩兒定會好生照顧爹爹與慕哥哥，娘親且放心去吧！」

張小碗真是疼愛他入骨，雙手攬了他入懷，笑著輕搖了他兩下，又偏頭與汪永昭道：「我這幾日會晚些回來，這春日晚間要比白日偏冷些，您可切記晚上多穿件衣，莫忘了。」

「嗯。」汪永昭輕頷了首。

「夫人……」萍婆子這時在門邊輕叫了一聲，張家的人已經在門口候著她了。

張小碗站了起來，伸手摸了摸兩小兒的頭頂，又走到汪永昭面前，彎腰替坐著的男人整了整衣裳，才與他輕聲地道：「那妾身去了？」

汪永昭抬手，摸了摸她耳環間的白色小吊墜。「去吧。」

張小碗朝他福了福身，轉身走時，懷慕牽著懷仁到她身邊，抬頭與她道：「我與懷仁送娘親到門口。」

這一送，便是送到了大門口，拜見了來接人的二舅舅之後，他們看著他們的娘親上了馬車而去。

小斂過後就是大斂，又過得七日，張小碗才在這日不再去張府。

四月底，在東海當總兵的劉二郎趕了過來，在張府停了兩日後，遞了帖子到節度使府。

汪永昭請他入府後，張小碗出面與他行了個禮，便欲要退下去。

「汪夫人，且等上一等。」年邁且黑髮已全白的劉二郎突然叫住了張小碗。

「舅大人所為何事？」張小碗轉過了身。

「是妳讓張家跟著妳來這邊寒之地的？」劉二郎的口氣很是不客氣。

「是。」

「明知他們身體衰弱，也讓他們來這苦寒之地？」劉二郎冷笑了一聲。

這時，主位上的汪永昭慢慢地抬眼，輕瞥了劉二郎一眼。

劉二郎回過頭，突朝汪永昭逼問道：「還是汪節度使大人對老夫的話也有所不滿？」

汪永昭冷冷地勾起嘴角，不語。

皇帝快要不行了，便又派了劉二郎再來刺他一劍吧？

「汪大人，汪夫人是老夫的外甥女，你們的婚事也是老夫為你們保的媒，說道她幾句，老夫還是自有那身分的吧？」劉二郎又道。

張小碗當下朝他一福，淡笑道：「當然說得，舅老爺這話說到哪裡去了？」

說罷，她坐回到了汪永昭的下首，等坐定後，她慢騰騰地拿起茶杯喝了口茶，朝盯著她的劉二郎淡淡道：「舅老爺還有要訓的，那就訓吧，我聽著。」

「明知他們身子不好，還帶著他們隨妳過來這苦寒之地，外人道妳孝順，我看卻不然，妳這是在害他們，妳也真害死了他們！」劉二郎大拍了桌子。

這罪名要是被扣下來，還真不是小事。

張小碗拿帕拭了拭嘴角，臉上雲淡風輕。「舅老爺下一句是不是要說，但凡我家老爺的節鎮裡這些隨他而來的人裡頭死了人，就是我們老爺害死的？但凡這天下的皇土間，皇上的百姓死了，便是皇上害死的？」

「妳……」劉二郎皺眉。「妳說的是何方歪語？休得胡言！」

「我胡言？那舅老爺摸著自己的良心，替我問問，是您在胡言還是我在胡言？」張小碗笑了笑。「一粒幾百銅錢的養生丸，我拿著我們家老爺的銅錢製著給爹娘用，一年替他們縫兩套衣裳，如若可行，我還想折自己十年的壽讓他們多活幾年，您的意思是，我好好地盡著孝，便是想害他們？這邊漠苦寒之地，他們在府中沒凍著、沒熱著，兩個兒子孝敬著他們，兒媳也把他們照顧得妥妥的，孫兒、孫女都孝順，您的意思是，張家全家裡裡外外十多口人合著我，是想害死我們的爹娘了?!」

張小碗伸出手，拿起茶杯狠狠地砸到了劉二郎的腳下，厲眼如刀般看過去。「舅老爺，您辱我們張家全家人，我倒是要看看，您怎麼給張家治罪！我知您現在是堂堂一州府的總兵大人了，但我聽您這口氣，難不成還想越過皇上治我們家的罪不成？」

張小碗張嘴而來就是左一個皇上、右一個皇上，劉二郎知她向來膽大妄為，但不知她竟膽大得這等話都說得出口，一時腦熱，轉頭朝汪永昭道：「這等大逆不道的婦人，你竟不把她浸了豬籠?!」

汪永昭聞言，冷冷地勾起了嘴角。「劉大人，還是請吧。」他站了起來，平靜地伸出手，送客。

劉二郎氣得鬍子都在急遽地抖動，在出門那刻，他回過頭，冷冷地對張小碗道：「妳且等著！」

第四十八章

劉二郎終是沒等來他收拾張小碗一家，在他回京的途中，靖皇就駕崩了，其長子劉容繼位。

劉容繼位，善王在南疆大勝，回朝交與兵權。

容帝上位的第一件大事，就是在南疆設立了州府，木府改為州府，令當朝學士文守成為南州知府，當日赴任。

容帝憐善王帶兵打仗，未向外祖父母盡孝，便准其丁憂半年，回邊漠為其盡孝。

當年六月，善王攜家眷回了其父汪節度使的節鎮。

善王回府那日一大清早，張小碗早早就起來穿好了裳、化好了妝，等汪永昭練武歸來，她讓婆子和小廝去給懷慕與懷仁換衣後，她便圍著汪永昭團團轉。

等為他沐浴畢，又與他拭髮後，她不禁嘆氣道：「您說這次也不是甚久沒見了，怎地像他去了很多年似的？」

這兩個月間，知道他為大兒謀劃出了一條生路後，身邊的婦人就養成了與他多多說話的習慣，汪永昭聽得舒坦，不想她說得幾日便不說，於是他也養成了時不時搭她幾句的習慣，這時聽得她開了口，便隨口答了一句。「妳念得久了，日子便久了。」

張小碗一聽，覺著也是這個理，便笑道：「可不是嗎？」

這日到了午時，汪懷善帶了汪家軍進了節鎮，汪懷慕與汪懷仁帶著兵營武官迎的他，樂得汪懷善還與汪懷仁共騎了一馬一陣，還是汪懷仁覺得這樣不勝威風，與大哥談得了一陣，才讓他大哥未再向他表達歡喜。

攜王妃木如珠進了府後，汪懷善直奔後院而去，一進門就大聲叫喊著父親、母親。

待進了大堂屋，真見著他們了，汪懷善那一刻卻是頓住了腳步。他看著坐在主位上那威嚴冷酷的父親，還有那滿眼愛憐看著他的母親，一時百感交集，甚多情緒湧上心頭。

他只頓了一步，便又笑著大步上前，跪下給他們磕頭。「見過父親、見過娘親。孩兒回來得晚了，你們可是念我得緊吧？」

見他神采飛揚的樣子，又看了看他身後急步跟隨他而來、跪在他後面的王妃，張小碗的臉色未變，嘴裡柔聲笑道：「都起來吧。」

這一次，她的孩兒沒有在說話之前，往身後的女子看一眼，沒有用行動告知她這個當娘的，他的王妃還是他心愛的女人，張小碗知道，他到底是被傷了心了。

「孩兒給爹爹、娘親請安。」木如珠笑得甚是嬌美柔順，起身後，還朝兩人又福了一福，感激地笑道：「勞二老為我們費心了。」

張小碗笑了笑，輕頷了下首，看著她退到了兒子的身後。

木如珠笑著退下後，隨即低下了頭，掩下了眼間的悲意。

她這個婆婆怕是知道了她的事吧？大鳳朝的婦人向來以夫為天，以子為天，知道她失過孩子後，待她就不再像以往那般熱情了。

果然，婆婆就是婆婆，當不成母親。

「我問了她要不要留在京城，邊漠寒苦，我要為外祖父母守那半年的孝，怕累及了她，她道無礙，我便帶了她過來了。」父母的外屋裡，汪懷善靠在母親的那張軟椅中，淡淡地道。

「她畢竟是你的王妃。」聽著他話間的冷意，張小碗說了這麼一句。

汪懷善這時笑著點了點頭。「孩兒知道，不會委屈她，妳且放心。」

「唉……」張小碗嘆了口氣。

汪永昭這時冷瞥了汪懷善一眼，與心軟的婦人冷冷地道：「妳可憐善王妃做什麼？她那等心思，還輪不到妳來可憐她。」

張小碗苦笑，又側頭問汪懷善。「身上的傷要緊嗎？」

「不要緊，一會兒我就去找丁大夫，讓他為我瞧瞧，妳且放心。」

張小碗便點了點頭，道：「去時也喊我一聲吧。」

汪懷善點頭，他去讓丁大夫看上一眼，也是為了安她的心，沒什麼不可讓她知道的。

這時他見天色不早，便道：「我去瞧瞧孟先生，與先生說說話，回頭再來用膳，這便即走了。」

說著就起了身，朝張小碗笑嘻嘻地看了一眼，又朝父親拱了拱手，便昂首闊步走了。

這廂，木如珠的婆子過來報，說木如珠想過來與張小碗請安、說說話。

張小碗想了一會兒，便朝萍婆子搖了下頭，讓她去回話。

如珠、如珠，她以前真是視她為掌上明珠，想像個母親一樣地疼愛她，但終還是成不了她的母親。

自知道她的孩兒在深山打仗負傷回來，還得掩著傷痛安慰失兒的木如珠後，這個異族女子就不再是她想萬般疼愛、寬容的兒媳了。

她是個自私的母親，她對她的兒子好，她便對她好，不能，那她們便做那規規矩矩的婆媳吧。

這世上，從來沒有平白無故就可得到的疼愛，善王妃得開始明白了，她以前在她這個當婆婆的這裡所受到的禮遇，究竟是從何而來的。

與孟先生談過後，汪懷善找了汪永昭進書房說了一會兒，這時已快到酉時，出了書房後，汪懷善大鬆了一口氣，同時心間也算是釋懷了。

此次大戰，儘管出了些意外，但所幸沒釀成大錯。

失了孩子，汪懷善前些日子心中念起時滿是傷感，但如他娘所說的，人的日子要往後過，光惦記壞的，不惦記好的，這日子是過不下去的。

木如珠畢竟是他的妻子，不管如何，她是他選擇的，是他的結髮妻，他願好好待她。

哪怕，她曾天真地想用一己之身來影響他，但他也還是會好好對她，盡夫妻之責。

局勢穩定，容帝繼位，汪永昭也跟張小碗露了有關南疆大局的口風——皇帝上位不僅收服了木府，還得了南疆深山裡的三座金礦。

金礦是容帝當年身為皇長子時，帶能人在南疆遊歷時知情的，但南疆木府與底下寨洞仗著天高皇帝遠，他們本已多年不服大鳳朝管轄，在得知金礦山的消息後，又欲趕朝廷駐兵出南疆，這才挑起了戰爭。

他們在南邊打的這一仗贏了，容帝把三個節鎮賜與汪家，汪家世代承襲。

汪懷善這次就帶了落了帝印與血印的詔書來了。

當晚，從汪永昭口裡得知這些話的張小碗聽到這兒就呆了。「玉璽一直在……」

玉璽一直在皇長子手裡?!

「嗯。」汪永昭淡笑。「要不妳以為，沒一點能耐，他能得這帝位？」

張小碗呆搖了下頭，一會兒後才苦笑道：「您說得沒錯，我一介婦人，哪懂那般多？您說的這些事，要是您不告知我，我什麼事都不懂得……」

她知道什麼？現在她知道的，還都是汪永昭願意告訴她的，就算如此，怕也只是真相的一部分而已。

還好，當年服了輸，她就一直順著汪永昭來，要不然，現今下場如何，她想都想不出。

現實就是如此殘酷。

人不服輸，有那勇氣逆勢而為，那就得有勇氣承擔後果。

第二日早間木如珠來請安，張小碗與她笑談了幾句，又囑她回去後就好生休息。

木如珠走後，她身邊的三個婆子就被萍婆子領了回來。萍婆子回張小碗，是善王的意思，說王妃已在家鄉挑了幾個丫鬟、婆子，身邊閒置的人手太多，就把舊人還回來給母親用。

張小碗確實愣了一下，與幾個婆子談過一陣後，就又讓人叫了汪懷善過來。

汪懷善從前院回來，進了她的外屋就大刺刺地道：「可渴著我了，娘快給我口水喝！」

張小碗搖頭，讓七婆下去端茶，朝在身邊坐下的大兒輕聲地問：「你是惱她了？」

「有何惱的？」

「那……」

汪懷善想了想，笑道：「早間婆子的事吧？」

「嗯。」

「就妳多心，」汪懷善笑了。「她願意著呢。」

「她也是歡喜你的。」張小碗低頭看著手中的帕子，淡淡地道。

「我知。」汪懷善說到這兒，朝張小碗靠近道：「妳放心，妳的兒子不是會辜負自己妻子的人。」

張小碗不禁笑了。

汪懷善看到她笑，輕吁了口氣，懶懶地躺在椅子上，感慨地說：「現如今想來，也不能說她不對，她畢竟是木府的姑娘啊……」

這點張小碗倒不以為然。「這點她要是想不明白，當初她就不應該嫁給你。」

汪懷善笑。「娘妳這可錯了，妳想得明白的事，不是誰都能想得明白的。」

張小碗默然。

「就這麼過吧。妳也別太寵她了，她是善王妃，是妳的兒媳，該她的就給她，不該她的，她遲早也得認清。」汪懷善淡笑著道。

「你父親與你說什麼了？」張小碗看他。

汪懷善笑，又湊近她，朝她擠眼。「您怎又知？」

見著他的笑臉，張小碗忍不住問道：「不傷心了？」

「不傷心了。」汪懷善搖頭，隨即笑容褪去，認真地說：「娘，我想清楚了，沒法比的，我見過這麼多人，母親為孩兒豁出去命的多，但為夫君的卻少，我不該如此去要求如珠。她不如我的願那麼中意我，這不是她的錯，只是我想得太多。想來，想明白了，我不傷心了，也不怪她，她要是願意跟我好好過，我還會待她如珠似玉，我還是歡喜她。」

他父親說，他娘還想教他的妻子認清現實，開導她，帶著她走一段路，但汪懷善卻是不願意她如此了。

他娘該對兒媳好的已夠好，教得太多，就如她給的婆子一樣，他的妻子不領情，那也是糟蹋了他娘親的心意。

她是他選擇的妻子，是非好壞得他來處置，不能再讓他母親為他費心了。

「妳就讓我們自己過吧，孩兒知道怎麼過。」汪懷善看著一臉沈思的張小碗，笑道。
張小碗看他沈穩的眼神，輕嘆了口氣，點頭道：「我知道，你也大了。」
「娘……」汪懷善看著她，眼神平靜。「妳知道的，孩兒的心沒那麼小，緩過來了就好了。」
「嗯。」
張小碗輕應了一聲，低下頭輕輕地道：「世上之事，不如意者十之八九，看開了就好，切莫因小失大。」
男女私情固然重要，但情愛只是一時的情熱，易逝得很，總有一天會因為一些原因消失、淡去，誰都要面對。
聽這口氣，想來她的大兒怕是熬過了這場失戀。
他對以後的日子也有了打算，那便就這麼過吧。
她不能再插手他的日子了。
他是她的兒子，這不假，但同時，他已是一個頂天立地的男人，他的掌控慾比他的父親差不了多少，她不能仗著他對她的感情去影響他。
若是如此，她不過是仗著母子之情在向他索取。她做不到同別人一般，便只有順著他。
孩子大了，便自有他的想法了。

「姥姥！」

早間婆子走後，木如珠還有所忐忑不安，哪怕昨夜夫君的剖白讓她淚如雨下，但她還是不信他，不信他的心是偏著她這邊的。

但這日午間，夫君身邊的貼身小廝請她去主院用午膳，木如珠便不由得欣喜了起來。她穩步進了姥姥的房，等身邊的丫鬟退下後，她才歡喜地低叫了她一聲。

和姥姥慢慢地睜開了眼，喘了幾口氣後，才輕聲地道：「什麼事？」

「他心裡是真有我的。」木如珠說罷笑了，眼睛裡流出了眼淚。她笑著輕拭了臉上的淚，穩了穩心神，在姥姥耳邊輕輕地把昨晚及今早的事都說了出來。

「您說，到底他還是知道了妻子與母親的不同，是嗎？」木如珠微笑著道。

和姥姥閉了閉眼，才道：「妳該尊敬她。」

「我尊敬她！」木如珠非常篤定地道。

和姥姥慢慢睜開眼，看了她一眼。

「我真的尊敬她。」木如珠淡淡地說：「可是，她這般年紀了，不該連兒子的鞋襪都要插手。公公還在，她就算是想照顧人，那也該是照顧公公。」

她的虎君老說他的母親是個大器的人，不是一般婦人，她確實也知道她不是一般婦人，但不管他的母親如何不一樣，她不該在千里之外，還影響著她木如珠的日子！

她是善王妃，是善王府的女主人，而不是她。

一日、兩日，她還尚可忍受，時間久了，誰不得發瘋？

她那般愛他，他是她的夫君，是她木如珠一人的夫君！

「妳傷了他的心，該好好安撫。」和姥姥又閉上了眼睛，慢慢地道。

她老了，快不行了。上次為了族人，她以為憑著他們的恩愛與肚子裡的孩子，能拖得了善王一時。

只須一時，他們的族人便能把那無窮的財富移走一部分，他們靠著這些財富，以後不知能養活多少的兒女。

只是，她還是看錯了大鳳朝的虎將。他殺起來時，只往前進，不會被任何人拖住腳步，一步也不會。

她認清了，可她的小金妹還沒有。

「我會。」木如珠深吸了口氣，摸了摸自己的肚子，不由得笑了。「姥姥，您摸摸。」

她笑著拿過和姥姥的手，撫在了自己的肚子上，嘴角翹得很高。「姥姥，我說過，該是我的，就全是我的，您放心就是。就算是一時錯了，我也能奪回來、補回來，以前如此，以後也會如此。」

她知她過於貪心，但她也不是不對他的母親好，只要他的母親當個像樣的母親，她便會好好地尊她、敬她。

說來，她不爭不搶，怎會有現如今的日子？

如若不深究，只當是個一般媳婦，木如珠也是個好的。舉止溫婉大方，進退得宜，張小碗早晚見她兩次，也跟她說說話，倒也覺得算好。想來，懷善與她不能鶼鰈情深，至少也能相敬如賓。

與懷善談過後，她便也隨木如珠去了。她原本還想冷著這個兒媳，教她取捨，但說來也如汪永昭告知她的意思那般，她給出去的，她這個是王妃的兒媳不一定覺得好，反倒弄巧成拙，如先前幫她找的婆子一樣，反覺得她多事。

現與她這兒媳早晚半炷香的時間處著，兩人皆款語溫言，偶爾懷善帶她過來用膳，夫妻倆看起來也很是恩愛。

膳桌上，張小碗不再說那些以前當著兒媳也會說給家人聽的話，只勞神著汪永昭與兩個小兒，自不去管這兩小夫妻。

劉三娘六月底下葬後，七月初頭，漠邊的天氣甚是炎熱，木如珠這日在他們的院子裡突然昏倒，黃岑過去一把脈，說是胎兒已有三個多月了。

「三個多月了，這身子還康健得很。」汪杜氏聽到消息，過來與張小碗笑著道。

張小碗笑著拍了拍她的手說：「妳莫說話，讓我算算。」

算來，這應該是打完仗回京的路上懷的，外祖母的喪信那時還未傳過去。

見張小碗低頭沈算的樣子，汪杜氏回過手拍了拍她的手背，不以為然地道：「您莫怪我冒犯了親家的老太爺、老夫人，說來，便是在老太爺葬後懷的又如何？這隔著千萬里之地打著仗，誰知道家中出了什麼事？這孩子懷了是喜事，您莫要想著外人怎麼說了，不須操這個心。」

張小碗聞言笑笑。

萍婆子給汪杜氏重斟了一杯茶，笑道：「夫人小心慣了。」

「現如今用不著這般小心了。再說了，善王妃也是個有本事的，她還怕得了誰人說？」汪杜氏說罷，又喝了口茶，起身淡淡地道：「我代您瞧瞧善王妃去，看她身子骨兒如何了。」

「去吧，勞妳替我走一趟。」張小碗搖了搖頭，用眼神示意汪杜氏，到時說話婉約點。

汪杜氏笑著點了點頭，朝她福了福身，便帶著貼身婆子走了。

路上，婆子與汪杜氏輕聲地道：「這喜事，大夫人也不瞧上一瞧？」

汪杜氏掩帕輕笑，未語。

讓善王妃先在她這個嬸子面前逞逞威風就好，至於想在婆婆面前用她那點可憐的小心計，這輩子就甭想了！

她也不想想，她這婆婆一路鬥過來，什麼時候真吃過虧？她一個小輩，在殺伐決斷一生的婆婆面前玩那小心思，她看著都想笑。

都懷上三個多月了，她當這都府裡的人全是傻的，沒人看出來呢！

不過是上面的那兩位懶得發話，隨她去玩著罷了。

木如珠的肚子先頭幾天不舒服得緊，張小碗派人送了幾次藥材過去，在第二天時去看過她一次，細聲慰問了幾句。

木如珠拉著她的手，流著淚地說了好半晌的話，說總算沒有對不住汪家。

張小碗又輕言安慰了她幾句，讓她寬心養胎。

這日瞎眼大夫過來與她討菜吃，吃罷就對張小碗毫不客氣地說：「看著妳心是最慈的，卻也是最狠的。」

「當娘難，當婆婆也如是。」老大夫的話不客氣，但他算來也是長輩，還盡心教導著懷慕，張小碗便也不以為意，溫和地與他說道。

「孫子也不親了？」

「唉，想親，可也得人家給我親才成。」張小碗笑了笑，給他斟了杯茶，細心地吹了吹後，放到他手心裡，才溫和地接著道：「兒孫自有兒孫福，還是看開點好，他們的日子由著他們過吧。」

「妳倒想得開！」老大夫哼了哼。

先說她心狠，又說她想得開，張小碗哭笑不得，只得道：「還能如何？這日子得過下去啊！」

老大夫哼了哼，喝罷茶後，又從袖中掏出兩個瓷瓶，道：「補氣的，吃著玩吧。」說罷就高聲叫小廝扶他回去，扶到門口，老頭兒嘴裡還嘀咕了一句。「這五花肉沒前兒個吃的香，嫌我著的太多，就給我壞的吃，真真是個壞心腸的！」他吃罷，還要說兩句嫌棄的話才走。

他走後，收拾碗筷的八婆都樂得笑出聲來，側頭與張小碗笑道：「您可別再依著他了，越依著脾氣越大。」

「刀子嘴、豆腐心罷了。」張小碗搖搖頭笑道。

八婆便也點了頭。

「叫丫鬟來收拾吧。」張小碗伸出手拉了下她。「妳坐著歇會兒，等會兒去府門口幫我看看，看老爺領著三個公子回來沒有？」

「哎喲！」八婆一聽，一看天色。「又快酉時了，這時辰怎過得這般快？」

說罷，也不管張小碗說何話，去了門口叫來丫鬟，看著她們把碗端了下去，把桌子、地面擦了，才朝正在做著手中針線活兒的張小碗道：「我去叫七婆過來，就去門邊看著。」

「嗯。」張小碗點頭。

善王一進府，就先回了自己的院子，看了看王妃，見她躺在榻上正看著書，便笑道：「少看些書，莫看壞了眼睛。」

「你回來了！」木如珠一見他，便急忙下了榻。「可有熱著？」

「沒有。」汪懷善笑著搖頭。「妳呢？」

「我在屋中，還有冰盆置著，哪能熱著？」木如珠扶著肚子走近他，接過丫鬟手中的溫帕，為他拭臉。

「那就好。要是還熱，便讓人再去冰窖多取兩盆。」

「知道了。」說到這兒，木如珠笑著問：「你可去娘親那兒請安了？」

「未曾。」汪懷善笑著道。

聞言，木如珠忍不住翹起嘴角，眼睛裡滿是歡喜。「那我與你一道去。」

「不用去了，」汪懷善摸了摸她的肚子，笑道：「我跟父親說了一聲，我明天一早去多磕個頭算是補了，今兒個晚膳我就陪妳在院中吃。」

「父親可是答應了？」木如珠抬臉，笑著隨意問道。

「嗯。」汪懷善點頭，接過她手中的帕拭手，又笑著與她道：「坐著去吧，莫累著。」

木如珠笑著嬌俏地白了他一眼。「哪有這麼嬌氣！」

汪懷善輕笑了一下，輕拍了拍她的臉。「去吧。」

家中懷慕雖尚未及十歲，卻已有相識的官眷來說親了，有時遇到懷慕，當著張小碗的面就會打量懷慕不休，懷慕先頭兩次似有些害羞，再後來卻也是坦蕩大方了起來。

說到親事，張小碗訝異懷慕的坦蕩，她與他提過一次，懷慕竟落落大方地說：「只要娘看中的，溫婉可人的就好，孩兒會歡喜她的。」

張小碗回頭，夜間就與汪永昭納悶地道：「懷慕已想娶媳婦了。」

「怎地？」

張小碗說罷白天在庫房中懷慕與她說的話，汪永昭便翹起嘴角笑話她道：「是妳提起，他當妳想要，便如了妳的意，妳還說他？」

張小碗聽著嘆了口氣。「我哪是想要？我還想讓他去看看，看歡喜哪家，哪料他這話一出，我的話都憋在肚中了。」

「他不是懷善，他的婚事，妳一人作主即可。」汪永昭淡淡地道。

張小碗抬頭看他，看了兩眼，就又趴回他的胸口嘆氣。

「嗯？」汪永昭摸她的耳朵。

「孩子越大，越不知怎麼辦。」張小碗搖了搖頭，想了一會兒道：「我定要想個法子，好好跟他們相處才成。」

懷慕太乖，她說什麼就是什麼；懷仁太壞，明著順她的意，暗裡就溜，回頭怎麼訓都訓不怕。

看她話說得甚是認真，汪永昭便笑了，輕順著她的背笑道：「孩兒太乖妳不願，太調皮妳也不願，誰知妳心中是怎地想的？」

明明是一切原因的源頭，他還說出這等話！張小碗只能低頭，當作沒有聽到這話。

邊漠十月進入冬天，張小碗讓木如珠早間就不用過來請安了，免得冷著了身子。

因著木如珠的身分，節鎮的官眷也一一都來探望過木如珠，但請過了安，來過一次便也不來了。

木如珠叫丫鬟請過一次嚴夫人，嚴夫人來了，性情爽朗的她與性情同樣開朗的木如珠確也是談得來，慢慢地，別家的夫人有空來與張小碗請安，便也會過去與善王妃說得幾句話，一時之間，善王妃也跟眾位夫人處得甚是不錯。

如此，等到這年過完，正月二十五日，木如珠為汪懷善生下了兒子，汪岳。

三月，超過丁憂時間的汪懷善才終於帶了王妃、世子回京。

他們走後，都府無甚變化，不過節鎮裡的官眷卻是鬆了一口氣。

四月，汪永昭帶張小碗去滄州，路過別莊，張小碗下馬車看了楓林幾眼，欲要上車時，有婢子遠遠跑過來，朝他們見過禮後，婢子提著手中的花籃與張小碗笑道：「我家公主說，您去年過年送來的羊肉甚是美味，那幾種顏色的布料，她看著也歡喜。她也沒有什麼太好的回送給您，就剪了幾朵親手栽的花，送給您過過眼。」

張小碗笑著讓婆子接過，笑問了她幾句婉和公主的身體，婢子答甚好，她便上了馬車離去。

她走後，站在山頭花海中的婉和看著那遠遠離開的馬車，彎腰抱起身邊的孩兒，柔聲與她道：「如果有一天，京中有人來接我們了，順路經過沙河鎮時，娘親帶妳去拜見那位和善的奶奶，妳看可好？」

「她就是外祖母的好友嗎？」

「是呢。」婉和笑著與她道：「她與妳的外祖母一樣，甚是歡喜乖巧聽話的孩子，也定是會歡喜我們樂兒的。」

「嗯，樂兒乖！」小女孩重重地點了下頭，用柔軟的雙唇親了親她的臉，雙手掛上她的脖子。「樂兒聽娘的話。」

婉和便輕聲地笑了起來，抱著她慢慢地往山下走，神情溫柔。

她要好好活著，讓她的女兒能依靠她。

汪懷善奉旨從東海監察回來，又在皇宮待了幾日，才匆匆忙忙出宮，趕上了義兄龔行風的生辰。

當晚兄弟倆與麾下眾將舉杯共飲，汪懷善在銀虎營中醉了兩日，總算回了王府。

他白日進的府，先進了書房找來留在府中的師爺與管家，待問過府中這幾個月的動向，問來王妃治家有方後，他笑了笑。

待他回到後府，木如珠抱著兒子，眼睛微紅。「都等你幾日了，怎地今日才回？」

汪懷善輕「嗯」了一聲，朝她一笑，抱過她手中的兒子仔細看了又看，見他閉著眼睛沒回應他，他心裡有點可惜之意。

也不知，日後這孩兒與他親不親？

「快回房吧，熱水已備妥了。」見汪懷善只是笑，木如珠仔細地看著他，嘴裡說道。

「好。」汪懷善伸手摸摸她的臉，溫柔笑道：「這段時日辛苦妳了。」

說罷，又看了兒子幾眼，把他抱到他請來的奶娘手裡，提袍起步。

「我沒有，倒是你在外面辛苦了吧？」木如珠搭上他的肩，嘴唇微嘟，似有些不滿。

汪懷善笑看她一眼，搖搖頭，沒有言語。

他一言不發，木如珠狐疑地看了他幾眼，見他是真不與她說話後，她收斂起了身上帶有抱怨的嬌嗔，安靜了下來。

她親手與他沐浴，共浴時，見他閉眼無歡愛之意，木如珠的眼也冷了下來，慢慢地，心中有了一絲慌張。

「孩兒夜間鬧得很，你今日才回來，想來會吵著你，可是要把他抱到奶娘房裡去睡？」與夫君穿衣時，木如珠輕柔地問。

「不必了，我喜鬧。」汪懷善看她一眼，又看了看她手中那條不知是哪個針線婆子手裡出來的腰帶，淡道。

見他還是那般心喜小兒，木如珠安了點心，看著他溫柔地笑著說：「你在外面累著了吧？看你什麼話也不想說。」

「還好。」汪懷善不太耐煩她這種婆媽，自己伸手繫好了腰帶，大步往前，朝護衛道：「讓管家上膳。」

他去了堂屋，坐下一會兒後，木如珠來了，懶懶躺在椅子上等下人擺膳的汪懷善睜眼看到是她，朝她伸手輕笑說：「來了？」

「是。」料不準他的喜怒哀樂，木如珠安靜了。

「用膳吧。」汪懷善摸了摸她的手，讓她坐下。

待用完膳，汪懷善帶了半天孩子。汪岳是個乖孩子，醒來了也不哭不鬧，汪懷善左看看、右看看，逗弄他半晌，一人跟小兒玩得不亦樂乎，哈哈大笑了幾回。

見他笑得多，坐在一旁的木如珠也笑了起來，那一直在看著汪懷善的眼睛也不再那麼小心翼翼。

他怕是疲了，才這麼冷淡對她。

六月，京中有太監來接婉和公主回京，有人替婉和公主送來拜帖，張小碗還真是訝異了一番。

「見吧。」汪永昭夕間回來，聽她一說，一點也不奇怪。

「這……」張小碗用眼神詢問他。

汪永昭揮退了婆子，才淡淡地道：「皇上已應允了我，誰也不能掃妳的臉。」

張小碗看他一眼，拿過他的手包在雙手中，垂眼笑道：「都老夫老妻了，還得勞您為我費心。」

見她又是花言巧語，汪永昭冷哼了一聲，但到了夜間就寢，還是與張小碗脖頸兒交纏，身體廝纏了一陣。

隔日上午公主來府，張小碗在主院門口迎了她，還見到了她的女兒司馬樂。

「汪夫人，小女樂兒甚是乖巧，妳抱抱她吧。」張小碗見了半禮，婉和公主就扶起她，笑著道。

見她開門見山就說這句，口氣還甚是溫婉可人，張小碗不禁抬頭看向她。見婉和公主對她笑，她便也笑了。

她彎腰抱起司馬樂，笑著輕柔地問：「幾歲了？」

「碗奶奶，樂兒四歲了。」司馬樂輕聲地回道。

張小碗早知她是怎麼生下來的，當年婉和公主來信求她，為的就是肚中的孩子。

「四歲了呀……」張小碗低頭笑著看她如花一般的臉，抬頭與公主溫和地說道：「她長得像您，甚是美麗。」

婉和公主聞言一笑，伸手抱過女兒下地，牽著她往前走，嘴間與張小碗微笑說道：「脾氣切莫像了我才好，要不都不知得多吃多少苦頭，到時我這當娘的，都不知會心疼成何樣？」

聽到這話，張小碗心中一愣，嘴上卻笑著與她道：「您定是能護好她的。」

婉和公主未語，快走至堂屋前時，她才笑道：「但願吧。」

在屋中不冷不淡地說了幾句話後，張小碗留了婉和公主用膳，公主也應了下來。膳後，公主欲走，張小碗把備好的什物帳冊給了她，嘴裡輕道：「沒什麼好給您的，知您上京之後什麼都不會缺，就只備了一點小禮物，請您莫嫌棄。」

婉和打開帳冊，看著那上百件的禮物，她笑著輕撫了額，好半會兒，她垂著眼睛看著帳冊笑道：「我領妳的情了。」

都道汪節度使夫人會做人，婉和這才是第一次親身體會。

這禮單裡，有大半數都是她回去後要拉攏人時用得上的。

她這時抬眼朝張小碗笑道：「母后九泉之下也定會知，妳是念著她的。」

張小碗萬萬沒料到她會說這話，見她如此說道，思索了好一會兒，才說：「您這一回去，怕是與人往來也會甚多，如有累煩之時，想來也是想出去躲躲清閒的。我在那山下之地有一處莊子，地方隱密，就是簡陋了些，如若您覺著不嫌棄，臣婦還想把那處宅子借您偶爾歇歇腳。」說到這兒，她抬眼看向公主。

婉和會意，她知張小碗是在給她備後退之所。

這時，還有人願對她釋出好意，她哪還有不受之理？

奶娘生前跟她說過，她母后與這汪夫人的情誼不只表面那麼簡單，那時她覺得可笑得很，她母后一年能見這婦人幾次？都不召來身前說話的婦人，這情誼能從哪兒來？

只是，在經歷過那麼多的污穢後，她已知，惡會裹了那萬般的蜜從四面八方而來，而那真情與那真相一樣，都會深深地掩藏在誰也看不到的角落，因為有人在保護它，有人在粉飾它，無幾人能真的覷知原貌。

張小碗送了她到門口，婉和抱著女兒，看著張小碗柔和的笑眼，她頓了頓，輕聲地問道：「妳還記得我的母后嗎？」

「記得。」張小碗看著她，笑著輕點了一下頭。這次，她連猶豫一下也未曾。

婉和平靜地微微一笑，朝她道：「我也記得。」

她抱著女兒上了馬車，掀簾再看她時，她看到了張小碗眼中的淚光。

布簾放了下去，她溫柔地抱著懷中已入睡的女兒，輕柔地吻了下她的額頭，笑嘆道：「黃粱一夢二十年啊……」

說話間，她眼角的淚水無意識地掉了下來，就在快要落到女兒的臉上時，她猛地抬頭，並把眼眶裡的眼淚眨了回去。

「母后、奶娘，婉和對不起妳們，對不起啊……」婉和抬頭，閉著眼睛無聲地哭了起來。

七月，邊漠的盛夏又來臨了。懷仁天天與父親出去，張小碗便帶著懷慕教習算帳之術。她甚是為二兒子的認真苦惱，怕他習太長時間東西，腦子辛苦，便時不時放他出門轉轉。

但懷慕從小就在節鎮長大，哪處他沒去玩過？待張小碗一走，他就又回過頭繼續學習功課，把張小碗給他的算盤撥得喀喀作響。

沒得多時，便有下人來報，說二公子又回書房了，張小碗只得親自去提人，親自帶著二兒子在院中散步、聊天。

懷慕尤喜與她說話，聽她講一些他從沒在書中看到過的故事，哪怕是聽她講院中的花草，也聽得甚為認真。

有時要是有張小碗都不認識的花草，他定也會去尋了書、問了人，改日再來告知張小碗。

到了夕間，懷仁回來，嘰嘰喳喳問著二哥今日幹了什麼，懷慕習得一天的功課，又從張小碗那兒聽得那麼多事，還與她走過那麼多路，自然有很多話要與他說，兄弟倆便會在他們娘親伺候父親洗漱時說個不停。

而懷慕管理家中銀錢這事，張小碗這日在懷仁就寢時，仔細與懷仁說了個中原因。

懷仁聽他娘親說，二哥知他手腳大方，怕來日無錢讓他過活，日後無銀錢行軍打仗，便親自管理帳房，好讓他與他的兵衣食無憂。當下懷仁聽得感動不已，那晚便去了他二哥的睡房，還抱了他的胳膊肘子睡了一晚。

懷慕知情，第二天來與張小碗請安時，滿臉無奈，當下輕聲說：「娘親，孩兒知道妳想讓懷仁敬愛我，但妳以後切莫這麼說了。」

是他尤喜這帳房、醫術之事，才讓弟弟代了他的武職。

汪永昭在旁聽到他這話，便朝他道：「過來。」

懷仁此時身貼著門在練頂功，這時嬉笑了一聲，便一個翻空躍到了父親身邊，聽二哥說完後，他便朝娘親搖著頭笑道：「孩兒又被妳騙過去了。」

「哪是騙？」張小碗笑，這時汪永昭朝她瞪眼，她便朝他眨了眨眼。

汪永昭見狀，臉上有些惱怒之色，嘴角卻翹了起來，心中根本無訓斥之意。

他也知，這婦人是在用她的方式教他的兒子，讓他們知道什麼叫做真正的親如手足。

汪家家中和睦，張家那邊，小寶、小弟的兒子有幾個跟在了懷仁身邊，張小碗便讓他們不忙時來見見她，與她說上幾句話。

小寶媳婦、小弟媳婦也常來看她，張小碗聽著她們說侄子們的事，時不時補幾句，想讓他們書唸好，這武也不斷下。

為著侄子們，張小碗又請了位先生去了張家，張小寶也知他們大姊的意圖是想讓家中那幾位出色的兒子能成大器，便也是費心栽培著那幾個出色的張家兒子。

小弟向來是個悶頭的，對媳婦也好，對兒子也好，都是話說得不多，但事情卻是做得最多的。自他的兩個兒子憑自身本事當了汪家軍裡的隊正，手下能管二十人後，夏天就擔水去看兒子們練兵，冬天便擔稀飯去看兒子們練兵，為著此事，他今年都不往南邊那邊跑商了，最遠的不過就是去趟大東。

張小寶為此訓過他幾頓，但他自跟著小弟也去看過兩回，知道自家兒郎的威風後，自知以後他們的出息就不像他們了，心下也感慨良多。

十月，汪懷善來了邊漠，這幾個月間，汪家軍陸續回了節鎮，京中也無大事，汪懷善便尋了個名目，請令去邊漠。

千重山正在大建，小弟年幼，大弟聽說已管帳房之事，但汪懷善還是想回來幫一把，把父親的大鎮建完再說。

有他在，大夏那邊也能安寧一些，容帝便允了他的請求，讓他過來。

這天帶著龔行風到了都府，汪懷善一進門就對義兄笑著道：「我看你以後跟我住在我院子裡行了，別另置他處了。」

「聽你這口氣，你就不怕乾娘訓你這般年紀還沒規沒矩？」

「她哪會。」汪懷善笑出聲。

龔行風搖搖頭，搭著他的肩進後院。

一進院，等走到門邊，就聽到廊下那秀美的婦人朝著他們笑道——

「我早就聽著你們進鎮了，現下才來，真是討打。」

「我帶兄長見父親去了。」汪懷善見到她，嘴角不由得翹起，大走幾步過去就跪下。

「見過娘親，孩兒回來了，妳可是想我了？」

「見過義母大人。」龔行風緊隨跪下。

「去洗手吧，坐著喝杯水，等你們父親回來。」張小碗看著兒子、義子全都巴巴地看著她的眼神，不由得笑著搖了搖頭。

等他們一左一右陪伴她進堂屋時，她偏過頭看著懷善，問他道：「岳兒呢？」

「王妃帶著呢。」

「你此次待到何時才回？」張小碗不由得轉過了臉，看著地上，嘴裡輕問道。

「過完年吧，現也不知，得再看。」汪懷善淡淡地回道，眼睛眨也不眨地看著她的側臉，怕她生他的氣。

「嗯。」張小碗點了點頭，抬頭朝他溫和地道：「你心中有數就好，莫委屈了自己。」

汪懷善便笑了起來，與她道：「知道了，妳就放心。」

龔行風這時忙插話道：「乾娘，我們給您抬了幾箱從東邊尋的寶物，您看到了沒有？」

張小碗聽到這話，「哎」了一聲，撫眼笑道：「哪尋來的刺眼睛的東西？看得我眼疼。」

龔行風一聽，立馬手指汪懷善。「是懷善！」

汪懷善哼笑了一聲，伸出手，越過他娘，大拍了一下義兄的背。

龔行風被他打得背部劇烈疼痛了一下，當下只得忍著痛又道：「好吧，乾娘，刺眼的都是我尋的，不刺眼的都是他尋的。」

「哈哈……」汪懷善這時大步走到龔行風身邊。「還是我義兄夠義氣！」

看著他們笑鬧，張小碗瞧得仔細，見懷善的笑爽朗，真無陰霾，這才放下了點心。

孩子是她帶大的，是不痛快還是痛快，她還是看得出六、七分的。

這世上的事便如此吧，誰人真能凡事順心如意？

對於夫妻之間的事，他能坦然面對便是最好，她不能在這當口要求他做更多了。

剩下的是好是壞，留給歲月慢慢再告知他，他自己慢慢過吧。

汪永昭膳後便帶兒子們回前院，前行時龔行風本是猶豫了一下，見汪永昭朝他看來，他便笑著跟了過去。

「過來。」走至廊中，汪永昭朝龔行風輕揚了下首。

龔行風彎腰快步到了他面前，往前拱手。「將軍。」

「明年三月上任？」

「是。」

「可有變數？」

龔行風苦笑。「怕有變數。懷善說帶我來與您商量一下，末將這便就來了。」

「那再等兩個月看看吧，無甚大礙，就召令兵卒啟程。」汪永昭看向他道。

「末將遵令。」龔行風得了他的話，這才真放了心。

他這裡，不是皇帝攔著他不去東海上任總兵，而是朝上有人攔著。奈何他多年行軍打仗，孤父在朝中又官小位低，朝中之事找不到人幫忙。還好懷善能幫他，拉他一手，另他有行軍之事請教汪永昭，這才厚著臉皮過來了。

龔行風見他的話說完，不敢再擾父子四人，便拱手道：「末將先行退下。」

「去吧。」汪永昭輕頷了下首。

等他走後，汪懷慕不解地問父親。「您也要用他嗎？」

「不是如此。」汪永昭輕撫了下他的頭，低頭溫和地與小兒解釋。「他是你兄長的義兄，便也是你們的義兄，他在東海，有這交情在，以後有什麼事，你們便也好行事。」

「嗯。」汪懷慕想了想，便笑道：「娘親說，往東邊的地方她還未去看過呢，說日後我要是能去看上一眼，能告知她幾聲，她定在夢中都會笑醒。」

汪永昭聞言，微愣了一下。

這時汪懷善一聽，嘴裡嘀咕了一句。「我去過，怎地不問我？」這時，他看到汪永昭朝他冷冰冰地看來，便立馬說：「我是去過，您且等等，我這就去告知娘一聲！」

說罷，沒跑得多遠，只跑了兩步，就被汪永昭取過護衛腰間的馬鞭，狠狠朝他抽去。

汪懷仁見狀，眼睛都亮了，湊到二哥身邊格格地笑著道：「我看爹爹是想教訓大哥得不得了！你可不知，日間在營裡，大哥都是被他踢了一屁股滾出來的，也不知所為何事。」

看著唯恐天下不亂的小弟，汪懷慕不由自主地輕嘆了口氣。「你莫這麼壞，娘親知道了，又要愁得飯都著不下了。」

汪懷仁一聽，連連擺手。「你可莫聽她的，她最會哄人了。」

十一月間，汪懷善收到了京中來信，看過後便讓侍衛放到火盆中燒了。

龔行風那廂拿了他收到的信過來，正好看到他盆中的信，與他笑道：「你家那個王妃可真是厲害，我家那位夫人都被她收服了。」說著揚揚手中他那夫人為王妃說話的信。「你要看嗎？」

汪懷善好笑。「我看做啥？」說著就垂下首，把公文掩上，與龔行風笑著道：「晚膳我娘給我們煮羊肉煲吃，你便來吧。」

「好。」龔行風點了點頭，這時他正了正臉色。「我中旬上路，你有何要我帶回去的沒有？」

「給岳兒帶條長壽鎖回去吧。」汪懷善想了想道。

「你就不把他帶回來養？」龔行風忍不住問道。

汪懷善搖了搖頭，手指輕敲了下桌子。「還要等幾年。」

「你的意思是……」

「三歲看老，差不多到三歲就能知道，他是不是我汪家兒了。」汪懷善勾起嘴角淡笑道：「說來，岳兒到時就是與我親，我甚歡喜他，屆時帶到這邊來養，我父親那裡怕也是過不了的，岳兒已入不了汪家的譜牒。」

「汪大人就這般不想要他？」龔行風輕「嘶」了一聲。

「怕是死了，他都不會眨一下眼，更別說要讓他當汪家的長孫，繼承汪家了。」汪懷善嘴角微翹，似笑非笑地嘲諷道。

「那你想如何處置？」

想著義兄此次一去，以後也是相隔數萬里，怕是幾年也難得一見，汪懷善想罷，便緩了嘴角笑容，與兄長實話道：「要是無大礙，便把我的封地給他，汪家軍這邊，岳兒是碰不著一根手指頭了。木氏在府裡如此放肆，不顧母親的威儀，在她的眼皮子底下把她自個兒當府裡的正主子處之，父親沒殺了木氏，已是看在我是他長子的分上了，就是長孫又如何？先前便是在他的府中生下的，他都未曾看過一眼。」

可惜如此明顯了，他的王妃卻還以為只要他是善王，她的兒子便能享盡榮光。

「那你便休了她，再娶一妻吧？要不，請皇上下旨？」龔行風揚眉道。

汪懷善搖頭，沈穩笑道：「不至於如此。木氏是我的妻子，只要她別不守婦道，她便是我這輩子的妻子，擱在京中就是。」

「可妾室生出來的兒子，汪大人怕也是不歡喜吧？」龔行風搖頭道。「我看你那兩個庶弟，他都不甚歡喜。」

那哪是不歡喜？那是厭惡至極！要是不小心被汪大人碰到看一眼，他那兩個庶弟能嚇得尿褲子。

汪懷善對於他這個父親的冷酷無情，現如今也是無話可說了。

想想，他對自己的親生兒子都如此，不認他的孫子，也沒什麼不好想的了。

「納妾？」汪懷善搖頭。「算了，不能再誤別的女子了。」

「隨你吧，」龔行風無奈。「我看你乾脆出家當和尚得了！」

汪懷善聞言，拿起桌上的硯臺往他砸去，嘴裡笑道：「你納的那幾個妾，叫什麼名兒怕是現下都不記得了，納來花你的俸銀啊？」

「人多熱鬧嘛！」龔行風躲過，嘴裡笑著說：「我出門打仗，她們也多個人吵嘴不是？」

「唉……」汪懷善笑嘆。「等你回去住了，你就頭大了。」

「這有什麼？」龔行風淡淡道。「你當世上的女子都像你家王妃，那腳一抬，誰的頭都敢踩啊？」

汪懷善聞言，笑意從嘴間褪盡，良久後，他才與龔行風淡淡地說道：「久了，就知厲害了。」

第四十九章

這年過年，汪懷善留在了沙河鎮。

大年三十那天，卯時，太陽剛從天的那邊冒出來，整個沙河鎮就被籠罩在了一片金碧輝煌之中。

大年這天不用晨起練武，昨晚與大哥一起睡的汪懷仁醒來一會兒後，嘟嘴抱怨自己睡得骨頭疼，卻一躍而起，跳到了正在穿衣的兄長背上。

「莫要鬧。」汪懷善哈哈大笑，伸出一手穩住他的身體，生怕摔了他。

「那你一會兒跟我去打獵不？」汪懷仁格格笑。

「今天過年，要待在家中，改明兒再去。」

「那還不定要多少天呢！」汪懷仁可沒那麼好騙，狡猾得很。

「去雲、滄、大東拜年時，就帶你去山中轉，那邊的大山比我們這邊的還大。」

「不，我要去千重山！」

「好，就千重山！」汪懷善依著弟弟，笑著點頭。

「嘿嘿！」汪懷仁見達到目的，才滑下了他的背，赤著腳到處找鞋穿。

怕冷著小弟，汪懷善衣裳也沒穿了，替他找好鞋襪，便先替他穿了起來。

汪懷仁不像二哥那般凡事親力親為，他很是享受著大哥的幫忙。他在榻上用手支著身體，把腿搭到他大哥腿上，跟幫他穿襪的大哥用滿不在乎的口氣道：「娘見著了，準得揍我！」

「還揍我！」汪懷善壞笑。

「對！」汪懷仁遇到知音般，連連點頭。「爹還順著她，真真是個心狠的！」

「可不是？」汪懷善深有體會地點頭。

兩兄弟一致埋怨過爹娘後，汪懷仁又道：「大哥，你那個王妃不是個好的，待我以後能帶兵打仗了，等我殺去京都，為你娶個好的！」

汪懷善為著小弟與他相似的口氣愣了一下，揉了揉自己的肚子忍了下來，這才沒讓自己笑出聲。

「這個二哥肯定得給我銀子！」汪懷仁說到此，眼睛又骨碌碌地轉了起來，心想著一會兒得弄個調虎離山之計，去二哥那兒偷點銀子花花。

自從他們娘親讓二哥管他的銀錢後，他那個死腦筋的二哥就把他的零花全管死了，連多買根糖葫蘆串都要問了又問，真真是煩人得很哪！

「又打什麼鬼主意？」給小弟穿好鞋襪後，汪懷善拉他起身，給他穿裳。

「嘿……沒。」汪懷仁壞笑，等大哥替他穿好裳後，他坐在椅子上等大哥穿衣，再一起去娘那邊洗漱。

出門時，見外邊天冷，汪懷善又給汪懷仁穿了一件狐披，汪懷仁看了看身上的披風，與威風凜凜的大哥身上的一樣，這才沒有扯開。

他不怕冷，才不須多穿一件，但看在大哥與他著同樣衣裳的分上，便不扯了吧！

「別跳，別使壞。」汪懷善手扶著弟弟的後腦勺，帶著他往前走，嘴裡叮囑道：「今天是過年，你要是不老實，小心被娘關起來。」

汪懷仁轉了轉眼珠子，想了想他娘的心狠手辣，咬了咬嘴唇，不得已地點了點頭。算了，他就不偷二哥的銀子了，也不帶表哥們去嚴判官家偷嚴夫人養的雞了。

「娘！」

「娘！」

一大一小兩個聲音傳來，正在給汪懷慕仔細束髮的張小碗忙轉過頭，對坐在椅上的汪永昭說：「快叫他們進來。」

汪永昭還沒答話，汪懷善與汪懷仁就已進了內屋。

早上陽光好得很，張小碗已打開內、外屋的所有窗子，這時屋內也是一片陽光明媚，連鏡中的人照出來都帶著耀眼的神采。張小碗見著鏡中那溫文爾雅的二兒子，內心本已是欣喜不已，這時回頭見著站在金光裡，恍若身上都散發著光芒的大兒、小兒，滿臉的笑讓她眼角的細紋都露了出來。

「快快過來，懷慕這就好了！」張小碗忙說道，又自鏡中看著二兒子，輕笑著說：「娘給你插支白玉簪，可好？」

「好。」懷慕想都未想便已點頭。

張小碗便忙讓七婆打開盒子。

七婆笑得合不攏嘴，拿出盒中的一支交給張小碗，對站在張小碗身邊的大公子與小公子說：「這是用了極上等的白玉請工匠打的簪子，昨日才送來府中，奴婢還道要夜間穿新衣時才與你們戴，哪想一大早就要給你們用了。」

張小碗正在給二兒子插簪，聽著笑道：「晚間還有新的，跟衣裳配成一套。」

「看我，」七婆一聽，拍打了下腦袋。「都忘了新裳是藍色的了！」

張小碗好笑，這時懷仁正伸手要拿簪子看，她伸手拍打了一下他的手，笑罵道：「還不快快隨大哥向父親請安！」

這時插好了簪的汪懷慕已讓開位子，汪懷善一見，忙坐了上去，拱手朝後道：「孩兒給父親大人請安了！」

說著就回過了身，笑著朝鏡中看著他的娘親道：「娘妳給我梳好點，莫梳得跟父親一樣，妳看妳，都把他額頭上的皺紋露出來了，看起來好老。」

一直在喝茶看著手中公文的汪永昭一聽，抬起頭冷冷地看了大兒一眼。

張小碗回過身去看那頭上有大半的白髮、抿得嚴苛的薄唇、身上有著極為凌厲氣勢的男人，便朝他笑了起來。

「快點。」汪永昭便冷哼了一聲，甩了兩字後，收回了視線。

汪懷慕這時牽著手腳不老實的弟弟到了父親身邊，汪永昭便看向了他們，神色也柔和了，問懷慕道：「可是肚餓？」

「我肚餓！」問的是懷慕，懷仁卻大聲地講了出來。

「孩兒不餓。」懷慕忍了心裡的嘆息，把弟弟牽到椅子上坐著，才與他道：「你一進來可沒給爹爹和娘親請安。」

「又沒外人！」懷仁不以為然，但看見兄長臉上不苟同的神色，便又站起身，朝著父親與娘親的方向拱拱手，大聲地道：「外面的人聽著了，懷仁給爹爹、娘親、兩位兄長請安了！」

「你……」懷慕見他如此頑劣，氣得掐他的耳朵。「孺子不可教也！」

汪永昭嘴邊含笑看著他們鬧。

那廂，張小碗在大兒耳邊輕嘆道：「這時，你父親就不惱懷仁沒規沒矩了。」

聽娘親的口氣好似是有些薄怒，汪懷善便笑著道：「懷仁在外頭有規矩得很，妳就別惱他了。」

張小碗詫異。「怎地你也幫他了？」

汪懷善不能說這幾天為了拉攏他，便是在營中，懷仁都與他端茶送水，當了他好幾天的小廝了，於是便笑而不語。

「他可是又許你什麼好事了？」對小兒的德行，張小碗再清楚不過了，便好笑地問著大兒。

「妳就別問了。」汪懷善笑，看著鏡中用輕柔的手勁給他束髮的娘親，見她滿身都是溫柔又歡喜的神采，他便也笑了起來。

只要她過得好好的，便什麼事都沒有了。

剛進堂屋，汪杜氏與她的三個兒子已在裡頭了，見到他們，汪圻修帶著兩個弟弟汪圻揚與汪圻振，就給汪永昭與張小碗磕了頭。

「起吧。」汪永昭發了話。

他話畢，張小碗才笑著說：「都起吧，好生坐著。」

「杜氏給大哥、大嫂請安了。」汪杜氏也上前福禮。

「起了個大早吧？」張小碗忙上前扶了她起來，笑著與她往前走道。

這時汪圻修已帶著兄弟與汪懷善請安去了，汪杜氏回頭見他們與汪懷善幾兄弟和和樂樂，嘴邊的笑便也大了起來，回張小碗的話也有幾許輕快。「沒起多早，就是醒來就起了，現在覺比當年可睡得少多了。」

「那就好。今兒妳還得忙一天，累了就歇息會兒，大過年的，莫累著了。」張小碗笑著與她道。

這時汪永昭已在主位坐下，朝她點頭道：「坐下吧。」

張小碗朝他福了福身，這才在他身邊坐下，也招呼著前面的孩兒。「快快過來坐下。」

「我這就叫人擺膳。」汪杜氏忙笑著道。

「辛苦妳了。」張小碗朝她頷首道。

這時孩兒們已過來，張小碗朝汪永昭看去，見汪永昭朝她點了頭，她這才笑著朝孩子們說：「懷善，你帶大弟和小弟坐到娘這邊來。」

汪懷善笑著點頭，張小碗這時又轉頭朝姪子們道：「圻修，你帶圻揚與圻振坐你們大伯身邊吧。」

汪圻修一聽，即刻正容，往後朝弟弟們輕瞥兩眼，便帶著兩個弟弟朝主位一揖到底，等汪懷善他們坐妥後，這才領了弟弟們坐到汪永昭的身側。

汪杜氏正站在堂屋的大門邊看著下人傳菜，見到此景，稍愣了一下，然後隔著距離，遠遠地朝張小碗福了福身。

張小碗見此，朝她笑了一下。

這是汪杜氏和她的孩子該得的。汪圻修能力不凡，汪永昭也是看重，而汪杜氏這一年在府中，也是忙了一年，幫她分了不少事。

一年到頭，一家人能和和樂樂的，便是幸事。

這一年的過年，汪永昭正坐家中，囑了汪懷善帶兩個弟弟出門走雲、滄、大東三州，與眾官拜年。

張小碗知道，這是汪永昭已全然讓汪懷善代表了他，代表了整個汪家。

在汪永昭尤不喜懷善的王妃，甚至是厭惡至極後，汪永昭還是作了這個決定，張小碗心中甚是五味雜陳。

初二出門那天，張小碗與三兒束髮，忍了又忍，鼻子一直都是酸澀的。

她也不知道，這一路走來，走到這步，究竟值不值得？

但看著懷善明亮帶笑的眼睛裡滿是豁達的神采，那些心中的不確定便又踏實了下來。

這是他的成就，他以後的路怕是還會更遠，沒什麼不值得的。

張小碗一早便思緒萬千，送了三兒到大門口，總算是思及這是大過年的，那眼淚才沒掉下來。

「妳怎地不為我歡喜？」在大門口，無視其父的冷眼，汪懷善低頭，在他娘親的身前與她親暱地笑著道。

見他這般故意，還笑著逗她，張小碗不由得笑出了聲，搖了搖頭，又與他道：「切要看好了你小弟，莫讓他闖禍。」

汪懷仁身上還揹著他欲要打獵的弓箭，聞此言便笑嘻嘻地道：「娘親請放心，孩兒定會好好聽大哥、二哥的話，定不會給妳闖禍事的！」

汪懷慕一聽，瞪了他一眼，忙安慰他娘親道：「娘親放心，懷慕定會好好看住他，不會讓他闖禍。」

張小碗笑著朝他點頭，伸出手摸他的頭，彎了彎腰也叮嚀他道：「你向來細心，要幫娘親照顧好大哥與弟弟。大哥在外免不了喝酒，你記得要讓小廝備好解酒湯，莫讓他寒了胃；小弟愛解衣，切看住了他，莫冷著了。」

「孩兒知道。」哪怕就一個早上，她已跟他說過兩遍，汪懷慕還是不厭其煩地認真答道。

「走吧。」張小碗這時一瞥汪永昭，見他臉冷得跟冰塊似的，便知他已不耐煩她的婆媽了，於是趕緊揮手道：「快快走！」

說著又將三個兒子身上的披風解開了再重新繫好，這才在小廝們的推推搡搡下，送走了他們。

他們一走，張小碗的眼淚便撲簌簌地掉，怕汪永昭說她，便掩著帕遮著臉。

汪永昭見她此狀，狠狠地瞪了她一眼，嘴間道：「還不快回屋。」

見他話說得並不重，張小碗忙低頭擦了眼淚，抬頭勉強朝他笑道：「是妾身太歡喜了，您就原諒我一回吧。」

汪永昭聞言甩袖，看都未看她一眼便往前走。

張小碗忙跟在了他身後，見他走的步子大，便在他身後輕呼：「您慢些，且等等妾身。」

見她又這般，汪永昭心裡著惱，但卻頓住了步子等她，等她挽上了他的手臂，這才舉步，不快不慢地走了起來。

「也不知路上好不好走？」走了幾步，張小碗便又擔心起了剛上路的兒子們。

這時身後的江小山、七婆他們見他們夫妻說話，便停了幾步，遠遠地跟在了身後。

張小碗見身後無人了，便回身朝他們笑道：「無事了，我和老爺走走，你們都且忙著自個兒的去。」

眾人一聽，彎腰福身就散開了。

張小碗又回頭與汪永昭道：「您說呢？」

汪永昭看她一眼，見她眼邊還有些發紅，便伸出另一手撫了撫她的眼角，道：「就算路險也無妨，他們自會應對。」

張小碗聞言點點頭。

這廂八婆上前來報，說是有拜年的大人來了。

聞言，張小碗便朝汪永昭嘆道：「還想著與您走走呢，哪想，這人就又來了。」

汪永昭聽著此言，眼神全柔了，反過身把她抱在懷裡，與她道：「晚膳後便陪妳，莫惱。」

「嗯，知了。」張小碗聞言便笑了，給他也理了理披風，才笑著道：「您且去吧，我帶著八婆回後院，要是留膳，您差人來後院告知我一聲。」

「嗯，去吧。」汪懷善鬆開了她，見她帶著婆子走了，這才大步往前院走去。

江小山得了信，也小跑著跟了上來，這時他嘴間還塞著芝麻糖，見到汪永昭便急忙作了個揖，朝汪永昭嘀咕道：「小的只歇了一會兒呢……」

汪永昭聞言看他一眼，只一眼，江小山就縮了縮頭，不敢再多嘴，老實地跟在了他的身後。

這年三月，容帝召汪懷善回京。

汪懷善這夜來了他們的臥房，他跪在了張小碗的身前，雙手扒住張小碗的膝蓋，抬頭看著她說道：「這次一去，怕是要好幾年才能回來看您。」

「喔。」張小碗發怔，她發現甚多事她都不明白了，身在雲裡霧裡。

汪懷善偏頭，看了父親一眼，又回過頭朝張小碗說：「陛下要我去接管南海六省的兵力，此行父親允了我三萬精兵。」

「三萬？」張小碗「啊」了一聲，偏頭去看汪永昭。汪家軍多少人，她心裡有數，最多不超過五萬人。

三萬精兵一去，豈不是要去了大半？去南面時，也只帶去了兩萬多不是？

「六省不好管。」見她看他，汪永昭淡道。

張小碗聞言，回頭看汪懷善，沈默了一會兒，才搖頭道：「娘不懂這些事，也想不明白了，只能讓你父親為你盤算。你只要好好地回來，多少年娘也不在乎，在家等著你回來就是。」

汪懷善垂眼，笑著點頭，掩去了眼睛裡的紅意。

他走後，張小碗才與汪永昭擔心地問：「皇上就如此信你們？」

給六省兵力，就不怕反？

「嗯。」汪永昭抹去她眼邊的淚，頷首道：「他信善王，善王也信他，如此便讓他們去。」

「是不是早定了，他才回來家中住上這一段日子？」張小碗呆了好一會兒，這才後知後覺地問。

懷善回來後便帶兵加快千重山的大建，還有過年間代汪永昭與邊州官員的走動，她這才想及把這些事連在一塊兒。

是要帶兵走，接管六省，才有這廂動作吧？

汪永昭默然，看她不停地掉淚，他拿帕擦了幾下，輕嘆了口氣，說：「莫哭了，妳不是常說讓他想飛多高就飛多高，怎地飛得高了卻不喜了？」

張小碗抓著他的衣袍，哽咽著道：「說歸是這般說，可要是真幾年才見得著一面，您要我心裡怎麼想？」

「什麼怎麼想？」聽她如此這般說，汪永昭怒了，恨不能把給出去的兵都收回來。「甚是胡鬧！他去建功立業，妳就光想著他回不回家，真是婦人目光短淺！」

見張小碗還是掉淚，汪永昭惱了，就要站起身，卻被張小碗抓住了袍子，走不了路。

見他要走，張小碗一手抓著他的袍子，一手擦著眼淚，勉強擠出聲音道：「您去哪兒？我跟您去。」一說著就站了起來，心下也不真想讓汪永昭著了惱。

他對懷善盡了這份心力，她也不想讓他為她不快。

汪永昭看她兩眼，見她真不哭了，這才帶了她去了前院，讓她坐在隔屋的小室做針線活兒，他則帶著三兒子與心腹大員在書房共商事宜。

汪懷善臨走前，讓張小碗把他的衣裳都打包好，還讓她幫他找些可靠的家丁一併帶走。得了他的話，張小碗狠了狠心，把大仲一家給了他。

為此，汪永昭私下跟她發了好一頓脾氣，這次張小碗費盡心力天天圍著他打轉，也沒讓汪永昭消氣。

汪懷善走那天，張小碗私下跟汪永昭允諾了許多的話，這才讓汪永昭帶她送了大兒出鎮門。

這次她不捨，卻也是不孤單了，因為汪杜氏也是三個兒子都隨了汪懷善去，每天到了張小碗面前，便是不由自主地嘆氣。

這月只過了半個月，她早間來給張小碗請安，就忍不住小心地問道：「嫂子，南面可有信來？」

張小碗朝她苦笑。「沒有。」

汪杜氏輕扯了扯手中的帕，頗有些恨惱。「養兒也沒什麼用，走了就不回來，以後在南面要是娶了媳婦，怕是想都想不起我這個當娘的了！」

「這妳是白擔心了，圻修他們的性子，娶誰都得妳點頭。」張小碗不以為然地道。汪杜氏的三個兒子都孝順至極，老大更是如此，在外得了個西瓜，都要捧回來讓汪杜氏先吃了，他才會領著弟弟們嚐上一口。

「隔那麼遠，我又管得到什麼？」三個兒子一走，圍著兒子們打轉了小半輩子的汪杜氏真覺得心裡沒有底，空得可怕。

「到時再說吧。」張小碗見汪杜氏眼巴巴地看著她，便嘆了口氣，道：「到時要是為著圻修他們討親之事，妳便也過去吧。說來，有妳過去看著，我也放心。」

汪杜氏得了她想要的話，真正歡喜了起來，擰著手中帕子，連連點頭道：「您且放心！」

張小碗見她歡喜的臉，笑著搖了搖頭。

說來，汪杜氏還有可去的一天，見見最南面的樣子，而她，怕是一輩子都得待在邊漠之地了。

「娘親……」這時，汪懷慕進了堂屋，叫了張小碗一聲，見汪杜氏也在，便拱手恭敬地道：「懷慕見過二嬸娘。」

「懷慕從書房回了？」汪杜氏忙起身去拿茶杯。「可是渴著了？嬸娘給你倒杯茶喝。」

「使不得、使不得……」汪懷慕連連搖手。

看著二兒子那有些著急的模樣，張小碗便笑了起來，朝他招手，拉了他到身邊挨著她坐著，笑道：「讓二嬸娘倒給你喝吧，回頭你也給嬸娘倒上一杯，那才是自家人，可知道？」

「孩兒知道的。」汪懷慕便點了頭，朝端茶過來的汪杜氏又再一拱手，這才接過了茶杯。

看著他低頭喝茶那溫潤如玉的神態，張小碗笑著輕撫了他的髮，抬頭與這時笑意盈盈地看著懷慕的汪杜氏相視一笑。這時，她心中也想著，不知日後要為懷慕娶個什麼樣的媳婦才好。

七月，張小碗收到了京中木如珠的信，信中木如珠道汪岳與她甚是思念她，又說及了府中的一些事，事情便又說到了汪懷善的身上。在那信中，她說想請教張小碗，說汪岳甚是想念父親，而懷善已到了南海立府，這時他們過去，不知妥當與否？

張小碗回了信，信中兩行字——

不知。

詢爾夫君。

旁的，她就未多寫了。

木如珠在十月才收到了張小碗的信，看罷信，面如死灰。

這年過去，懷慕已有十一歲，虛歲也有十二了，張小碗本還想拖幾年再給他說親事，但汪永昭說了，早訂親，好讓人教好了嫁過來。

張小碗無奈，找來懷慕，怕是父子倆早已就此事說過，懷慕的說法與汪永昭一樣，就是讓張小碗先挑了，訂了親，等過幾年再成親也可。

張小碗思來想去，也知這事讓汪懷慕自主是不可能了。大兒娶妻之事儘管在府中沒掀起什麼風波，但影響卻是在了，連懷慕這等胸懷坦蕩的心軟之人，也尤不喜木如珠。
說來，她心中也有人選的，那便是鐵沙鎮王判官之小女，她見過那小姑娘，甚是文雅穩重，性子也很安靜，現下才十歲。
她思慮了兩個月，想了又想，看了又看，還是作了決定。
這夜的夜間與汪永昭一說，汪永昭便問她。「妳是看中了她？」
王通是他的心腹大將，如若是他的女兒，再好不過。
「唉……」張小碗枕在他胸口嘆氣，道：「看是看中了，就不知我看得準不準。」
到時要是出了錯，誤了兒子一生，她真不知要如何是好。
「無礙。」見她老擔心些沒用的，汪永昭甚是好笑，拍了拍她的腰，沈吟了一會兒道：「如此，我便會和王通提，讓他在家好生教養著閨女。」
「要不……再看兩年再說？」張小碗還是有些不確定。
「婆媽！」汪永昭不以為然。
張小碗還是嘆氣，伸出手把被子再拉上一些，實實地掩住了他的肩膀，才與他道：「我還道好好教養他們長大了就好，現下，才知需操的心，比以前只多不少。」
「妳便少想些。」汪永昭低頭吻她的唇，一會兒過後，才與她輕聲說道：「睡吧，明早還要去千重山。」
明日一家都要去千重山，這是父子四人常去之處，張小碗一次都沒去過，聽說今年終於造成，還真是想去上一趟。

這日一大早，張小碗就伺候了一家老小用完膳，上了馬車。

這次他們坐的馬車也甚是寬大，一家四口都坐在上面。張小碗在路上問道：「去山上的路能走得了這麼大的馬車嗎？」

汪懷慕聽了，笑著看向娘親，柔聲輕道：「按父親的意思，修了一條過糧草的暗道，咱們走的就是那條道，路甚寬，過我們家的這輛馬車無礙。」

二兒子這年大了一歲，更是對她這個娘親體貼入微，平時天冷一些，還要囑她多添衣，張小碗一看著他就是滿心的歡喜疼愛，這時聽著他柔聲答覆她後，她伸出手拍了拍他的手，朝他微微笑了起來。

看著娘親滿是笑意的臉，坐在她身邊的汪懷慕便偏過頭，把頭靠在了她的肩膀上。

汪懷仁在父親的身邊看見，便朝著二哥扮鬼臉。「二哥長不大，還想娶小媳婦，真是羞人！」

「小壞蛋。」汪懷慕聞言笑了，也不生氣，只是朝他道：「再不學著好好說話，回頭抄五遍《禮經》。」

汪懷仁又朝他擠了個鬼臉後，靠在父親的身上，抬起腳搭在了馬車的窗上，臉迎著吹進來的春風，嘴間吹起了輕快的口哨。

他大力一吹，那騎馬走在前面的護衛便也吼起了調子，這下子惹得汪懷仁也跟著唱了起來，一會兒，馬車裡就滿是他那高聲昂揚的音調了。

汪懷仁嗓子好，唱和得又甚是有氣勢，汪懷慕便拿起擱在馬車上的笛子，幫著吹了起來。

見有二哥幫忙，汪懷仁更是賣力地唱，竟帶著前後的護衛唱了一路，直唱得喉嚨沙啞才甘休。

張小碗一直聽得樂得很，頭靠在汪永昭的肩膀上，輕撫著放鬆地靠在其父身上的小兒的頭髮，溫柔地注視著他那生龍活虎的臉，間或回過頭去看二兒子，母子相視一笑，張小碗的眼睛便柔得能滴出水來。

汪永昭一手輕抱著懷中小兒，時不時看她一眼，這時看向二兒子時，向來冷酷的男人眼中也帶了幾絲笑意。

汪懷慕知父親向來疼愛他不比疼愛小弟少，他便是出門只與舅舅去大東看藥材，暗中護衛他的人都是父親的貼身親信。

「爹爹。」見到父親看他，汪懷慕叫道一聲，停了嘴間的笛子，那溫潤的臉上全是笑意。

汪永昭朝他讚許地頷首，這才收回眼神，抬眼看向外面。

此時馬車已進入鐵沙鎮，他的兵營之所，一路往北，這些土地全是他的。

他拚鬥了三十餘年，才得來了現如今的日子。

這夜近夜，才進入千重山的邊界，他們夜宿在了靠城牆的第一個鎮子裡。

千重山的邊界雖說是山，但沒有多少綠意，到第三天進入深山後，張小碗才看到了山上的樹木草原，還有依山按照八卦、五行之術建起來的千重鎮。

鎮子的結構在外看起來相當霸氣，進入到裡面，房與屋之間相連得甚是緊密，這還只是周邊的房屋，待進了裡面，張小碗就已分不清東南西北，先是完全弄不清是從哪邊進來的，進入內鎮後，更是分不清正門、側門之處。

最後進入的就是主府汪府，十二個主院，被八個側院圍住，前院與後院相隔之處也涇渭分明，張小碗進入最後說是他們主院的地方後，就再也不動了，哪怕小兒牽著她的手，興奮地要帶她再去逛逛，她也搖了頭。

她實在是走不動了。

這裡，比都府還要大一倍，平時在都府她走走後院都要費一番工夫，現下要是把這處宅子的地方全走遍，她怕是沒有那力氣了。

「讓你娘歇著。」汪永昭坐在喘著氣的張小碗身側，對小兒淡淡道。

「知了。」父親發話，汪懷仁便不再那般頑皮，又朝張小碗道：「那我去找二哥？」

「去吧。」懷慕帶著護衛去看城牆了，張小碗見汪懷仁還甚有精力，便想著他去了也好。

「早些與二哥回來用膳。」

「曉得了。」汪懷仁得了應答，又朝父親一揖，就帶著隨身小廝與護衛，匆匆忙忙出了門。

小兒走後，張小碗招來七婆、八婆，讓她們帶著丫鬟把隨行帶來的米糧放進廚房，把後院廚房裡的火生起來。

兩婆子領命下去了，張小碗把擱在桌上的茶碗端起，喝了一口，才與汪永昭道：「這裡還沒多少人煙呢。」

「嗯，這處是練兵之所，外鎮才是行商之鎮。」汪永昭接過她手中的帕子擦了擦手，與她道：「妳這幾日帶著懷慕把周邊看清了，教他把兵營之鎖落下。」

府宅周邊全是兵營？如此肅殺之所，張小碗只能心道所幸他們可以住在沙河鎮一輩子，要不然，怕也只有這懂武的父子幾人能受得住這裡的氣氛了。

汪永昭的話，張小碗自是從不違逆的，就算心中對這裡房屋的布陣甚是茫然，但也還是點頭與他道：「妾身知道了。」

夜間，她親手做了膳食，兩兒都吃飽後，汪永昭不聲不響地坐在那兒，吃著剩下的菜，沒有要起身之意。

張小碗坐在他身邊，看著他慢騰騰地用膳，掃著那些餘菜，吩咐了婆子照顧兩兒後，她一直坐在汪永昭身邊未動，靜靜地陪在他身邊。

汪永昭吃得慢，她想了想，讓護衛找來了黃酒，又去提了柴火盆過來，放進鐵壺裡溫了溫，給他斟了杯酒。

「您喝兩口，今晚好生歇一覺。」張小碗見他喝了杯中酒，又擠了溫帕過來，與他拭了拭嘴。

「坐著吧。」見她忙個不休，汪永昭開了口。

「哎。」張小碗坐下，眼睛溫和地看著他，與他慢慢地輕聲道：「我跟隨您來大漠那一年，總覺得天大得很，大得連心都輕快了不少，來了這處，才知以前見到的天地還是不夠大，這山頂之下就是萬里黃沙，我都料不準天的那一邊是什麼模樣呢。」

「是沙子，聽說，還有別的國家。」汪永昭翹了翹嘴角，看著身邊的婦人淡道。

「您去過嗎？」

「未曾。」汪永昭伸出手碰了碰她溫熱的臉。「不過大夏那邊有條路，可以通往那個黃金之國。」

「黃金之國？我都不知道，更未曾聽說過。」張小碗嘆著搖頭。

「這事沒有多少人知道，京中婦人，能知南疆北漠已是能耐。」汪永昭不以為然地道。

「妳知的已是甚多了。」

張小碗點頭，挾了肉片放到他碗中。

吃罷，汪永昭又起了別的話，張小碗聽著他說，遇上真不知道的就問上一、兩句，如此喝罷一壺酒，就隨了他回房，拿溫水與他沐浴。

給他擦髮時，汪永昭便沈沈地睡在了榻上，張小碗看著手中的銀絲，輕嘆了一口氣。

這個男人的心啊，大得她時至今日都還覺得驚訝，一路走來，確也是辛苦了。

懷善已能自保，可懷慕還在成長，懷仁更是只有八歲，擔不起他這背後的擔子，他只能再熬上那麼一、二十歲，等兩個孩子都能獨當一面了，怕是才能輕鬆些許吧？

猛？

他不到五十歲，已是滿頭銀絲了，不歇歇，哪能還在外人面前把腰站得那般直、那麼威

只能再好好顧著他些了，哪怕她也甚是疲憊，但為了兒子，且只能如此了。

熬了一輩子，便再熬熬，也就這麼過了。

這日，張小碗拘了懷仁，帶他與懷慕把外鎮、內鎮走過一遍。

她所知不多，在師爺與懷慕商討之時，她只能問問伙房進出的地方這些事情，算是給懷慕提個醒。

懷慕得了好幾位先生的真傳，本事也不容小覷，與師爺條條說道起那些周易、八卦，張小碗在旁聽得也不是太懂，回頭夜間與汪永昭問過，等汪永昭與她解釋過後，她才懂上一些。

她這才驚覺，這近十年裡，心思全放在了父子幾人身上後，她的世界便全是他們了。

平時翻翻書，看過幾眼，見到那些不懂的字眼都沒有那心思去揣度。

她已活得完全像一個這朝代的內宅婦人了，從裡到外都如是。

聽她嘆氣，汪永昭低頭看她，不解。「妳嘆什麼氣？」

「妾身不懂……」張小碗拿起汪永昭拿過來的書，指著上面的一些字。「您教教我，這字怎麼唸？」

汪永昭甚是好笑。「不懂便不懂，有何好著急的？」

說是這樣說，但看著張小碗眼中帶有哀求之意，他心下便是一柔，便教了她唸字。兩頁書，張小碗看了半個時辰，聽汪永昭講解了半個時辰，才弄懂了其中的意思。看她蹙眉思索，汪永昭心道她要知文中其意也行，以後但凡夜間有那空閒，便與她講解一會兒即可。

儘管，她知那麼多也無用。

過了幾日，張小碗隨著一行人走遍了內鎮與外鎮，這才知用上她的用處不多，說是她帶懷慕安排，不如說是讓她熟知一下這鎮子內外的走向。

說來，這也是以後她的兒子世世代代所居之所，是他們的家，想透這個意思後，張小碗看著那巷道小弄、天井長廊之處，都無端地覺得親切又悵然。

這裡屬於她的子孫，怕也是她留在這個朝代的痕跡了。

在千重山待了半個月後，一行人回了節鎮，南邊也來了信，汪圻修升了職位，樂得汪杜氏合不攏嘴，一見到張小碗就要掩帕格格笑幾聲，那樣子都像是年輕了近十歲。

看她樂得走路都似在飄，張小碗也擔心她摔著，好幾回讓她小心點看路，汪杜氏清脆地應了聲，可還是喜得眼睛、臉上全是笑。

張小碗在一旁看著，心情都被她帶得要好了幾分，早間膳後父子三人去了前院，她都還盼著汪杜氏過來與她請安，看著她那笑臉，她都能多笑幾聲。

自大仲走後，因著聞管家也是老了，張小碗便提了原本的管事上來。聞管家也還是府上的大總管，但張小碗囑他管管大事，旁的就著二管家去辦。

因聞管家忠心耿耿一生，張小碗便分了個院子與他住，僕人、小廝都讓他挑，老夫人也是接進了府中來養老。

張小碗沒斷聞管家的權力，聞管家也是在汪家風雨一生，自知她的為人，便是該受的好都受著，不該踰矩的，也定沒有給張小碗添一絲麻煩，饒是他的三兒在外又闖了禍，也沒告知張小碗一聲，而是想自行解決。

但這事最後還是落在了張小碗的耳裡，張小碗聽了他那三兒又欠賭債的事，想了一陣，還是把這事幫聞管家處理了。

回頭她去了前院，與汪永昭說明她把人送到大東去幫管事的看守莊子後，又道：「聞叔跟了您一輩子，還是不能讓人寒了心。」

汪永昭輕「嗯」了一聲。

說到此處，張小碗突然想起張小妹之事，沈默了一會兒後，在汪永昭身側坐著的她拉了拉他的袖子。「趙大強如今怎樣了？」

終歸是小妹孩子的父親，當初沒殺他，也沒有把他弄進牢裡，還留了點銀錢及一幢宅子傍身。

小妹也安排在了小寶在滄州的農莊裡帶著孩子住著，也跟她說了，留了銀錢給她的夫君，也給他留了話，讓他想她和孩子了，便過來找他們就是。

快兩年了，張小碗還沒聽到趙大強找來的消息，便想這事也就如此了，如今嘴上這麼一問，也是想看能不能得個准信。

「趙大強？」汪永昭一時之間還沒想起這個人，想了想，才念起曾看過關於他的信報，便說道：「在花街花完銅板後當了叫化子，不知去向。」說罷，又提筆處理公務。

張小碗不敢再擾他，倚在椅背上，看著案桌上的什物，輕輕嘆息著閉了閉眼。

她料不會找來，沒想，還真是如此。

九月時，汪永昭帶兩兒在千重山忙了半個月之後，回都府有些犯咳嗽，黃岑開了方子，吃了幾劑還是斷不了根。

黃大夫私下與張小碗說，藥方有用，只是大人得多歇息，這樣日夜奔忙，歇息不好，於康復有礙。

張小碗平時哪敢管汪永昭，只是見他在夜間都會輕咳兩聲，知道這樣下去也不行，便在這天早間伺候他洗漱時說：「您膳後陪我去布莊走走吧，我想去挑兩疋布給您和懷慕他們做幾件秋衫。」

汪永昭詫異地看她一眼。

「今日天氣好，我也想出去走走。」張小碗笑道。

平時布莊都是送布來府上的，她也很少往外走，不過，她幾年都未提起一次，現在提起一次，汪永昭也許會答應吧。

「嗯。」

汪永昭在見過她柔和的笑臉後，還真是點了點頭。

「多謝您。」張小碗朝他福了福身。

汪永昭看著她的臉，沒有出聲。

這天白間，都府趕了馬車出去，張小碗去了布莊挑了幾疋布，又央求汪永昭去遷沙山走了走，這午膳都是在外間用的，吃的都是事先備好在車上的食物，湯藥、梨汁也都先備好了。

汪永昭在遷沙山用午膳時就已知了張小碗的意，用罷午膳，還揹了張小碗往山上走，走到山頂也沒放下她，一直揹著她，一起看著這片屬於他的地方。

回程時，張小碗靠著他的肩閉了眼假寐，路中張小碗感覺汪永昭的頭落在了她的頭上，有些沈，也沒睜眼。她往外抬了一下頭，靠在了軟枕上，伸手把汪永昭的頭抱在了懷中。

「小碗……」朦朧中，汪永昭叫了她一聲。

「我在呢，夫君。」張小碗用臉碰了碰他的頭髮，輕聲地道。

接著，兩人沒再發出聲響，在噠噠的馬蹄聲中漸漸沈睡……

張小碗想盡辦法讓汪永昭在後院休息了近十日，汪永昭的咳嗽才算是斷了根。黃岑和瞎眼大夫都來把了脈，都道這次是真無礙了。

先前老大夫還想著汪永昭還會舊疾復發一次，看來斷了這個跡象，還挺不高興的，走時還哼了兩聲，示意他根本沒把汪永昭放在眼裡。

到了十月，邊漠的天氣漸漸冷了，京都那邊又來了信，信在汪永昭手中沒交給張小碗，他看罷信後，找來了兩個兒子到書房，把信給了他們。

「岳兒得了怪病？」汪懷慕看罷信後皺了眉，挺為憂慮地說：「宮中聖醫都治不好的怪病？」

汪懷仁這時聽了翻了個白眼。「二哥，你個傻的，都忘了，她是南疆女，慣會使毒！」

「你說她給岳兒使毒？」汪懷慕伸手擰了擰小弟的耳朵，搖頭道：「就算不喜王妃，也斷不可以如此小人之心猜測為母之人，娘知道了，定會傷心。」

「娘親心軟，當然不會這般想那歹毒的人！」汪懷仁腳下一滑，掙離了二哥的手，又兩步竄到父親的身邊站定，才兩手插著腰，理直氣壯地道：「可那個王妃，二哥，你忘了，她連給娘請安都要慢我們幾步呢！我看嚴夫人家的兒媳，天還沒亮，就站她房門口等著伺候她起床了，才不像我們家的這個，沒規沒矩！」

「你又到嚴大人家搗蛋去了？」汪懷慕一聽，剎那朝弟弟厲眼看去。

「哪有！我是幫爹爹去看看，嚴大人早上都做了些什麼？」汪懷仁朝二哥嘿嘿一笑，躲在了父親的椅子後，怕他過來又捏他的耳朵。

「爹爹。」汪懷慕頭疼地看著汪永昭。

見兄弟倆吵上了，汪永昭搖了下頭，輕敲了下桌子。「信中之事。」

汪懷慕這才收回欲要說道小弟幾句的心思，想了一下，他歉意地朝汪永昭一笑，搖頭道：「孩兒不知，只是這信不能送到娘親手中，那是大哥之子，不管如何，她當是會操心的。」

「嗯，不能給娘！」汪懷仁這時冒出頭來，說著就把信拿到手中，拋向了擱在一旁的火盆。

「懷仁！」懷慕失聲叫了一聲。可這時紙一沾火就迅速燃燒起來，他跑過去時，那兩張紙便成了灰燼。

「這樣，娘就不知道了！」汪懷仁拍拍手，瞇了瞇眼道：「我們不告知她，她還能從何處知道？」

「那岳兒的事如何是好？」汪懷慕頭疼地看著頑劣的弟弟。

「問爹爹！」汪懷仁想也不想地回頭看向汪永昭。

見兩兒齊看向他，汪永昭才開了口。「這事只是從木氏信中知道，京中探子無報。木氏現已出不了京中一步，所以她想從你們娘親這裡下手。她也是能耐，能請宮中聖醫，還瞞了這麼多眼線。」

說到這兒，他冷冷地翹起嘴角。「最好是真的得了怪病，也請聖醫看了脈，要是裝的，就寫信告知你們兄長吧！」

汪永昭派了親信上京，午後他回了後院，那婦人正坐在院中亭子裡，低著頭在繡架前繡衣，頭上還映著陽光的餘暉。

明年是他的五十壽辰，她說要給他縫製一套衣衫，外衣、裡衣都繡上金虎，汪永昭聽她與他細細說過，那樣一番工夫，光幾件衣裳，以她一己之力，就得繡上近一年才能成。

她欲要親手繡，他也不願差針線婆子幫她，只是讓她每日繡衣的時辰別太長，免得傷了眼睛。

汪永昭這時悄步走近，站立於她身前，就見她捏針停下，抬起頭朝他笑。「是什麼時辰了？」

「尚早，剛過申時。」汪永昭掀袍，在長凳上坐下，看著繡架上那只繡成了一半的虎頭。

細看它的眼神，汪永昭頗覺有熟悉之感，他斂眉又看了幾眼後，不快地看向了這婦人。

「等繡成了，神韻就全出來了，到時穿在您身上，會好看的。」張小碗笑道。她設計得較為含蓄，並不張揚，重要部分都是虎紋，那虎頭繡在了背後，整件衣裳只有全部鋪開，才看得清原貌。

老虎的眼神，她是想了又想，才讓它肖似了汪永昭的眼神。

這一件衣裳的繡成並不容易，饒是她多年的繡功，還得專心致志、全力以赴才成。

不過，雖有些辛勞，但這也是她能做得最好的事情了。

前世所有的一切在今生全變了樣，唯獨做成一件讓自己滿意的成品衣裳的成就感一直在著。

這一路再怎麼隱藏自己，走到如今這步她也明白了，人可以改變甚多，但根底上的東西卻是根本不會變的。

也恰恰是那個根底下的自己，才讓她走到了如今。

現今是好是壞，她也都得自己承擔。

這怕就是人生了。

汪永昭還是在皺眉，張小碗看著他笑，伸出手去摸他的眼角，柔聲和他道：「像您才好啊，我都怕繡不出像您眼睛裡一樣的神采，琢磨了近一個月，才繡出了一隻眼睛來。」

她一直都很會說話，無論多少次，都能說得讓他為她心動。汪永昭頗有些著惱她的巧嘴，但總也著迷於她的甜言軟語。

「隨妳。」汪永昭拉下她的手，摸了摸她指尖的厚繭，拿了放在架子上的白膏，給她搽起了手。

張小碗把兩手都伸了出來，笑著看他給她搽潤膏，嘴間也與他閒話家常道：「您回來得早，今天的晚膳就擺得早些吧，趁夕陽還在，我們一家就在院中用膳，您看可行？」

「嗯。」汪永昭點頭。

「那我就叫下人備了。」張小碗笑著說道，便揚聲朝站在廊下的七婆叫了一聲。

「夫人。」七婆小跑著過來了。

「走慢點。」張小碗搖頭道：「怎地這般急？」

「您有何話吩咐？」因著汪永昭在，七婆一直躬著腰在說話。

「起身吧。」

「哎。」七婆這才站直了身。

「妳去廚房說一聲，讓他們現在就把飯菜做好，菜式的話，就按我午時列的，還多添兩斤牛肉、一斤白切肉，再煲一個清火的冬瓜蓮子骨頭湯。」張小碗想了想道，又轉頭與汪永昭說：「今晚給您溫三兩黃酒喝喝，可好？」

汪永昭點了下頭。

「就這樣吧，去吧。」張小碗笑著回頭朝七婆道：「還有，讓廚房也給妳們切一斤牛肉、一斤白切肉，酒妳們自己也拿上半斤，妳們幾個今晚也小喝幾杯。」

「這……」七婆笑。「這哪成？」

「去吧。」張小碗揮了揮手，待婆子笑著走後，她才轉頭與汪永昭說：「說起來，還要跟您商量件事。」

「嗯。」汪永昭放下了她的手，讓她拿帕與他拭手。

「萍婆子她們的身子也禁不得勞累了，就別讓她們守夜了。」張小碗擦著他的手，嘴間淡道：「要是有個什麼要讓她們伺候的，那夜再讓她們守著吧，您看可行？」

「好。」見手擦好，汪永昭站起身，拉了她起來。「妳自個兒看著處置。」

「知了。」張小碗隨他下了亭子，雙手挽著他的手臂，抬頭往夕陽那邊看去。

金黃的餘暉這時並不刺眼，絢麗的雲霞在天的那邊美得讓人心悸，張小碗抬眼看著那離奇的美景，神情因著美景都放鬆了下來，嘴角也無意識地翹起，露出了微笑。

汪永昭看著她那悠閒自在的樣子，心道那些個讓她心煩的事，斷不能讓她知道分毫。這內宅的事，也夠她忙的了。

汪懷慕與鐵沙鎮判官之女王文君的親事定下後，王夫人便不好再時時來給張小碗請安了，嚴夫人身為王夫人的表姊，便時常拿著表姪女的繡品來給張小碗過眼，另道一些家常。

知張小碗喜歡一些花草，這年過年之前，王家送來了兩盆迎春花。

王家沒留什麼話，汪懷慕一打聽，說是未婚妻親手種的，就差管事送了塊玉過去，讓王夫人交給王文君。

隨即，王家送了糕點過來。汪懷慕吃時，還稍紅了紅臉，被家中那個膽大包天的小弟給壞笑了幾聲。

這年一過，汪杜氏就有些魂不守舍了，因著汪圻修也是束髮之年，可以娶親了。

汪杜氏的心思，張小碗多少知道一二，她也是為母之人，哪不懂汪杜氏對兒子的操心與擔憂？遂在正月過後，她就與汪杜氏說了，讓她這半個月在家中打點好，就去那南海。

「真讓我去？」汪杜氏說話時，眼都有些微紅。

「去吧，早跟妳說了，妳去了，我也放心。懷善事多，府中儘管有大仲為他打點，為他照顧孟先生，但到底我還是不放心的，有妳過去看著，我這心裡也能少些許擔心。」張小碗說到這兒，還嘆了口氣。

「您是擔心孟先生的事吧？」汪杜氏輕聲地問。

「倒不是，」張小碗說到這兒笑了笑。「孟先生的身子骨兒這兩年還好，還能多陪懷善一段時日。」

說到這兒，汪杜氏突然也體會到了張小碗的意思。

善王在南海管六省兵力，清掃六省的枉法勾當，天天在外奔忙，家中就是有管事的管著，可到底還是不及身邊有個妥貼之人。

「兒孫自有兒孫福，您想開點吧。」想明白了的汪杜氏安慰她道。

「是啊……」張小碗啞然一笑。說來這世上哪來那麼多兩全之事？但道理她都明白，只是還是私心作祟，希望他能更好一些。

汪杜氏走後，久不聞京都消息的張小碗在這早與汪永昭梳頭時問：「您說，年前我送去給岳兒的生辰禮，王府可是收到了？」

「嗯。」汪永昭閉著眼睛輕應了一聲。

「也沒個回信……」張小碗喃喃道。

汪永昭沒出聲，端坐無語。

善王妃寫與她的信件不多，但她送東西過去，回信總是應該有一封的，但自那信過後，她就再也不回信過來了，張小碗想來想去，覺得應是汪永昭阻了信。

「老爺，」插好墨簪，汪永昭起來後，張小碗給他整理衣裳時問：「可是王府裡出了什麼事？」

她說得很是平靜，汪永昭看了她一眼，見她目光柔和地看著他，他才淡道：「岳兒無事，這時應送到南海去了。」

張小碗看他。「那他的母親呢？」

「她還能去哪兒？」汪永昭不以為然地道，說著就坐到了一旁的高椅上等張小碗。「快些著妝。」

張小碗聞言，坐到了鏡前上妝，掃了些胭脂，輕描了眉毛，又插好了釵，才起身向汪永昭走去。「木氏又做了何事？」

汪永昭起身讓她挽住了他的手臂，帶她往外走。「她用汪岳使計想出京城，善王知情後，前些日子就派人接了汪岳過去了。」

張小碗一路都沒出聲，走到堂屋前，汪永昭停下腳步看了她一眼。

張小碗苦笑著搖了搖頭。「她這般忍不得，以後的路怕是更難了。」

「糊塗！」汪永昭不滿她的心軟。

張小碗提步跟著他走，嘴裡嘆然道：「她終歸是岳兒的生母。」

「誰也沒說她不是。」汪永昭冷然道。「這事善王自會處置，妳就別操這個心了。」

這一年七月，忙完汪永昭的壽辰後，張小碗小病了一場。

這日她病倒後出了一身的汗，汪永昭怎麼喚她都喚不醒，急忙找來了瞎眼大夫與黃岑，一時之間，兩名聖手被暴怒的汪永昭吼得也是一籌莫展。

過了一會兒，還是瞎眼大夫診出了症狀，說無性命之憂，好生吃藥，緩過了勁就會醒來。

張小碗這一昏睡，其間灌了好幾次藥，但還是昏睡了近兩天。

這兩天中，府中的上上下下雞飛狗跳，被汪永昭的陰沈暴怒弄得人心惶惶。

汪永昭與汪懷仁守在床邊都沒動，所幸家中還有汪懷慕照顧這一大一小兩個主子，要不然，誰也近不得這兩人的身。

這日，張小碗醒過來一會兒，用完藥又睡過去後，汪懷仁賴在兄長的懷中，與懷慕疲倦地道：「娘親何時才會好好地醒來啊？」

「睡過今晚，明日就好了。」汪懷慕舀粥送進弟弟的口中，輕聲安慰他道。

「這粥都不是娘做的！」汪懷仁這時嫌棄地看了粥碗一眼。

「平日也不是娘做的。」

「那是娘吩咐下去做的，不一樣！」汪懷仁瞪了兄長一眼。

「是、是，不一樣。你趕快再喝兩口，等娘親醒來了，你才有力氣陪她說話。」汪懷慕連忙勸說道，生怕小弟學父親一樣，這會兒都不吃不喝。

「唉……」汪懷仁嘆氣，毫無興致地又喝了口粥後，抬頭往父親看去。

父親這時躺在母親的身邊，背對著他們，把手放在他們娘親的腰上。汪懷仁看了又看，回過頭小心地在兄長耳邊道：「慕哥哥，你說爹爹的手會不會把娘的腰壓疼了？」

「不會。」汪懷慕搖了搖頭。

汪懷仁這才放心，繼續讓兄長餵食。

汪懷慕照顧好小弟後，走近床邊輕聲地叫了一聲汪永昭。「爹爹……」

汪永昭回頭，對他道：「帶懷仁去睡吧，明早再過來。」

「是。」看著滿頭白髮、面容憔悴的父親，汪懷慕心裡發酸。他拿起一旁的被子給他蓋上，又低低地說：「您別著涼了，您要是病了，娘醒來了，怕是心疼得很。」

「嗯。」汪永昭把頭往她的頭邊湊了湊，疲倦地閉上眼。「去吧。」

汪懷慕跪下給父親脫了靴，又與他理了理被子，這才揹著倦得眼睛都張不開的弟弟，往自個兒的屋子走去。

「慕哥哥，你與我睡嗎？」汪懷慕在兄長的背上不安地問。

「是。」

「那就好。」汪懷仁安了心。「明早你早點叫我過去跟爹娘請安，我定會好好聽你的話。」

「好。」汪懷慕笑，輕拍了拍他的背。「睡吧。」

汪懷仁輕應了一聲，隨即沈睡了過去。

汪懷慕揹著他到了自己的屋子，等小廝端來水與他和弟弟洗臉、洗腳後，他揮退了下人，這才和衣在弟弟身邊躺下，想著瞇一會兒後，就讓管事的來說話……

張小碗晨間醒來時，眼睛微微有些刺痛，她微動了動頭，發現自己的頭髮被壓著後，她輕輕地偏了偏頭，就沒再動了。

窗外的光線並不明亮，她也不知是什麼時辰了，但身邊的男人睡得很沈，張小碗看了幾眼，就又閉上了眼。

他在眼前，就讓他再睡一會兒。

她閉著眼睛假寐了一陣後，身邊有了輕微的動靜，她睜開了眼，正好對上了汪永昭的眼睛。

那雙漠然的眼睛，這時閃過一道欣喜。張小碗伸出手摸向他的臉，好一會兒才說：「我覺著我睡了好長一段時日。」

「嗯。」汪永昭抓過她的手，攔上了自己的眼，淡淡地應了一聲。

這時，外面有了聲響——

「大人、夫人……」

是萍婆子的聲音。張小碗輕咳了兩聲，揚聲道：「進來。」

她說話的聲音是沙啞的，萍婆子進來後，忙點亮了油燈，端了溫水過來。

張小碗起身，這才發現汪永昭是和衣而睡的。

她喝了水，看著汪永昭下了地。

「給夫人更衣。」汪永昭朝萍婆子道。

「是。」萍婆子忙給張小碗穿了外衣後，扶去了外屋讓瞎眼大夫把脈。

「如何？」瞎眼大夫的手一放下，汪永昭就開了口。

張小碗見他頭髮亂糟糟的一團，便走到他背後，放下了他的頭髮，用手替他梳理著。

「跟您說過，頭髮紮著睡不得，頭皮會疼。」張小碗低頭，嘴裡溫柔地說道，拿髮帶給他鬆鬆地繫起，這才回了身，在他身旁坐下，握著他發熱的手，與瞎眼大夫輕聲地道：「我這是怎地了？」

「氣血不足，精疲力竭導致的昏眩，婦人病。妳這已是其中最重的了，以後切勿再這般疲累了。」瞎眼大夫搖搖頭道：「妳當妳還年少啊？這般操勞，終有一日會倒下。」

張小碗苦笑。「這身體真是一年不如一年了。」她還以為熬熬就過了。

「注意著點，我這幾日再給妳配劑藥。」瞎眼大夫這時已站起了身。

「您走好。」張小碗起身，等他由小廝扶著走後，才閉著眼睛朝汪永昭道：「您來扶扶我。」

汪永昭慌忙起身，扶住了睜不開眼的張小碗。

張小碗緩了一會兒，才睜眼與汪永昭說：「您別著急，我歇幾日就好了。」說著喘了幾口氣，汗水從她的額頭上滴了下來。

汪永昭什麼也未說，兩手一橫抱起了她，抱著她往內走。

張小碗聽著他猛烈加快的心跳聲，輕吁了口氣，想著定要好起來才行。

她不能倒下。

汪永昭倒不得，她也倒不得。

張小碗的這一病，足養了半個月，身子才漸漸康健了起來，這下子，針線活兒不能做了，家中的事也只有大事才來過問她，其餘都讓懷慕管了。

她閒得心裡發慌，汪永昭便讓人送了花草過來讓她養，旁的卻是不許了。

所幸的是，過了半年，她的身體好了很多，這才能在白日間做點針線活兒，時辰較短，但總算沒有把手藝落下。

第五十章

三年後。

張小碗一睜眼，看身邊的男人還在睡，她便又低下頭閉上了眼睛。

過了些許時辰，等汪永昭在她腰上的手動了動，她才抬頭朝他笑道：「您醒了？」

「嗯。」汪永昭摟緊了她，閉著眼睛道：「何時了？」

「卯時了。」張小碗笑道：「起吧，懷慕他們還等我們用膳呢，莫餓著孩兒們了。」

汪永昭輕打了個呵欠，這才點了點頭。

張小碗起身，剛出門喚婆子端進熱水，就聽二兒媳王文君在門外道——

「娘，可許孩兒進來？」

「不是讓妳在堂屋請安的嗎？」張小碗忙讓她進來。

「孩兒給娘親請安。」長相秀美的王文君一進來就福身，笑道：「孩兒已去了膳房一趟，想著還是來給您請安才好，要不然，心裡就跟缺了什麼一樣。」

張小碗笑著搖頭，見她讓丫鬟們把熱水抬了進來。

等丫鬟們退了下去，王文君朝她笑道：「娘，我給爹爹請好安就去堂屋看看去。」

「好。」張小碗疼愛地摸了摸她的頭髮，笑道：「莫累著了，一會兒用過膳就回屋歇會兒再忙事。」

現在是二兒媳管著這府中的事，小姑娘才及笄，就能幹成這樣，張小碗有些於心不忍。

「孩兒知呢，會注意著身子，您莫擔心。」王文君搖頭笑道。

張小碗拍了拍她的手，回屋朝正在看公文的汪永昭道：「文君來了。」

「嗯。」汪永昭看著公文輕應。

「要給您請安呢。」張小碗拉了他起來，給他整了整衣裳，又踮起腳尖把他頭上的簪子理了理。

汪永昭這時放下手中公文，出了內屋的門。

「兒媳給爹爹請安，給娘親請安。」王文君這時已經往下福身。

「起。」汪永昭坐於正位，抬眼朝她道：「去忙吧。」

「是。」王文君又福了一禮，恭敬退下。

張小碗笑看著她走後，拿青鹽熱水讓他漱了口，又接過七婆手中的乾帕，在熱水裡擠了帕子出來與汪永昭拭臉，這才笑道：「您哪，對文君和善些，好好的一個小姑娘，莫被您嚇著了。」

汪永昭沒理會她的話，腦海中想著公文裡的事。等出門時，才想起昨晚夜間沒告知她的事，但又一稍想，還是膳後再告知她好了。

堂屋中，汪懷慕正在偏屋跟管事談事，見爹娘來了，忙出來拱手道：「爹、娘。」

「嗯。」汪永昭翹了翹嘴角。「用完膳再辦事吧。」

「孩兒知道了。」汪懷慕笑道，走到張小碗的身邊，輕聲地問：「娘親昨晚睡得可好？」

「好著呢。」張小碗笑道。這時王文君也過來扶她，張小碗拍了拍她的手，溫和地道：「好孩子，到懷慕邊上去吧。」

王文君紅著臉看了夫君一眼，見他也眼底有笑地回看著她，她咬著嘴笑了一下，朝他一福，便走到了他的身邊。

看著這對小兒女的神態，張小碗失笑，回過頭走到汪永昭的身邊，與他輕聲地說：「咱們家挑了個好媳婦。」

汪永昭聞言輕點了點頭。

對於王文君，汪永昭也是有些滿意的，這些年間，她對他二兒子的盡心他也看在眼裡，說來，王通確實是生了個好女兒。

這天一早，只有汪懷慕小夫妻陪著他們用膳，懷仁在千重山的兵營練兵，再過兩日，懷慕才會去看他。

「娘親，這是從遷沙山上摘的青菜，您嚐嚐。」王文君挾了一筷子菜到了張小碗的碟裡。

「好。」張小碗嚐過，才與她笑著說：「妳也顧著點懷慕，別老想著娘。」

平日素來沈得住氣的王文君這時又被她說得頗有些害羞，低頭道：「孩兒知道了。」

見她臉紅，張小碗為免她尷尬，側頭去挾了肉，沾了點醋，放到了汪永昭的碗裡，輕聲與汪永昭說話去了。

等公公攜婆婆去了前院，王文君欲要差二管事的進來堂屋，把這月的月錢分發下去時，卻見正在與大管事談話的夫君朝她走來，嘴間歉疚地道——

「娘親囑我帶妳去歇歇，妳看我，轉頭就忘了，真是好生對不住妳。」

王文君見他急急的樣子，忙扶住他，輕聲地道：「我又不累，精神好著呢，你別著急。」

「去歇會兒。」汪懷慕搖了下頭，手牽著小妻子往門外走，走到階梯前，又彎腰揹上了小妻子，與她道：「家中事多，以後還有得是妳忙的，可身子更重要。過兩天我不在家，早間給娘請安妳就去，但陪娘用膳後回來，妳就歇會兒，補一下覺，莫累著了。」

「我知。」王文君摸摸他發熱的頸項，心想一起歇會兒也好，早間他自起床後，到現下怕是一刻也沒歇著。

果不其然，他陪她在榻上躺了一會兒，就打起了輕鼾。王文君愛憐地撥了撥他耳邊的髮，滿眼心疼地看著他。

聽父親說，汪家軍從偏北的三省又新召了一萬名士兵，她夫君要忙於這些士兵的安置，過兩日得啟程到千重山去辦那些事，她都不知到時他會不會按時用膳。

思及此，王文君輕輕地嘆了口氣，心道稍晚得叫他的貼身小廝過來再細細囑咐一下，免得過些時日回來，人又要瘦一大圈。

前院書房，張小碗坐在椅子上，剛伸手準備要磨硯時，汪永昭突然張了嘴。

「孟先生去了。」

張小碗坐在那兒，腦袋都是懵的，連嘴都忘了怎麼張。

汪永昭伸手去攬住她的頭，靠在了自己的肩上，低頭用唇吻了吻她的額頭。

張小碗重重地喘了幾口氣，虛弱地發出聲。「您何時得的信？」

「昨日。」

張小碗濕了眼眶。「您昨日就該告知我。」

說罷，也知埋怨汪永昭不對，便轉過頭抵住了他的肩，擦掉了眼眶的淚，才抬頭朝他道：「懷善呢？他如何了？」

「他已在南海王府為孟先生披麻帶孝一個月，前一個月派了他的三個徒弟扶柩往邊漠來。」

「啊？」

「到時，就由懷慕代長兄送先生入墓。」汪永昭輕拍了拍她的背，淡道：「他在南海抽不出身，孟先生會在堂廟停留三日，到時，妳隨我迎先生入廟。」

張小碗聞言痛哭失聲。「夫君……」

「嗯，別哭。」汪永昭抱了她入懷，輕輕地道。

「我的小老虎怎地這般命苦啊……」張小碗死死地抓緊著他的衣裳，氣都有些喘不上來了。

汪永昭眼神一冷，一手抄起屜中的救心丸，捏著張小碗的下巴餵了一顆下去，見著她滿臉的淚，他攏起眉毛，無可奈何地嘆了口氣，道：「他怎地命苦了？」

擁重兵，管轄六省官吏，大鳳朝史上，也就出了這麼一個異姓王而已。

「他不是說要養活百姓嗎？」汪永昭皺眉替她擦淚。「他掙來了如今這地位，能幹出那千秋萬代的事來，妳在家中為他哭的是哪門子的冤？」

「先生去了……」張小碗被他說得有些傻。

「先生去了，他不還有妳，還有懷慕、懷仁嗎？」汪永昭不快地道：「妳不走就成！」

汪永昭在瞪她，張小碗被他說得哭都哭不出來了，拿過他手中的帕擦了擦眼淚，半晌都不知說什麼才好。

汪永昭太硬氣了，硬得一碰過去都沒有軟的地方。

「磨墨吧。」見她不說話，汪永昭坐直了身，再也未看她一眼，打開了剛遞上來的信件。

張小碗看了看他嚴肅的側臉，苦笑了一聲，伸手拿起了墨條。

張小碗在府中等了一個月半，等來了孟先生的棺柩。

先前已有商議，孟先生的孤父與孟先生由汪家世代供奉，孟先生的祖籍已無親人，在京也只有孟先生一人，因此先前孟先生之父已移至邊漠，這時，孟先生的墓就挖在了他的身邊。

由汪永昭率領節鎮文武官員迎了孟先生入府，懷慕為孝子捧牌位，帶領汪懷善的三個徒弟，迎了先生棺柩進汪家堂廟。

見過禮後，張小碗身為女眷，先行回了府。

馬車內，見婆婆靠著枕背不語，王文君挽著她的手臂，安靜地坐在她的身邊。

馬匹走了一段路，張小碗才回過神，她嘆了口氣，與王文君說：「懷善最小的那個徒弟才七歲，竟萬里迢迢扶了那棺柩來。」

「大伯的徒弟，想來也是像他一樣厲害的。」王文君輕輕地說。

張小碗聞言笑了笑，點頭嘆道：「可不是？過了這幾日，再讓他們好好歇歇吧。」

「孩兒知道了。他們的院子也已備妥了，就算稍晚點回來，灶房裡的熱水也是備著的，您放心。」王文君溫聲答道。

「累著妳了。」

「孩兒不累，都是吩咐管事下去辦的。」王文君搖了搖頭。

張小碗伸出手攬過她，把她抱在懷中，憐惜地拍了拍她，道：「以後不知懷仁會娶個什麼樣的來陪妳？以後的事，我這個當婆婆的也料不準，只能在著一天，就憐著妳一天。有委屈的，妳要跟我說，累著了也歇著，我們百年之後，這家中的大大小小事，還得妳幫襯著。妳也不是個好命的，嫁進了我們家中，以後怕也還是會苦著妳。」

「孩兒不苦。」王文君在她的懷裡搖頭，淡淡地道：「孩兒得了這麼多，該做的都得做，要不孩兒受之有愧。」

就算累了，回到屋中也有人抱她、憐惜她，王文君不覺得這有什麼苦的。

便是娘家，爹爹都有兩個姨娘成天哭哭鬧鬧地耍心眼，但在都府裡頭，她帶來的美貌丫鬟只多看她的夫君兩眼，便被打發了出去。

沒有鬧心的人，只不過是處理府中事務，這何累之有？

每次回娘家，他也都陪著去。就像她娘所說的那樣，誰能嫁得有她這般好？人不惜福便會短福，她真不覺得這有什麼苦。

「妳想得開就好。」張小碗聞言，不由得笑了。

王文君靠在她的懷裡，安心地閉了閉眼。

她知道，婆婆是真心疼愛她的。

她的夫君也如是。

汪懷善的三個徒弟都是他帳中死去的大將之子，三人最大的不過十三歲，最小的只有七歲，竟領兵百人，萬里扶柩來了邊漠。

汪懷仁甚是喜愛這三人，竟讓他們住進了他的院子。

平日他都是住在父母院中的臥屋，因著這三人住進了他的院子，他還回了他的院中住了下來。

在孟先生入墓之後的這晚，得知小兒回了自個兒院中，張小碗私下跟汪永昭笑著說：

「咱們的小兒總算是長大了，不賴在咱們院子了。」

汪永昭聞言便瞥她，輕斥了一句。「沒規矩。」

「是，是妾身的不是。」張小碗站起來拉他。「您陪我過去看看。」

「嗯。」汪永昭放下手中的書。

走到隔院，汪懷仁正站在院中招呼著三個小徒侄吃鮮果。

看到父母過來，他吐了吐舌頭，大聲地道：「我沒什麼好招待徒侄的，就讓管家送了點鮮果子過來。」

「知了，娘只是過來看看你睡了沒有，不是來訓你的。」張小碗笑著說。這時那三個小徒孫已經過來與他們請了安，張小碗看著三人已穿了新衣，臉也甚是乾淨精神，不像之前幾日那般疲憊，不由得彎腰一人摸了一下，笑道：「吃罷就好好睡去吧，明日再找我來說話，可好？」

「遵令，祖師奶奶。」最大的那位韓兵拱手道。

「遵令，祖師奶奶。」那兩個小的也恭敬地拱手。

懷仁調皮，因著父母都來了，他親手搬了凳子過來讓他們坐下，領著三個小的又在院中演練了一番，這才帶著渾身被汗濕透的三個徒侄去沐浴睡覺。

直到這幾個小的都睡著了，張小碗才隨了汪永昭回院。

走到半路，她睏得厲害，汪永昭便抱起了她。張小碗靠在他的胸口，打了個哈欠，與他輕笑道：「還好孩兒們都隨了您的身體，個個生龍活虎。」

汪永昭輕哼了一聲，低頭與她道：「歇著吧。」
「哎。」張小碗便閉上了眼。這時，她昨晚憶起往事而悲傷的心間已然平靜了下來。
人死燈滅，誰都有這麼一遭。
孟先生走了，她也有走的一天，希望到時她的小老虎不要太傷心，她的孩子們都無須為她太悲傷。

因著思及身後之事，張小碗問三個小徒孫的話問得頗仔細，得知懷善身體很好，一日能操練兩個時辰後，她便多少放了點心。
就是如此，在小徒孫們回去時，她還是寫了一封長長的信給汪懷善，信中委婉平和地說了許多事，其間也開導懷善要及時行樂。
這封信過後的三個月，張小碗收到了回信，信中懷善說，善王妃已到了南海，他府中已有盡職的主母，汪岳也有親母照顧，還請娘親放心。
張小碗看過這封信，足足又看過三遍，才問身邊之人。「木氏去了南海？」
「嗯。」汪永昭依舊淡然。
「這……」張小碗有不解。
「這是善王的事，他自會處置。」
「可能放心？」張小碗攏起的眉心一直未鬆開。
「呵，」汪永昭聞言翹了翹嘴角。「妳忘了，他不僅是妳的兒子，更是我汪永昭的兒子。」

張小碗輕「啊」了一聲，坐在椅中，想了半天，良久後才搖頭嘆道：「真不知您和他是如何想的了……」

「木氏現已懂事了不少，汪岳是個好的，」汪永昭見她一臉困惑，神情還有些無力，想了想，便還是與她說了一半的實話。「現下長得像汪家人了。」

「嗯？」見他肯說，張小碗忙抓了他的手。「還有呢？」

汪永昭牽了她過來在腿上坐下抱著她後，嘴間淡道：「善王說加以栽培，以後也是一名虎將。」

張小碗聞言真正笑了出來。「他的孩兒，再差能差到哪裡去！」

見她陡然放鬆了下來，汪永昭在心裡搖了搖頭，嘴間還是繼而說道：「汪岳以後要是有那能耐，能撐得起南邊，南邊也是他的。」

「啊？真的？」張小碗聞言坐直了身，猛然回頭看著汪永昭，驚喜地道。

見她整張臉剎那都似發光起來，汪永昭在心裡哼了哼，難怪那小子非得囑他怎麼對她說話！他心中有些不快，但臉上還是神情不變地道：「也得他長大了後有那能耐才行。」

「這倒不怕，」張小碗滿足地笑嘆道：「他是懷善的兒子，有懷善好好帶著，再好好請幾個先生，能差到哪裡去？孩子尚小，誰能料得準他以後的能耐？說不定以後還會青出於藍勝於藍呢！」

只要父子倆好好處著，這親生的骨肉，這感情能差到哪裡去？養著養著便親密了。

她只怕他不肯好好帶到身邊養。

至於夫妻之間，時間久了，只要想把日子過下去，木氏還想當她的善王妃而不是一無所有的棄婦，他們會找到相處之道的。這世上大多的夫妻，不都是這麼過的嗎？

他們既然不能分開，那便找個法子過下去就是，這是他們的事，她不會管。

汪永昭話裡瞞她的，夫妻多年了，他話裡的什麼意思，張小碗心裡多少也能猜得出一些。

而木如珠怎麼老實的，她也不想問。

對她來說，只要懷善想開了、不心傷了，木如珠就僅僅是木如珠，她們頂多就是那規規矩矩的婆媳關係，僅就這樣了。

但汪岳是懷善的孩子，不能因為母親的關係就被父親放棄，現下能知道懷善喜他，汪永昭也鬆了些口，張小碗便安了一些心下來。

等再過幾年，孩子再長大些，她要是還在，便再慢慢地為他多盤算些吧。

他是懷善的孩子，也是她盼了很多年的孫子，能好，就對他好點吧。

張小碗好幾天都是眉眼帶笑，她心情好，還親自下廚了兩天，樂得汪懷仁營中也不回了，一到時辰，就準時回府用膳。

見成天往外跑的小兒著家勤快，張小碗便也想著多下廚幾次，可過了幾天，在這天午膳時，她被汪永昭痛罵了一頓，當著兒子的面說不能慣著他。

見汪永昭口氣不好，張小碗心想怕是他在前院議事生了惱，所以就隨他發了脾氣，點頭應好，他說道她一句，她便低頭回他一句「再也不敢了」。

但到夕間，她正要去做小兒最喜的蔥油餅，還沒走到灶房，就見二兒子大步往她跑來，嘴裡朝她道——

「爹爹讓我來攔您，他果然料得不錯。」

「這……」張小碗猶豫地看著近在眼前的灶房。

「娘趕緊回吧，再不回，他便又要生惱了。娘都不知，這幾日鎮中事多，他正心裡著惱呢，眾大人都被他說得不敢來見他了。娘要是再讓他生惱，明兒孩兒都怕帶文君給他和您請安了。」汪懷慕朝他娘親笑道。

張小碗一聽，搖了搖頭，帶著婆子往回走。

汪懷慕過來扶她，朝她微微笑道：「您看，這樣才好。」

「你爹爹他發的什麼脾氣？」張小碗無奈地問起。

「夏軍來了個老將軍，說是以前跟爹爹打過仗的人，他前天從咱們白羊鎮偷了一千多隻羊走了，爹爹氣得說要摘了他的頭。」汪懷慕在娘親的耳朵邊輕輕地說：「娘可別說是我跟您說的。回頭您好好哄哄他，莫讓他對著荊大人他們發脾氣了，幾個老大人都一大把年紀了，還要被他罵，也怪可憐的。」

汪永昭好幾天都脾氣不好，要說他發脾氣，府中沒誰不怕的，下人怕他卻也沒辦法，該伺候要伺候，沒有奴才能躲著主子的，這時他們就希望夫人能時常出現在他身邊，至少有著夫人在，大人就算可怕，也不會覺得生命有見危之感。

王文君這天入睡時跟夫君說：「無論爹爹怎麼發脾氣，娘親卻是氣定神閒，哪怕是說她，她頭一低，也就隨爹爹說去了，等爹爹說完，她頭一抬就衝著爹爹笑，爹爹都不好再說話了。」說完她便掩嘴笑。

汪懷慕一聽，細想想可不就是如此？他不禁朝自己的小娘子笑道：「爹爹也不會真生她的氣，我聽娘說過，爹爹一輩子頂多朝她說說，卻是一根手指頭也不碰她的。」

「娘親真有福氣。」王文君依偎著她的夫君，輕聲地說。

「是呢。」汪懷慕便笑了起來。爹爹就算身在外面處理公務，看著什麼娘親會歡喜的，每次都要囑人送一堆回來。

娘親病了，他爹爹坐在娘親身邊那副就像無依無靠的樣子，至今回想，他心裡都難受。

「平日好生顧著娘親，」汪懷慕與懷中小嬌妻輕輕地說：「她辛苦一輩子了，該換我們孝順她了。」

「我知的，夫君。」

汪懷慕輕拍了拍她的腰，吻了吻她的臉。「睡吧。」

這一年，王文君被診出了喜脈，全府都透出了濃濃的喜氣，汪懷仁都已找木匠打好了小木馬回來送與小侄玩耍，被張小碗抱在懷中笑了好半會兒，直道他當了小將軍，可孩子氣卻一點也沒少。

汪懷仁已有十六歲，親事也是快要定下了，是皇上指了一個公主過來。婉和公主來過信，說那公主性情溫良，是個好的。

小兒的親事，斷是不能自己作主了。看罷公主的信，張小碗心裡其實也沒好受多少，但懷仁卻也是個大器的，對娘親的擔心甚是不以為然。

他道：「這裡是我汪家的地方，她要是來給我耍公主性子，不聽我的話，哪兒來的就回哪兒去！皇上把那麼不好的公主嫁給我，我還不依呢，定要上京找他說理去！」

他這番行事說話，就跟小霸王似的，張小碗無奈，卻也知這樣的性子卻是活得最易的，也只能由得了他去了。

懷仁長相肖似她，可那脾氣，卻肖似了其父、其大兄，卻又比他們多了幾分霸氣囂張。

所幸拘了他幾年，父親、兄長帶得好，在外，汪懷仁是個相當有擔當的小將軍，也很是吃苦耐勞，沒有絲毫嬌氣。

三兒中，張小碗對他的擔心是最少的。

二媳有孕後，張小碗重新管起了家。

其實以前她也還是管，大的事都要過問她，只是瑣碎之事不來過問她罷了。現在她也只是上午辦辦事，讓二兒媳上午歇息好，下午要有那精力就處事，沒有就歇著，前來叫她就可。

府中總共大小兩個主母，確也是和睦。

這日午膳午休後，等汪永昭去了前院，張小碗得了婆子的報，進了堂屋，見屋中懷慕正坐在大門邊上的桌子處撥算盤，走過去看了兩眼，問他道：「怎地不去書房？」

「文君在榻上歇著，怕擾了她。」汪懷慕停下手中的算盤，朝娘親笑道：「先前她陪我在書房處置公務。本是要回自己院中的，但到娘親妳這兒才踏實，帳又算得快，孩兒便來了。」

張小碗拿過他手中的冊子，翻了幾頁，搖頭道：「這些帳房都算過了？」

「各地的都分別找人算過了，孩兒就是做個總帳。」汪懷慕拿過她手中的帳冊，笑道：「回頭把總帳送過來讓您翻翻，這些細帳您就別看了，別擾了眼。」

「娘的眼睛哪有那麼差？」張小碗搖搖頭道。

汪懷慕笑而不語，拿起了毛筆把剛算下的帳記好後，又抬頭與張小碗道：「娘親不去陪爹爹？」

「一會兒去。」

汪懷慕便笑。

張小碗便也笑了起來。「怎地，不能讓娘先陪陪你？」

汪懷慕聞言，心中暖洋洋的，他含笑點頭。「孩兒願意，您就陪著吧。」

張小碗朝他笑，也不言語，微笑地看著他辦事，直至王文君來了，她與二兒媳說了幾句話，這才去了前院。

婆婆一走，王文君就朝夫君無奈地道：「娘在，你怎麼不讓人來叫我？」

「別擔心，妳要是睡不妥了，娘親才會說我。」汪懷慕扶了她坐下。

「我覺著我無事。」王文君真覺著懷孕才兩個月，肚子也不顯，其實跟過去無異。

「那也要小心著點，我才安心。」汪懷慕等她坐下把完脈後，含笑道。

看著他溫潤俊雅的臉，王文君嘴邊的笑容越笑越深，她看著他，就這麼看著，都捨不得眨眼了。

這晚夜間，汪永昭出去辦事，汪懷慕在就寢前過來問安，看她正坐在燈火下的繡架前繡衣，不由得說道：「父親要是知道了，回來定要說您。」

「閒得發慌，就繡兩針，也並不是時時盯著。」張小碗拉他在身邊坐下道。

「您哪……」汪懷慕搖頭。

他看了看外屋中四處點著的燭火，過了一會兒才領悟過來，對他娘親道：「娘親還想等爹爹回來？」

張小碗笑。「也不睏，等會兒吧。」

「爹爹沒說什麼時辰回來吧？」汪懷慕不贊同地搖頭。「您還是早先歇著吧。」

「你爹爹說晚些回來，便只會晚一些。」張小碗笑道，想了想，又與兒子詳說道：「要是不回，你爹便會與我說清楚的。」

汪懷慕聞言細想了一下，笑了起來。「爹爹也想讓您等他？」

「唉，想著我還在等他，許是便也會回來得早些。」張小碗嘆道。還是回來得早些安歇的好，也是有年紀的人了，哪能像以前那般，三更半夜還在外辦事？

「娘。」燭光下，他娘的臉是那般溫婉柔和，汪懷慕不由得叫了她一聲。他想了一下，輕聲地道：「說來，您最是瞭解爹爹的，爹爹也是最瞭解您的，是嗎？」

她只多看一眼的東西，爹爹都能知道她是歡喜或不歡喜。

哪怕今年，他也不止一次看過爹爹揹著她散步，只因她說喜歡吹吹夜風。

「啊？」汪懷慕的話讓張小碗稍愣了一下，隨即便笑而不語。

「是嗎？您心中只有他是不是？」汪懷慕看著她道。有時他也有些不解，為何他娘面對爹爹在外的事情，總是那麼鎮定？

總有人會把貌美的女子送進府來，懷仁問過爹爹，娘會不會吃醋？爹爹搖頭，什麼也未答。

他們那般好，而甄先生和老大夫都說，她是個極好的妻子，卻不會說他們夫妻情深的話出來，老大夫更是說他娘這樣的人，如果不是有那姻緣線牽著，根本看不上他爹。

自來愛說父親不是的老大夫的話，他自然是不信的。這麼多年看下來，再想想府中老人在他耳邊曾說過的話，汪懷慕也想過，娘還在怪爹爹對她與大哥不好過嗎？

他們難道不恩愛嗎？

「怎地這般問了？」見兒子追問，張小碗有些訝異。

「孩兒就是想知道。」汪懷慕歉意地笑了起來，他也曾因心中之事問過大哥，問他這麼多年後還恨不恨爹爹？大哥也是笑而不語。

「想知道？」張小碗在嘴間默默地唸了這三個字，嘴角微翹了翹，偏頭想了一會兒，終還是沒有正面回答他的問題。

汪永昭確也是懂她的，如不是，他不會這麼護著懷善一路過來，也不會對張家有著那麼多照顧。

他也不會讓她在府中稱心如意這麼多年。

但談瞭解，談何容易？他這一輩子都不會懂真正的她。

她也不願意讓他懂。

要是懂了，他們之間哪還能像如今這般樣子？

在她眼中的汪永昭，是必須用著全然的克制力才能應對的男人，她沒有稜角，隱藏了自己全部的脾氣，才能和這塊石頭相處。他若是真瞭解了她，他們要怎麼相處？

硬碰硬嗎？

還是不要瞭解的好。

她不愛他，才能知道他要的是什麼，才能跟得上他的腳步，才能給他他所想要的溫情。

他要的，也是像她現在這樣的妻子。

要是換成真正的張小碗和他相處……

想至此，張小碗的嘴角翹了起來。她這輩子，在汪永昭面前最像她自己的時候，便是當年拿著弓箭對著汪永昭的那個瞬間。

曾經有人說，她最大的優點是無畏無懼，這是她成功的最大原因。

那一刻的她，是那般的無畏無懼，只有那個時候，她才那麼像自己。

可也只有一刻的時間，過後，她就被理智打回了原形，她又把那個自己縮了回去，向環境屈服，直至如今。

「說心中只有你爹爹，確也是不對的，娘這心裡，還有著你大哥，有你，還有我們家的小將軍。」張小碗避重就輕地說道。

「娘……」汪懷慕無奈，看著對他笑著的娘親說：「您明知孩兒問的不是這個。」

張小碗不願對自己的孩兒撒謊，也不能不回答他，於是心平氣和地與他道：「娘只知你爹爹對娘好，娘這輩子也只想他好好的。他冷了我替他冷，他熱了我替他熱，怕他生病，怕他在路中有危險，怕他操勞會勞累，便是現下，也是在想著他什麼時辰回來？會不會累著了？肚子可會餓？」

汪懷慕聽罷，看著她平靜溫婉的臉，在這一剎那，不知說什麼才好。

見兒子怔住，張小碗看著他溫和地道：「我總掛心著他，這應便是心中有他吧？」

汪懷慕的頭不由得點了下去。

這都不是，那什麼才是？

張小碗笑，搖了搖頭嘆道：「果然是要當爹的人了，能跑到娘面前問娘和你爹的事了。」

「娘……」見母親調侃他，汪懷慕的臉微微紅了起來。「孩兒就是只想這麼一問。」

「回吧，莫讓文君多等。」張小碗笑嘆道，起身送了他出院，叮囑他走路小心，直看到他的背影消失，才回過了頭。

萍婆子過來扶她，張小碗反手，扶住了這一年身體不好的萍婆子，帶她往裡走。

萍婆子也沒再掙扎，等到了屋子裡坐下後，她給張小碗倒了杯熱水，才與張小碗說：「誰能像您這樣過一生呢？」

張小碗笑了笑，沒有回話，又坐回到了繡架前，慢慢地端詳架上的圖樣。

愛情這個東西，熱情又奔放，人一生確實要好好愛過一場才知其美妙，但，熱情奔放的感情大多都是魯莽衝動的，越投入越在意，尤其女人若失了心，抽身要比陷身難，又很容易做糊塗事。

要是換個一般人，做做糊塗事也無傷大雅了，可是在汪永昭面前，她哪敢？在這個朝代，她沒什麼勢力撐腰，兒子更要靠他活下去，她與他之間若一步踏錯便是萬丈深淵，她哪還能對他愛得起來？全部的心思都已經用在怎麼跟他相處上了。

汪永昭還是在意她愛不愛他，她知道。

她以前沒有明言對他撒謊過，現下就更不會了，這是她對這個相處了近大半輩子，也為她所做良多的男人的尊重。

這麼多年的相濡以沫，夜夜的肌膚相觸，人哪可能沒感情？尊重、疼愛、憐惜，這些都是實實在在有過的。

「剛剛卻是沒有告訴懷慕，」張小碗停了眼，抬眼朝萍婆子笑道：「在我心中，這世上沒有比他爹爹更強悍、更出色的男人了。」

萍婆子聞言笑了，她笑著搖了搖頭。「可不是？您剛剛要是這樣回二公子，他心中定會什麼也不想了。」

張小碗頷首，捏起了針，嘴角含著淡笑道：「回頭老爺若也還是有此疑問，我便向他請罪去，看我哪裡做得不好，讓他對我不滿。」

「您就莫問了，又要討他著惱。」萍婆子好笑道。

「唉，」張小碗笑著搖頭。「也不知怎地，今年他的脾氣比往年都要大起來了。我只聽說年齡越大修養越好，怎地臨到我家這老爺，隔三差五的就要發頓脾氣？」

「外面事多呢。」

「往年也是事多的。」

「呵，那您就問問去。」

「現下就不怕我討他著惱了？」

「問吧、問吧，奴婢哪能管得著您？」見夫人跟她拌嘴，萍婆子也好笑地搖了搖頭。

「去榻上歇會兒吧，」見萍婆子神情有些倦意了，張小碗看她一眼，溫聲道：「有事我喚妳。」

「您也去歇著吧。」明知她不會，萍婆子還是勸了一句。

「不了，白間歇得足，現下還不睏。」張小碗揮手。「去吧。」

等到夜間過了子時，門輕輕地開了，張小碗抬頭，看著門邊的男人便站了起來，朝他走去。「回來了？」

「嗯。」汪永昭站到她面前，讓她給他解披風。

「萍婆，」張小碗回頭叫了人。「讓小廝抬熱水進來，去廚房把肉粥端來。」

萍婆子應了聲。

「妳來看看。」等身上披風解了，汪永昭沒隨她進屋，拉了她出門，抬了抬下巴，對著廊下的一坨東西道：「路過遷沙山，見開花了，便挖了回來。」

說罷，取過廊間掛著的燈籠，提在了手上。

張小碗彎腰，就著明亮的燈光看著那幾棵開著黃色、粉紅色的小花樹，聞著它們散發出來的香味，她不由得笑了起來，抬頭朝他笑道：「是夜來香。」

「嗯。」

「夫君，您讓下人去拿盆子來，我們栽好了再進屋。」

「好。」汪永昭見她一直拉著他的手，笑意盈盈地看著他，也不想動，便抬高了些聲音，朝遠處道：「拿盆過來。」

暗中有人答了「是」。

這時張小碗拉著汪永昭蹲下了身，與他一道細看著這半夜採來的夜來香。

初夏，王文君生了一對龍鳳胎，得了一男一女兩個娃兒。

這下子，張小碗才知喜得腳不沾地是何樣的感覺。雖說孫兒她也愛，但總覺得孫女格外可愛。

夜間與汪永昭夜話時說起，她都頗有些不好意思，道：「果然人心都是偏的，我怎地覺得再也沒有比我們小芙愉更討人歡喜的孩子了？」

汪永昭得了孫兒，也親手抱過，但沒有張小碗那般喜悅，但看著她精神抖擻的樣兒也挺有趣，平日抱孫，孫女也會抱在懷中多看幾眼。

汪懷慕當了父親後，行事比以往更穩重了，連馬幫也從汪永昭的手裡接手了過去。

張小碗挺擔心他過於辛勤，萬幸，王文君確實是個聰慧又靈敏的，沒有多時就已學會了怎麼應對汪懷慕，讓他別跑得太急，太過辛勞。

為此，夫妻感情更好了，懷慕是疼愛妻子之餘還敬愛她，張小碗在旁看著真是舒心。這樣的感情，依兩人的品性，只要能繼續下去，以後能一直風雨同舟是不成問題的。

這年，都府的日子喜喜樂樂，直到年底，張小碗從張小寶那裡得知南邊有那雪災後，那喜悅的心便又冷了下來。

這些年來，汪永昭不太與她說外邊的事，張小碗也從不踰越她該守的本分，掌握著分寸，但事關汪懷善的，她總是忍不住有些心焦。

汪永昭見她好幾天來，天天都來前院的書房，心知她是什麼意思。這天下午在她提了食來與他吃，用罷飯食後他便張了口對她道：「妳何日才開口跟我提善王的事？」
張小碗聞言拿帕掩嘴笑。
汪永昭搖搖頭，他早知她總是有法子對付他。
他伸出手，扶了她背後歪著的軟墊，讓她半躺著，嘴間淡道：「善王早前就在天師嘴裡得了信，做了些準備，現下也沒有什麼大問題。我還在等信，但師爺說，按善王的能耐和提前做的準備，他的六省不會死太多人。」
「可有缺什麼？」張小碗坐直了身。
見她身體繃緊，汪永昭看她一眼，嘴裡還是說道：「他提前有所準備，要是缺什麼，他會來信說。」
「嗯。」張小碗應了聲，想了好久，才軟下身體，躺了下去，嘴裡苦笑道：「老天爺總愛為難人。」
只有身處在這個朝代了，才知這裡的日子到底有多難。光是天災就能弄得幾處民不聊生，人要跟天爭命，要跟日子爭命，別說是好好過一輩子，就是能活一輩子，不早夭、早亡，都是不容易的事。
「自來如此。」相比張小碗的苦澀，汪永昭言語冷淡。
張小碗看向他，扯他的衣袖，拉過他的手握在了手中，才道：「說來，懷善這點也是極像您的。」
只是懷善明朗開放些，他專制冷酷些。

做的事，卻是一樣的。

懷善想讓人活下來，活得好一些，汪永昭其實也何嘗不是？便是招兵，他去的也是偏北那些活不下去的地方招的，也容他們拖兒帶女地過來安置。

他與孩兒們都不與她說這些事，並不代表她真不知道。

她一直在旁靜靜看著，她也知對於有些人來說，汪永昭就是一個冷血無情的人，他確也不是個好人，但對於受益者之一的她來說，張小碗不想否認他的功勞。

說來世事確實冷酷，成大事者，鮮有人不是踩著別人的屍骨上去的，汪永昭這種人信奉的是強者為王，他不會憐憫，但卻有擔當。

相比於懷善，他確實冷酷甚多，但他也是人，也需要溫暖和歇息才能好好活下去。

而這是她能給他的。

婦人的眼睛溫暖又滿是柔意，看著她的眼睛，汪永昭突然想起，多年前他在馬背上看到的她的那雙眼。

哪怕到現在，他還清楚記著那雙眼睛有多黑、有多冷淡。

看著現在的這雙眼，汪永昭突然滿足了起來。

或許，他沒得到她的所有，但他卻也是得到他想要的了。

她的款語溫言、她的一心一意，他都得到了。

哪怕，有時想起她心中那些隱隱不知會說給誰聽的話，他想得心口都疼……

「怎地不答我了？」她又笑著開了口。

「他是我兒，不像我，那要像誰？」汪永昭看過她的笑臉，這才轉過臉抽出手，漫不經心地打開桌上的冊子。

他聽她輕笑了幾聲，再回首看她，見她嘴角笑容淡下，他想了想，又道：「看來年春天吧，要是缺糧、缺藥材，到時我再借他一些。」

見她笑容又深了起來，汪永昭見討得了她歡心，自嘲地搖了下頭，便不再言語，轉投公務。

來年，汪懷慕與汪懷仁帶兵去了南海，相助其兄。

半年後，他們回來，汪懷仁對營下眾將說起其長兄，字句鏗鏘，擲地有聲。「他就應是我汪懷仁的長兄！」

跟其母說起長兄，那言語就沒在外邊那般慎重了，他跟母親咬耳朵時語氣得意不已。「妳都不知，二哥與我一去，他們都當我們是神仙窩裡出來的，是吃仙藥長大的！」

說完，格格笑個不停，摸著肚子大笑道：「妳不知當時笑得我，如若不是二哥攔著，我真應掏出藥丸子來吃幾顆，嚇唬嚇唬他們！」

張小碗本還想笑，但聽了他後面的話，無語地看向身邊的汪永昭，希望他訓訓完全跟他們不一樣的小兒。

但一眼看去，看到了汪永昭嘴邊的笑，張小碗就知指望他訓兒是不可能了。她只得自己出手，狠狠掐著小兒的耳朵，怒道：「你要是在外敢這般頑劣行事，看我不捏掉你的耳朵！」

「娘、娘，我的親娘——」汪懷仁沒料他剛回來，他娘就下此狠手，疼得跺腳大喊道：「妳還是不是我的親娘了?痛煞我也！」

「還敢不敢了？」張小碗不為所動，眉毛豎起。

「娘妳真醜！」誰都不怕的汪懷仁拚命掙扎。

「還敢不敢？」張小碗加大了手勁。

「不敢了！」汪懷仁疼得嚎叫了一聲，連連跺著腳大叫道：「爹爹救我！二哥、二嫂救我！」

見張小碗發了狠，汪永昭垂首看著手中茶杯不語。

那邊，王文君擰著手中的帕，不敢過來說話。

汪懷慕好整以暇地靠著椅臂，看著小弟被訓。

他再囂張，這世上，還是有人治得住他的。

來年，六省百姓還了官府的糧，官府便把糧還回了一些給邊漠。

這年八月，公主下嫁汪府，陪嫁萬兩黃金。

汪懷仁在父母屋中跟他娘跺腳。「皇帝當我是個傻的！我們汪家救百姓有功，那黃金本就應是賞給我們家的，怎地成了那公主的陪嫁?不成、不成，我定要上京跟他說理去！」

「你敢！」張小碗知道這事她小兒定是做得出來的，他肯定會連親都不成就要上京找皇帝說理去，只得又用了嚴母之威，把小兒留了下來。

只是如此一來，汪懷仁更是不怎麼歡喜公主了。

他本來心下就嘀咕這京城來的公主怕會欺壓他二嫂，這妯娌之間的髒污事，他可是自小就在鎮子裡聽過不少，他二嫂溫溫柔柔的，而他娘親更是個好欺負的，這公主來了也是禍事，但這公主看樣子不娶不行，不過不能放在家中。

所以，汪懷仁大手一揮，便把千重城進城的大宅當了自己的小將軍府，決定把公主迎進那府裡。

小霸王行事霸道，誰人也擋他不得，張小碗跟他發了幾次脾氣，甚至氣得絕了一次食，也沒改變小兒的決定。

不過汪懷仁還是鬆了口，跟她說道：「要是把那黃金賞給我們家，不當是陪嫁，我就接她回府來。不然，她就是個公主媳婦，妳再跟我鬧也是不成的，妳得跟我講些道理。」

他萬般歪理，但張小碗卻也是駁他不得。

公主下嫁，確也是皇帝用來要挾汪府的，這萬兩黃金說好聽點是公主的陪嫁，其實說是賠給汪家的損失也不為過。

他們汪家去年所行一趟，跟雲、滄、大東三州借了大半的糧食及藥材，才讓六省緩過危機，要不然，那偌大的六省，豈是汪家一府能救得過來的？

這次危機一過，欠雲、滄、大東三州眾官的人情，可不是皇帝說不用還就不用還的，雖說普天之下莫非王土，可這三州的眾官要過日子，這三州的百姓也是要過日子的，皇上說這是他們應做的那是皇上說的，沙河鎮汪府可是發了話說欠了他們的，那是確確實實欠著的，這是得還的。

皇帝把這黃金當成了陪嫁，氣得汪懷仁嘴角都是歪的，還好他大哥把糧食還了些過來，讓他二哥還了欠三州的，要不然，他肯定要把皇帝派來的公主堵在他們家鎮子的門口進不來！

汪懷仁成親後，和公主的日子過得不鹹不淡，不過他也不是個注重兒女情長的，從小就天天往兵營裡鑽，張小碗也只當他是這個性子，他現在也大了，什麼事自己有主意得很，管他卻也是管不住了，只能讓他去。

這一年，王文君又懷孕了，那廂，公主也有了身孕。

來年王文君又生下一雙男胎後，公主生了個女兒。

又多了個孫女，張小碗是歡喜的，公主卻是在張小碗面前大哭了一場，直道對不起汪家。

公主這一年多來安安分分，張小碗看她樣子也是個良善的，但家中那小兒就是不怎麼歡喜她，覺得是他們皇家欠他們家的，怎麼看公主都不順眼。

現下公主生了個女兒，她被汪懷仁嚇得以為夫君要把她打發回京了，生了個女兒以後便成天以淚洗面。

張小碗無奈，只得一大把年紀了，還要提著棍子去軍營抓她那完全不像是她生的小兒回府。

可是汪懷仁早得了信，溜得遠遠的。

張小碗只能回府，找汪永昭大哭了一場，哭得汪永昭只好答應她把小兒抓回來。

「還得訓一頓……」張小碗哭道。

「好。」汪永昭無奈，不知這婦人都這把年紀了，怎地還這麼能哭？

汪懷仁被親爹抓回，又被親娘哭著訓了一頓後，愣頭愣腦地回了府，對公主也是好了一些，公主也算是不再成天擔憂自己會被休回京都了。

而張小碗對這個連公主都敢休的小兒，那真是一想起就腦門疼，恨不得當年根本沒把他生下來，也不至於現下晚年了都不得安寧。

汪懷善在六省的根基已穩，張小碗聽京中來看她的婉和公主跟她說，六省百姓的日子確實是比以前好過多了。

婉和現下也與汪懷善握手言和，張小碗在汪懷善的信中看他說過，婉和與他提過一些關於海上的事，還挺準的，不像當年那般糊塗了。

婉和這次來，是來與司馬將軍一道上南海的溫西省上任總兵的。

「本是在京中等，只是將軍上任的路不過京都，我便過來與他一道。」婉和淡淡地說道。

張小碗點頭笑道：「夫妻一起走，彼此照應著，這多好。」

哪怕是湊合著一起過，有個伴也是好的。

婉和公主笑著點了點頭，沒有說話，看著張小碗指了指桌上的幾箱布料。

「本是還想備些衣裳的，但您走得急，來不及備了，就選了幾疋布，您別嫌棄，都帶上吧。」張小碗懷中攬著司馬樂，抬頭與公主說道。

「好。」婉和沒有推託。

汪夫人給她的，她還到她那大兒身上去就是。

婉和走時，上馬車前，當著眾丫鬟、婆子的面，給張小碗福了一禮。

張小碗忙連退幾步，回了大禮才起身。

婉和看著她笑。「這是我作為姪女給您行的禮，看在我母后的分上，您就受著吧。」

聞言，張小碗有些眼酸，點頭道：「受著了，您好生走著，以後定要好好的。這日子太長，能對自己好些便好些，過去的事別再想著了，您要是過得好，皇后泉下有知，也是欣慰的。」

「婉和知道，就此告別了。」婉和帶著女兒，與張小碗淺淺一福，就此上了馬車離去。

這年入秋，京都來信，說劉二郎死了，望張家姊弟過去奔喪。

張小碗沒有去。

劉家長子劉言德千里迢迢來請她，張小碗也還是沒有去。

劉言德求了張小弟，也還是沒有求來張小碗的心軟。

劉家現下不行了，汪家不扶一把，便起不來了。

但張小碗卻是不想幫這一把。她一直都不去想那過往，這並不代表過往就不存在。那一路來的艱辛，起源是什麼，她哪能真的忘記？

以德報怨的事，她從未做過，也並不打算做。

風光了一時的劉家，就此沒落。

很快地，孫兒們就長大了。

這二十來年間，汪懷善帶隊出海過兩趟，一趟去了五年，一趟去了七年，張小碗等著他回家，等得都不想死了。

她怕他回來，一聽她沒了，不知會有多傷心。

為了讓他能安心地見她最後一眼，她就得好好過著。

說來，二兒子娶的媳婦是個極能幹的，就是小兒子娶的先前不滿意的公主，後來卻也是個讓人放心的，雖被小兒嚇得膽小、唯唯諾諾了些，卻也是懂得心疼、敬愛夫君的。只有大兒子的姻緣是張小碗心中想起來便無奈的疼，有時她也後悔是自己對懷善的過於放任，以至於害了他的夫妻緣。

汪懷善五十歲那一年，他回了節鎮，陪父母、兄弟住了一年。

其間，他與其父打過一架，與他抱頭痛哭過一場，還曾與父親一起歇息過一晚。

在父母和兄弟相送他到鎮門大門口時，他跪下朝父母磕拜，而後抬頭對汪永昭道：「來生我再給您當兒子，但我一出生，您就得抱我一回，如此，餘生您再怎麼對我，我都不會恨您。」

汪永昭點了下頭，抿著嘴，站在那兒看著大兒子離去。

孫兒們漸漸長大，獨當一面，昔日的千重山成了千重大城，從白羊鎮到千重山，汪府管轄之地有近萬里。

這一天，張小碗給汪永昭梳頭髮時，汪永昭突然對她說：「叫懷善回來。」

「叫懷善回來？」張小碗慢慢地扶著他的肩膀，坐到了他的身邊，輕輕地問。

「嗯。」汪永昭朝她點頭，伸手摸著她的滿頭銀髮，叫了她一聲。「小碗……」

「哎。」張小碗笑著應聲，眼淚從她的眼睛裡流了出來。「我知道了，叫他回來。」

這年四月，年近古稀的汪懷善帶了大兒汪岳回來。

這夜，汪永昭輕扯著張小碗的衣袖，伸出手，慢慢地與她五指交纏，在她耳邊說：「小碗，在妳心中，我是不是天地間最強悍、最出色的男人？」

張小碗聞言，便在淺眠中睜開了眼，回過頭柔聲道：「是，夫君，你是的。」

汪永昭便翹起嘴角笑。他緊緊地抓著張小碗的手，努力睜大眼睛看著眼前的妻子。「妳別哭，別哭，來生我再來找妳，我不會對你們不好了……這生妳忍我、疼我，來生，便換我來忍妳、疼妳……」

張小碗點頭笑道：「好。」

汪永昭的手慢慢地沒了力氣，張小碗便用力地抓住了他，把他抱在了懷中。

他沒了呼吸，張小碗覺得她的心，在這一刻便也完全靜了下來。

汪永昭去世後一個月，張小碗在這天叫了三個兒子過來，她拉著他們的手合上，笑著與他們道：「我這輩子，所做的最好的事，就是生了你們。以後你們要好好照拂彼此、照拂兒孫，就像當年你父親與我照拂你們那般。」

汪懷善帶著兩個弟弟，守了娘親一晚。

娘親在寅時斷的氣。

汪懷善懷抱著其母年老的身體，對弟弟們平靜地說：「我也老了。」

汪懷仁和汪懷慕跪下，兩老者無聲流淚不止。

「便也順我一回吧，可行？」汪懷善與他們商量道。

「大哥，你揹娘去，我這就跟你們來！」汪懷仁哭著道。

「你來不得，你還得再過幾年。」汪懷善笑著搖頭。

他是早就不行了，沒藥撐著，他得死在母親前面。他一生不孝，讓她為他擔心一生，是萬萬不能死在她前面的。

如今她走了，他也可以安心地走了。

「把我葬在爹娘身邊吧，爹答應了我的。」汪懷善與他們道。

汪懷慕抬著茫然的臉，在大哥詢問的眼神裡，輕輕地點了下頭。

五月清晨的這天，大鳳朝善王千歲與其母汪張氏亡，葬於千重山深谷汪家墓地。

一人享年八十五歲。

一人享年六十九歲。

其年，大夏大滅黃金之國，挺進大鳳，大鳳登基已有五年的景帝派愛妃兄長為兵馬元帥，出馬迎戰。

來年，汪府主人汪懷慕率三鎮百姓撤離，進千重城，遺棄白羊、沙河、鐵沙三鎮。

與此同時，汪岳受父遺令，關閉中原與南海六省的通道，關上城門。

三十年後，戰亂休止，蒼茫大地，七國鼎立。

——全書完

全套五冊

娘子不給愛

情感刻劃細膩，催淚指數破表／溫柔刀

他寵著她、護著她，會為她醋勁大發，甚至與皇帝對峙，
這男人愛上她了，她知道，但她並不愛他，他也知道。
呵，相較於他的冷酷，狠心絕情的她，
其實也不是個好人啊……

汪永昭，一個令歷任皇帝都忌憚不已、欲殺不能的大臣。
他不僅聰明絕頂，而且心腸比誰都狠，不喜的便是不喜，
即便那人是她這正妻所出的嫡子，或是美妾所生的庶子，
兒子自小便恨極了他，因為他的存在對他們母子倆只有磨難，
然而張小碗卻清楚明白一點——違抗他是沒有好果子吃的！
兒子的前程他可以不施援手，卻絕不能痛下殺手，
因此在他跟前，再低的腰她都彎得下去，他的話也必定服從，
對她而言，他從不是什麼良人，只是一個可怕而強大的對手，
所以他要她笑，她便笑；要她再幫他生幾個孩子，她就生，
她敬他、顧他，盡心為他持家育子，不多惹他煩心，
所有他想要的一切，她都可以給也願意給，除了愛。
情愛害人，只有無情無愛，她才能完美扮好溫婉妻子的角色……

文創風
212

娘子不給愛 5 完

國家圖書館出版品預行編目資料

娘子不給愛 / 溫柔刀著. --
初版. -- 臺北市 : 狗屋, 民103.08
冊 ; 公分. --（文創風）
ISBN 978-986-328-339-3（第5冊：平裝）. --

857.7　　103013053

著作者　溫柔刀
編輯　黃淑珍
校對　沈毓萍　王冠之
發行所　狗屋出版社有限公司
地址　台北市104中山區龍江路71巷15號1樓
電話　02-2776-5889～0
發行字號　局版台業字845號
法律顧問　蕭雄淋律師
總經銷　知遠文化事業有限公司
電話　02-2664-8800
初版　103年8月
國際書碼　ISBN-13　978-986-328-339-3
原著書名　《穿越之种田贫家女》，由北京晉江原創網絡科技有限公司授權出版

定價250元
狗屋劃撥帳號：19001626
網址：love.doghouse.com.tw　E-mail：love@doghouse.com.tw